Augusto Roa Bastos

Die Nacht der treibenden Feuer

Erzählungen aus Paraguay

Aus dem Spanischen von Ulla de Herrera

Lamuv Verlag

Dialog Dritte Welt

CIP-Kurztitelaufnahme der Deutschen Bibliothek

Roa Bastos, Augusto:
Die Nacht der treibenden Feuer : Erzählungen aus Paraguay /
Augusto Roa Bastos.
Aus d. Span. von Ulla de Herrera. –
Bornheim-Merten : Lamuv Verlag, 1986.
(Dialog Dritte Welt ; 36)
Einheitssacht.: El trueno entre las hojas <dt.>
ISBN 3-88977-057-6

NE: GT

1. Auflage, Februar 1986
Lamuv Verlag GmbH, Martinstraße 7, 5303 Bornheim-Merten

Umschlagentwurf: Gerhard Steidl unter Verwendung einer Lithographie von Odilon Redon
Gesamtherstellung: Steidl, Göttingen
ISBN 3-88977-057-6

Augusto Roa Bastos

Die Nacht der treibenden Feuer

Zu diesem Buch

In der »Nacht der treibenden Feuer« – zu Ehren des San Juan treiben brennende Reisigbündel den Fluß hinunter – verläßt ein junges Mädchen, magisch angezogen von den frei schweifenden Carpincho-Jägern, sein Elternhaus und wählt ein ungebundenes, naturhaftes Leben auf dem Fluß; in einer anderen Nacht werden die treibenden Feuer zum Fanal für Aufruhr und Revolte gegen soziale Ungerechtigkeit.

»Bastos' engagierte Haltung drückt sich vor allem in der Leidenschaft aus, mit der seine Gestalten, Desperados der menschlichen Existenz allesamt, ihr Ziel der Menschenwürde verfolgen. Das Panorama der zeitgenössischen Erzählliteratur hat der 1919 geborene Romancier und Dramatiker um eine interessante Variante angereichert: um eine Art sozialkritischen Exotismus.« *Kölner Stadt-Anzeiger*

»Sein Stil ist leidenschaftlich expressiv, seine Haltung die eines Mitleidenden, Mitbeteiligten.«

M. Riegert in: Bonner General-Anzeiger

»Auf die Fläche abendländischer Intellektknifflichkeit geht so etwas wie ein tropischer Gewitterguß nieder.«

Wolfgang Schmidt in: Spandauer Volksblatt

»Es ist eine Literatur von urtümlicher Kraft, einem Lavastrom vergleichbar, der in unsere intellektuell erkaltete Bücherwelt einbricht … Es gibt heute nicht viel, was sich mit diesen beklemmenden Seiten vergleichen läßt …«

Stader Tageblatt

»Augusto Roa Bastos träumt nicht nur von einer Erneuerung der Welt, sie ist ihm eine Gewißheit, die eines Tages verwirklicht wird. Davon kündet er – ein großartiger, phantastischer Erzähler und glänzender Stilist – in jeder seiner Geschichten, die den Leser faszinieren.« *Hamburger Abendblatt*

Die Nacht der treibenden Feuer

In der Nacht von San Juan sah Maria die Carpinchojäger zum ersten Mal.

Den Fluß hinunter glitten flammende kleine Inseln. Die drei Bewohner des weißen Hauses liefen zur Uferböschung, um das seltsame Schauspiel zu betrachten.

Die Johannisfeuer zuckten unmittelbar über dem Wasser. Mitten aus den Flammen tauchten die Carpincheros auf.

Sie glichen Gestalten aus Kupfer oder gebranntem Ton, glichen Figuren aus Rauch, die schwerelos über den Wasserspiegel dahinzogen. Die flachen, schwarzen Boote aus ausgehöhlten Baumstämmen waren kaum zu sehen. Es war eine kleine Flotte von Cachiveos. Geräuschlos zwischen den knisternden Flammen dahingleitend, zogen sie Furchen auf dem funkenbesprühten Wasserspiegel.

Jedes Boot war in gleicher Weise besetzt: zwei Männer trieben es mit langen Bambusstecken vorwärts. Auf der Planke saß eine Frau, einen kleinen Kochtopf zu ihren Füßen. Vorn und hinten die Hunde, erwartungsvoll und unbeweglich, ebenso unbeweglich wie die Frau, die den Rauch ihrer Zigarre ausblies, ohne sie je aus dem Munde zu nehmen. Alle Frauen schienen alt zu sein, so runzelig und ausgemergelt waren sie. Aus ihren Lumpen hingen die schlaffen Brüste, stachen die spitzen Schulterblätter hervor.

Die Männer hingegen waren ungebeugt, zäh und kräftig. Sie waren die einzigen, die sich bewegten. Es war, als schritten sie über das Wasser, zwischen den Feuerinseln hindurch. Zuweilen war die Täuschung vollkommen. Ihre geschmeidigen Körper, nur mit einem Lendenschurz bekleidet, über dem die Klinge des Buschmessers hing, wanderten abwechselnd auf dem Bootsrand hin und her, um den Einbaum mit den Bambusstöcken vorwärtszutreiben. Während der Mann links sich mit seinem vollen Körpergewicht gegen den im Wasser versenkten Stecken stemmte und nach hinten schritt, ging der andere auf der rechten Seite mit eingezogenem Stab nach vorne, um den Arbeitsgang seines Gefährten zu wiederholen. Das langsame Hin- und Herpendeln der Männer war auf der ganzen Reihe der Boote das gleiche, ohne daß auch nur ein einziges Cachiveo ins Schwanken geriet oder im geringsten von seinem Kurs abwich. Es war ein kleines Wunder an Ausgewogenheit.

Schweigsam zogen sie dahin. Es war, als wären sie stumm, als hätte die Stimme keinen Anteil an ihrem unruhigen Wanderleben. Hin und wieder hoben sie die Gesichter, erstaunt vielleicht über die drei weißen Menschen, die von der Höhe des Steilufers zusahen, wie sie vorüberzogen. Hin und wieder bellte ein Hund. Hin und wieder flog ein unverständliches gutturales Wort oder ein Wortfetzen von einem Boot zum anderen

Das Wasser stand in Flammen. Die Sandbank glich einem riesigen, rotglühenden Karbunkel. Rasch glitten die Schatten der Carpincheros über sie hinweg und bald entschwanden die letzten Boote hinter der Biegung des Flusses. Sie waren aufgetaucht und verschwunden wie ein Phantasiegebilde.

Maria war wie berauscht. Ihre Stimme war heiser, als sie fragte: »Sind das Indios, Papa?«

»Nein, Kind; das sind Flußvagabunden, die Zigeuner des Wassers«, antwortete der deutsche Mechaniker.

»Und was tun sie?«

»Sie jagen Carpinchos.«

»Wofür?«

»Um sich von ihrem Fleisch zu ernähren und ihre Haut zu verkaufen.«

»Woher kommen sie?«

»O Kind, das weiß man nie!«

»Wohin fahren sie?«

»Sie haben kein festes Ziel und folgen nur dem Lauf der Flüsse. Sie werden in ihren Booten geboren, leben und sterben in ihnen.«

»Und wenn sie sterben, Papa, wo werden sie begraben?«

»Im Wasser, wie die Matrosen auf hoher See.«

»Im Fluß, Papa?«

»Ja, im Fluß. Der Fluß ist ihr Heim und ihr Grab.«

Das Kind schwieg einen Augenblick. Seine Haare schimmerten im Schein der Johannisfeuer. Das Geheimnis der Carpincheros erregte ihre Phantasie. Neugierig fragte sie wieder:

»Und die Feuer, Papa?«

»Das sind die Feuer von San Juan«, erklärte der Einwanderer seiner Tochter geduldig.

»Die Feuer von San Juan?«

»Die Bewohner von San Juan de Borja zünden sie in dieser Nacht auf dem Wasser zu Ehren ihres Schutzheiligen an.«

»Wieso auf dem Wasser?«

»Nicht auf dem Wasser selbst, Kind. Auf den Camalotes. Sie häufen große Mengen davon auf, beladen sie mit Stroh und trockenen Zweigen, zünden sie an und senden sie als schwimmende Flöße den Fluß hinunter. Wir werden einmal nach San Juan de Borja gehen und zusehen, wie es gemacht wird.«

Ein Stück des Flusses flammte vor den Augen von Maria, Ilse und Eugen wie eine aus der Sagenwelt herabgestürzte Feuerschlange.

Und Maria stellte sich den ganzen Fluß so vor – übersät mit Johannisfeuern.

»Ziehen die Carpincheros diese Flammeninseln hinter ihren Booten her?«

»Nein, Maria; sie schwimmen mit der Strömung. Die Carpincheros nähern sich ihnen mit ihren Cachiveos, damit das Feuer des Schutzheiligen die Boote ansengt. Sie glauben, daß es ihnen das ganze Jahr über Glück und gute Jagdbeute bringt. Es ist ein alter Brauch.«

»Woher weißt du das, Papa?« Die Neugier der Kleinen war unerschöpflich. Sie war mit ihren acht Jahren tief aufgewühlt.

»O Kind!« tadelte ihre Mutter sie sanft. »Warum fragst du so viel?«

»Woher weißt du das, Papa?« beharrte Maria, ohne auf die Mutter zu achten.

»Die Fabrikarbeiter haben es mir erzählt. Sie kennen die Carpincheros und haben sie gern.«

»Warum?«

»Die Arbeiter sind wie Sklaven in der Fabrik. Die Carpincheros jedoch leben frei auf dem Fluß. Sie sind wie die ungebunden wandernden Schatten der Sklaven, die in der Siederei, auf den Pflanzungen und an den Maschinen gefangen gehalten werden.« – Eugen geriet in Erregung. – »Menschen unter dem Joch anderer Menschen. Die Carpincheros sind die einzigen, die in Freiheit leben. Darum mögen die Arbeiter sie und beneiden sie auch ein wenig.«

»Ja«, war das einzige, was das Kind nachdenklich hervorbrachte.

Von diesem Augenblick an beschäftigte sich Marias Phantasie ausschließlich mit den Carpincheros. Vor ihren Augen waren sie aus den Flammen erstanden. Die Flußfeuer hatten sie gebracht, und dann waren sie entschwunden in der Nacht wie Gespenster aus Kupfer, wie schwerelose Wesen aus Rauch.

Nur in einem Punkte befriedigte sie die Erklärung ihres Vaters: die Flußmenschen waren beneidenswerte Geschöpfe. Für Maria waren sie außerdem schöne, anbetungswürdige Gestalten.

Kurze Zeit darauf erfüllte ihr Vater sein Versprechen und ging mit ihr nach San Juan de Borja, wo der Fluß mitten durch die Ortschaft fließt und die Grundmauern der alten Kapelle sowie die am Uferhang gelegenen Hütten umspült. Maria beobachtete alles mit neugierigen Blicken. Aber daß hier die Feuer entstanden waren, welche die Carpincheros gebracht hatten, das glaubte sie nicht.

Sie ließ ihre Phantasie spielen und fand eine Erklärung. Sie gab den Carpincheros einen Namen, der besser zu ihrem geheimnisvollen Ursprung paßte, sie nannte sie ›Mondmenschen‹, denn sie war fest davon überzeugt, daß sie von dem bleichen, nächtlichen Planeten stammten, wegen ihrer Farbe, wegen ihres Schweigens, wegen ihres seltsamen Geschicks.

»Die Flüsse kommen vom Mond«, sagte sie sich. »Wenn sie auf den Flüssen daherkommen«, folgerte sie mit phantastischer Logik, »dann können sie nur Mondmenschen sein.«

Eine Zeitlang wußte nur sie es. Ihre Eltern blieben von ihrem Geheimnis ausgeschlossen.

Es war noch nicht lange her, daß sie in der Zuckerfabrik von Tebicuary del Guairá angekommen waren. Sie kamen direkt aus Deutschland, kurz nach dem Ende des Ersten Weltkrieges.

Diesen Menschen, die Zerstörung, Hunger und Schrekken erlebt hatten, schien Tebicuary-Costa anfangs recht vielversprechend. Der grüne Fluß, die schattenhaften, vom Nordwind umspielten Palmenwälder, das einfache, fast primitive Fabrikgebäude, die Lehmhütten, die gelben Zuckerrohrpflanzungen – alles schien unwirklich im Widerschein der Sonne zu schweben wie ein riesiges Spinngewebe aus Staub und heißem Hauch. Erst später sollten sie den ganzen Schrecken dieses Spinngewebes kennenlernen, das die Menschen, die Zeit, die Elemente in seinem rötlichen, trokkenen Netz gefangen hält und sich von ihrem Blut ernährt. Aber die Familie Plexnies kam in einem Augenblick der Ruhe in der Zuckerfabrik an. Sie wollten nichts anderes als vergessen. Vergessen und von neuem beginnen.

»Es ist gut hier«, sagte Eugen am Tag ihrer Ankunft. Er ballte die Fäuste und sog die Luft in vollen Zügen ein. In seiner Stimme, in seiner Geste lag mehr Hoffnung als Überzeugung.

»Es muß gut sein«, bekräftigte seine Frau kurz und bündig. Über ihren schönen, etwas verwelkten, von hartnäckigen Erinnerungen geprägten Zügen lag eine feine Staubschicht.

Maria glich weniger einem lebendigen Mädchen als einer Porzellanfigur, zart und still, mit blauen Augen und schimmerndem Haar. Ihr Flanellkleid war ebenso schmutzig wie ihre geflickten Schuhe. Der Vater trug sie auf seinen starken, tätowierten Armen. Von seinem knochigen Gesicht tropfte der Schweiß auf die Knie seiner Tochter.

In den ersten Tagen wohnten sie in einer Alteisenkammer auf dem Fabrikgelände. Sie aßen und schliefen zwischen Nesseln und Rost. Aber der deutsche Einwanderer war ein ausgezeichneter Dreher, und man ernannte ihn sofort zum Leiter der Reparaturwerkstatt. Der Verwalter wies ihm das weiße Haus mit dem Zinkdach zu, das an der einsamen Flußbiegung lag.

In diesem weißen Haus war der erste Vertrauensmann Simón Bonavís, des Besitzers der Zuckerfabrik, ermordet worden. Einer der Arbeiter warnte den deutschen Mechaniker:

»Seid vorsichtig, Don Oiguen. Die unerlöste Seele von

Eulogio Penayo, dem ermordeten Mulatten, irrt manchmal nachts durch das Oga-möröti. Wir kennen ihr Wehklagen schon.«

Eugen Plexnies war nicht abergläubisch. Er maß der Warnung keine Wichtigkeit bei und gab sie an seine Frau weiter, die ebenfalls nicht abergläubisch war. Aber beide hüteten sie sich, ihrer Tochter etwas von dem Verbrechen zu erzählen, das vor einigen Jahren im weißen Haus verübt worden war.

Maria jedoch schien es zu spüren. Mehr noch als in der Alteisenkammer, war sie anfangs im Hause furchtsam und traurig, besonders wenn es dunkel wurde. Das Gekreische der Affen im Ufergebüsch ließ sie erzittern. Schutzsuchend flüchtete sie sich in die Arme ihrer Mutter.

»Sie sind doch auf dem anderen Ufer, Kind«, tröstete sie die Mutter. »Sie können das Wasser nicht überqueren. Es sind kleine Äffchen aus Filz, wie Spielzeugtiere. Sie tun nichts.«

»Und wann bekomme ich einen?« fragte Maria. Schon war sie wieder munter.

»Wir werden die Holzfäller oder die Fischer darum bitten.«

Aber sonst war sie eigentlich immer ängstlich und traurig. Dann geschah es, daß sie in der Johannisnacht die Carpincheros zwischen den Flammeninseln sah. Plötzlich war sie wie umgewandelt. Sie bat, man möge sie zu dem hohen Steilufer aus Kalkstein nehmen. Von dort aus konnte man die Sandbank auf der anderen Seite des Flusses sehen, konnte beobachten, wie sie bei Einbruch der Dunkelheit die Farbe wechselte. Es war ein wunderbares Schauspiel.

Aber Maria richtete ihre Blicke auf die Biegung des Flusses. Mit kaum verhohlener Ungeduld erwartete sie das Vorüberziehen der Carpincheros.

Der Fluß mit seinen kleinen, aus Camalotes geformten Inseln und dem schaumbekränzten Wurzelgeflecht glitt träge dahin. Gleich einer einsamen Glocke im Wald erklang aus dem Dickicht der Gesang des Guaimingüé. Maria war nicht mehr traurig und furchtsam. Lachend und in die Hände klatschend beobachtete sie den silbern glitzernden Sprung der Fische oder den schwindelerregenden Sturzflug des Königsfischers, der auf der Suche nach Beute ins Wasser tauchte. Sie schien sich völlig eingelebt zu haben. Ihre geheime Ungeduld war so heftig, daß man hätte denken können, Maria wäre wirklich glücklich.

Als er das bemerkte, sagte Eugen mit gedämpfter Stimme:

»Siehst du, Ilse? Ich wußte, daß es gut hier ist.«

»Ja, Eugen, es ist gut, weil es unsere kleine Tochter glücklich macht.«

Sie umarmten und küßten Maria, und die Nacht senkte sich hernieder wie ein großer schwarzer, von Duft, Stille und Johanniskäfern erfüllter Blütenkelch; nur der zitternde Wasserspiegel und der weiße, schläfrige Schimmer der Sandbank blieben noch sichtbar.

»Jetzt sieht sie wie ein großer Käse aus, der auf dem Wasser schwimmt«, rief Maria lachend. Ihre Mutter dachte an die großen Käse ihres Heimatdorfes; ihr Vater an eine gewisse Eisscholle in der Nähe des Skagerrak, auf der sein Boot eines Nachts im Kriege aufgelaufen war, als sie ein englisches Unterseeboot verfolgten.

Am Morgen kamen die Wäscherinnen. Ihre Stimmen und ihr Klopfen tönten vom Flußufer. Maria ging mit ihrer Mutter hinunter, um ihnen bei ihrer Arbeit zuzusehen. Die Lauge durchschnitt das grüne Wasser mit einem aschfarbenen Strang, der mit der Strömung das hufeisenförmige Ufer entlanglief. Gegenüber glitzerte die Sandbank in der Sonne. Über sie hinweg glitten die Schatten der Vögel. Eines Morgens sahen sie einen Kaiman mit geschupptem Schweif und gezahntem Rücken auf dem Sand liegen.

»Ein Drache, Mama«, schrie Maria. Aber sie hatte keine Angst mehr.

»Nein, Kind. Das ist ein Krokodil.«

»Wie schön! Es sieht aus, als ob es aus Stein und Seegras wäre ...«

Ein andermal kam ein kleines Reh durch das hohe Gras bis nahe ans Haus. Als Maria sich ihm näherte und es anrief, floh es zitternd und bebend. In den Augen des Kindes jedoch blieb der Widerschein einer wilden Zärtlichkeit, als hätte sie ein Herz aus goldenem Gras über das Feld springen sehen – das flüchtige Herz des Waldes. Ein anderes Mal war es ein Makai mit schillerndem, granatrotem Körper, die Brust indigo und grün, die Flügel blau, der lange Schweif rot und blau, der Schnabel hornhart und krumm; ein Regenbogen aus Federn und heiserem Geschnatter, der sich auf dem Ast eines Timbó niedergelassen hatte. Ein anderes Mal eine Korallenschlange, die Eugen mit seinem Buschmesser im Gestrüpp des Viehgeheges tötete. So entdeckte Maria nach und nach das Leben und die Gefahren der zarten und zugleich rauhen, der unerforschlichen Wildnis, die sie umgab. Sie begann, ihre Geräusche, ihre Farben, ihr Geheimnis zu lieben, denn sie spürte in ihr die unsichtbare Gegenwart der Carpincheros.

In den Sommernächten gingen die drei Bewohner des weißen Hauses nach dem Abendbrot hinaus und setzten sich an den Uferhang. Dort blieben sie und genossen die frische Abendluft, bis die Moskitos und Jejenes unerträglich wurden. Die Mutter sang mit gedämpfter Stimme Lieder aus ihrer Heimat. Das Plätschern der Strömung zwischen den Steinen verlieh ihrem Gesang einen leicht verschwommenen, zitternden Ton, als ob ihre Stimme durch kleine, mit Wasser gefüllte Röhrchen käme. Der Vater, ermüdet von seiner Arbeit in der Werkstatt, streckte sich auf dem Gras aus, die Hände im Nacken verschränkt. Er blickte nach oben, dachte an sein früheres Matrosendasein und ließ die unermeßliche Spirale des grünlich-schwarzen Himmels – gleich seiner Drehbank, voll von geringelten, strahlenden

Metallspänen – auf den Grund seiner Augen dringen. Aber er konnte die Sorge, die ihn ständig verfolgte, nicht loswerden, mußte an das Schicksal der Männer in der Fabrik denken, in deren Brust die Saat der Rebellion zu keimen begann. Er dachte an die Fabriksklaven. Maria dagegen träumte von den freien Menschen des Flusses, von ihren Fabelwesen vom Mond. Sie hoffte jeden Abend von neuem, sie den Fluß herunterkommen zu sehen.

Die Carpincheros erschienen im Laufe des Jahres noch zwei- oder dreimal. Beim Mondschein, mehr noch als beim Schimmer der Johannisfeuer, nahmen sie im Herzen Marias ihre wahre, sagenhafte Gestalt an.

Eines Nachts gingen sie bei der Sandbank an Land und entzündeten kleine Lagerfeuer, um ihren Fisch zu rösten. Nachdem sie gegessen hatten, begannen sie einen seltsamen, rhythmischen Tanz zur Musik eines Instruments, das einem kleinen Bogen glich. Eines seiner Enden steckte in einem halbierten, mit Carpincholeder bespannten Porongokürbis. Der Spieler hielt die Saite des Bogens zwischen den Zähnen und entlockte ihr ein dumpfes, tiefes Summen, als ob er beim Öffnen des Mundes den aufgespeicherten Donner seines Magens ausstieße. Tam-ta-tam... Tum-tu-tum... ta-tam... Tu-tum... Ta-tam... Tam-ta-tam... Ergüsse von heißem Rhythmus aus der Saite des Gualambaú, aus der Trommel des Porongo, aus den Zähnen des Spielers. Seine Rippen, seine kupferne Haut, sein windgefüllter Magen, der bebende, lederbespannte Porongo mit dem von dumpfer Musik erfüllten Inneren – alles erklang von dieser Musik, die der Nacht über dem Fluß glich und die flachen Füße, die schattenhaften Körper auf dem weißen Dunst der Sandbank in Bewegung versetzte.

Tum-tu-tum... Tam-ta-tam... Tu-tum... Ta-tam... Tu-tummm...

Marias Atem paßte sich dem Summen des Gualambaú an. Sie fühlte sich in geheimnisvoller Weise mit diesen rhythmischen Schlägen verbunden, die von den Uferhängen widerhallten.

Dann hörte die Musik auf, und die schwarze Kette der Cachiveos setzte sich in Bewegung; wiederum schienen die Männer, gegen ihre langen Bambusstecken gestemmt, über das Wasser zu schreiten; sie entfernten sich auf immer schwächer werdenden Schaumspuren, bis sie völlig in der blauen, von Johanniskäfern durchzogenen Finsternis verschwanden.

Maria wartete immer auf sie. Mit ständig wachsender Ungeduld. Immer wußte sie, wann sie kommen würden, und eine seltsame Erregung packte sie, bevor noch das erste Boot in der Ferne an der Flußbiegung auftauchte.

»Sie kommen!« Die Stimme Marias war gebrochen vor Erregung.

Das leise Trällern der Mutter oder ihr Schweigen wurde jäh unterbrochen. Der Vater setzte sich erschreckt auf.

»Woher weißt du das, Kind?«

»Ich weiß nicht. Ich fühle sie kommen - die Menschen vom Mond ...«

Es war unfehlbar. Eine Weile danach durchfurchten die Cachiveos den grünen Kometenschweif des Flusses. Marias Herz begann heftig zu schlagen. Ihre leuchtenden Augen verfolgten die Spuren von flüssiger Seide, bis das letzte Boot in der nächsten Biegung verschwunden war, hinter dem gespenstischen Schimmer der von den kleinen Schattenkratern angenagten Sandbank.

In solchen Nächten wäre Maria am liebsten bis zum Morgengrauen am Uferhang geblieben, denn die geheimnisvollen Flußvagabunden konnten – so glaubte sie – jeden Augenblick wieder die Strömung heraufkommen.

»Ich will noch nicht schlafen gehen ..., ich will noch nicht ins Haus! Ich mag das weiße Haus nicht! Ich will hierbleiben ..., hier!« wimmerte sie.

Das letzte Mal klammerte sie sich an das Gestrüpp der

Böschung. Die Eltern mußten sie im wahren Sinne des Wortes dort losreißen. Daraufhin bekam Maria einen schweren Nervenzusammenbruch. Sie weinte die ganze Nacht und wand sich in Krämpfen. Erst gegen Morgengrauen kam sie zur Ruhe, fiel in einen reglosen, schweren Schlaf, der fast vierundzwanzig Stunden anhielt.

»Der Anblick der Carpincheros macht sie krank«, sagte die Mutter zu ihrem Mann.

»Wir gehen nicht mehr an den Uferhang«, entschied der Vater. Er war insgeheim doch besorgt.

»Es wird besser sein, Eugen«, stimmte seine Frau ihm bei.

In den folgenden Monaten sah Maria die Mondmenschen nicht wieder. Eines Nachts, als sie schon in ihrem Klappbett lag, hörte sie sie unten vorüberziehen. Sie schluchzte leise und verhalten. Sie fürchtete, ihr Weinen könnte sie verraten. In der tiefen Nacht verhallte das Bellen der Hunde, das sanfte Gemurmel der durch die phosphoreszierenden Wellen gleitenden Boote. Maria sah sie geradezu vor sich. Sie steckte den Kopf unter die Bettdecke. Auf einmal hörte sie auf zu weinen. Sie wurde merkwürdig ruhig; im Geiste sah sie, wie sie, unbeweglich in einem der Cachiveos hokkend, zusammen mit den Carpincheros den Fluß hinunterfuhr. Sie dachte an sie, als sie einschlief, und träumte von ihnen, von ihrem wilden, ruhelosen Leben, das sich endlos über die Wasserwege des Urwaldes hinzog.

Mit Tagesanbruch begann ihr Kummer von neuem. Nichts Schlimmeres hätte ihr widerfahren können als das Verbot, zum Uferhang zu gehen. Wieder wurde sie traurig und schweigsam. Wie ein Schatten schlich sie durch das Haus, gebeugt und menschenscheu. Sie fing an, alles zu hassen, was sie umgab: die Zuckerfabrik, in der ihr Vater arbeitete, den düsteren Ort, das Haus mit seinen weißgetünchten, baufälligen Wänden, ihr Zimmer, dessen Fenster zum Uferhang blickte, ohne daß sie jedoch von dort aus ihre Wassergottheiten hätte sehen können, wenn sie nachts allein dem leisen Plätschern der Boote auf dem Fluß lauschte.

Trotzdem besserte sich Marias Zustand allmählich, bis sie selbst glaubte, die Mondmenschen vergessen zu haben. Das weiße Haus schien sich unter der stillen Zufriedenheit seiner Bewohner zu erwärmen wie eine Eisscholle in der Tropennacht.

Aus Freude darüber brachte der Vater auf seiner Matrosenbrust eine neue Tätowierung an. Direkt unter seinem Herzen zeichnete er neben zwei gekreuzten Ankern mit blauer Tinte das Gesicht seiner Tochter. Es fiel sogar ziemlich ähnlich aus.

»Du kannst es nicht mehr auslöschen, Maria. Ich habe dein Bild unter der Haut.«

Sie lachte glücklich und umarmte ihren Vater.

So jährte sich von neuem die Nacht von San Juan, die Nacht der Feuer über dem Wasser. Die Familie saß beim Abendbrot in der Küche, als die ersten flammenden Inseln den Fluß hinunterzuziehen begannen. Der tanzende Schimmer, der aus der Felsenschlucht heraufstieg, vergoldete ihre Gesichter. Unentschieden und nachdenklich sahen die drei sich an. Schließlich lächelte der Vater und sagte:

»Ja, Maria. Heute gehen wir zum Uferhang, um die Johannisfeuer vorbeiziehen zu sehen.«

Im selben Augenblick hörten sie das Heulen eines Tieres, dazwischen den angstvollen Schrei eines Menschen. Dann kam noch einmal, mit einem unbeschreiblichen, metallischen Klang, das wilde Heulen: es glich dem Fauchen einer tollwütigen Katze, dem Geräusch einer Stahlpranke, die eine Glasplatte zerreißt.

Die drei Deutschen liefen ans Ufer. Im Widerschein der Feuer sahen sie auf der Sandbank einen der Carpinchojäger im Kampf mit einem länglichen, geschmeidigen Etwas, das erstaunliche Sprünge machte, gleich einer behaarten Silberkugel, die in der Luft tanzt.

»Ein Wassertiger!« murmelte Eugen entsetzt.

»Mein Gott!« stöhnte Ilse.

Der Carpinchero schlug verzweifelt mit seinem Buschmesser um sich; aber der Lobo-pe, schnell wie ein Blitz, entkam dem tödlichen Hieb seiner Waffe.

Die anderen Carpincheros kamen auf die Sandbank, aber offensichtlich war es zu spät, das Raubtier zu umringen und zu überwältigen. Weithin hörte man das Wehklagen der Frauen, die ermutigenden Schreie der Männer, das keuchende Bellen der Hunde.

Nur kurze Zeit dauerte der schreckliche Zweikampf – einige Sekunden höchstens. Der Carpinchero hatte bereits einen blutenden Riß vom Hals bis zum Magen. Der Lobo-pe umkreiste ihn unglaublich behende. Sein glänzendes Fell war vom Blut des Carpinchero befleckt. Es war jetzt ein rötlicher Körper, ein geflügelter Feuerbrand mit langem, verschwommenem Schwanz, der in wütendem Angriff den dunkelhäutigen Mann umsprang und seinen Totentanz um ihn herum vollführte. Noch einmal sprang er ihm an die Kehle und wand sich an seiner Brust, denn es war dem Carpinchero gelungen, ihn mit seinem Arm zu umklammern und ihm das Buschmesser bis zum Heft in den Rükken zu stoßen, so daß die Klinge bis in seine eigene Brust gedrungen sein mochte, wie ein Nagel, der die beiden Körper verband. Der Todesschrei des Mannes und das schrille Geheul der Bestie zerrissen gleichzeitig die Nacht des Flusses. Gleichzeitig begann ihr Blut zu strömen. Noch einen Augenblick lang verharrten Mann und Tier aufrecht in dieser eigenartigen Haltung, als ob sie sich nur friedfertig und freundschaftlich umarmten. Dann sanken sie langsam zu Boden. Der zuckende Widerschein des Feuers spielte auf ihren Körpern. Nach einigen Sekunden wurde das Tier still. Die Arme und Beine des Mannes bewegten sich noch in krampfhafter Lebensgier. Einer der Carpincheros riß mit heftiger Bewegung den Lobo-pe von der Brust des Mannes, enthauptete ihn und schleuderte den spitzschnäuzigen Kopf mit den unheimlichen Fangzähnen ins Wasser. Die anderen umringten den Sterbenden.

Marias Mutter hatte die Hände vors Gesicht geschlagen. Das Entsetzen erstickte ihr Stöhnen. Der Vater stand steif und totenblaß, die Fäuste vor dem Magen verkrampft. Nur Maria hatte den Kampf mit gleichgültiger, wie abwesender Miene verfolgt. Ihre glänzenden, trockenen Augen hatten den starren Blick einer Bewußtlosen oder von Schwindel Befallenen. Nur ihr beschleunigter Atem zeugte von einer gewissen Erregung. Auf Grund eines geheimnisvollen Paktes mit den Göttern des Flusses hatte das Grauen sie verschont. Auf dem von den schwimmenden Johannisfeuern beleuchteten Hang stand sie selbst wie eine kleine Göttin, körperlos und unwirklich beinah.

Die Carpincheros schienen nicht zu wissen, was tun. Einige von ihnen richteten die Blicke nach oben, deuteten mit unverständlichen Gesten und Worten auf das Haus der Familie Plexnies. Es war das einzige Wohnhaus in dieser Einöde. Sie berieten und entschieden sich schließlich, hoben den Verwundeten auf und legten ihn in eines der Boote. Dann überquerte die ganze Flotte den Fluß. Am anderen Ufer gingen sie an Land und kletterten den Hang hinauf.

Maria verharrte in Regungslosigkeit. Sie sah die Mondmenschen heraufkommen – höher und höher. Sie sah ihre dunklen Indianergesichter sich nähern. Die kleinen Augen unter dem zottigen und harten Haar, das schwarzem Roßhaar glich. In jedem Auge brannte ein kleines Feuer. So kamen sie herauf, die eckigen Gesichter mit Backenknochen wie aus grünem Stein, die kupferfarbenen, sehnigen Rümpfe, die riesigen Hände, die mit Hornhaut bedeckten, flachen Füße. In ihrer Mitte trugen sie den Toten, der schon der Erde angehörte. Dahinter kamen die Frauen, zerlumpt, ausgemergelt und großbrüstig. Wie Schemen stiegen, kletterten und krochen sie den leuchtenden Uferhang hinauf. Mit ihnen kamen die Feuerfunken, kamen die gutturalen Stimmen, das Weinen einer der Frauen, das dem Schmerzensschrei eines verwundeten Leguans glich, kam das Bellen, das den Hunden vorauseilte, kam ein Gestank von Wasserpflanzen, von verfaulten Fischen, Carpinchos, Schweiß...

Sie kamen näher und näher...

»Komm, Maria!« sagte die Mutter und zog sie fort.

Der Vater brachte die Petroleumlampe aus der Küche, als die Carpincheros beim Haus ankamen. Er holte vom Flur ein mit geflochtenem Leder bespanntes Klappbett und bedeutete ihnen mit einer Bewegung, den Toten daraufzulegen. Dann lief er zur Unfallstation, um zu sehen, ob er dem Opfer irgendeine Hilfe bringen könnte. Vom Zaun aus rief er noch:

»Ich bin gleich zurück, Ilse. Mach Wasser heiß und halte saubere Gefäße bereit!«

Wie benommen und verstört geht die Mutter in die Küche. Man hört, wie sie blind im Halbdunkel hantiert, hört das Klappern von Töpfen auf dem Herd.

Der rauchige Schimmer der Petroleumlampe wirft die tanzenden Schatten der Carpincheros auf die Wand. Unbeweglich und schweigsam stehen sie da. Selbst das Weinen der Frau ist verstummt – es ist so still, daß man das Blut zu Boden tropfen hört. Zwischen den lederfarbenen Körpern sieht Maria den riesigen Fuß des auf dem Klappbett liegenden Carpinchero. Als sie näher kommt, sieht sie auch den anderen Fuß. Sie sind wie zwei schwielige Scheiben, fast ohne Zehen, ohne Ferse, von den tiefen Kerben durchzogen, die der Rand des Cachiveo, über Meilen und Meilen, in Jahren und Jahren des Wanderlebens auf den Bahnen der Flüsse, gegraben hat. Tiefe Trauer befällt Maria bei dem Gedanken, daß diese Füße nun nie mehr über das Wasser schreiten werden. Sie schließt die Augen. Sie sieht den schimmernden Fluß, wie von Glühkäfern tätowiert. Der bittere Geruch, das kräftige, wilde Aroma der Carpincheros hat das Haus durchdrungen, kämpft gegen die finstere Anwesenheit des Todes, läßt Marias Herz schneller schlagen. Begierig saugt sie den Duft in sich ein. Es ist der wilde Geruch der Freiheit und des Lebens. Viele Dinge schwinden in diesem Augenblick aus Marias Gedächtnis. Ein hartnäckiger Gedanke bezwingt ihren Willen, treibt sie an. Sie nähert sich einem großen und alten Carpinchero, dem ältesten von allen – vielleicht ihr Anführer. Ihre Hand streckt sich der großen, dunkelhäutigen Hand entgegen, bleibt an ihr haften, wie ein kleiner, weißer Falter, der sich auf einem Stein im Fluß niedergelassen hat. Die Johannisfeuer gleiten weiter den Fluß hinab. Die Carpincheros verlassen langsam das Haus. Einen Augenblick lang knirschen die schwieligen Füße auf der Erde des Hofes; dann entfernen sie sich in Richtung des Uferhanges im schlürfenden Rhythmus eines eilenden Krustentieres. Schließlich verstummt das Geräusch. Man hört von neuem das Tropfen des Blutes. Der Tote liegt verlassen auf dem Flur. Es ist niemand da.

Die Mutter kommt aus der Küche. Angst, Schrecken und Entsetzen lähmen sie plötzlich, wie ein Sturzbad von ungelöschtem Kalk, das ihr Fleisch zerreißt, ihre Stimme verbrennt. Dann tönt ihr gellender, verzweifelter Schrei, der vergeblich an den weißen, rissigen Wänden zerschellt:

»Maria ... Maria ...!«

Sie läuft zum Uferhang. Inmitten der Johannisfeuer nähern sich die Cachiveos der Biegung des Flusses. Bevor sie sich in der Dunkelheit verlieren, beleuchten die Strahlen noch einmal Marias Haar. In einem der schwarzen Boote schimmert ihr Kopf wie ein kleiner Mond.

»Maria ... Herzchen ...!«

In rasender Eile kehrt Ilse zum Haus zurück. Sie wird von einer letzten, instinktiven Hoffnung getrieben. Vielleicht doch nicht – vielleicht ist sie doch nicht fort.

»Maria ... Maria ...!« ihr bitterer, trockener Schrei hat bereits die gedächtnislose Beharrlichkeit des Wahnsinns.

Dann kommt der Augenblick, in dem der tote Carpinchero, in einen riesigen Mulatten verwandelt, sich von seinem Lager erhebt. Sie hört ihn lachen und weinen. Sie sieht ihn tastend wie einen Blinden gehen, sich an den Wänden stoßen. Er sucht einen Ausgang, findet ihn nicht. Vielleicht bedrängt der Tod ihn noch. Es tönt sein Lachen. Es tönen seine Knochen, die gegen die Lehmmauer schlagen. Es tönt sein klagendes Weinen.

Ilse flieht, flieht von neuem zum Fluß, zum Steilhang. Die roten Johannisfeuer ziehen weiter den Strom hinunter.

»Maria ..., Maria ...!«

Ein dumpfes Donnern antwortet ihr. Es kommt aus der Tiefe, erfüllt das Tal des unter dem schwarzen Himmel brennenden Flusses. Es ist der Gualambaú der Carpincheros. Ilse nähert sich, magnetisch angezogen von dem unheimlichen Klopfen, das jetzt schon die ganze Nacht erfüllt. In seiner Mitte befindet sich Maria, in seiner Mitte bebt das Herz ihrer Tochter ... Sie blickt vom Uferhang hinunter. Sie sieht viele Körper, die gesichtslosen Körper vieler Schatten, die sich auf der Sandbank versammelt haben, zum Takt der Porongotrommel tanzen.

Taum-tu-tum ... Tam-ta-tam ... Ta-tam ... Tu-tum ...

Die flachen Füße und die Schattenkörper wiegen sich im weißen Schimmer der Sandbank.

Riesige Zähne der Erde, des Feuers, des Windes zerren an der Saite des Gualambaú, lassen sie ihren heißen Rhythmus über Ilses weiße Schläfe ergießen.

Tum-tu-tum ... Tam-ta-tam ... Tum-tu-tum ...

Langsam verklingt der rhythmische, dumpfe Wirbel der Porongotrommel; er wird langsamer und leiser – langsamer und leiser. Zuletzt ertönt er nur noch wie Blut, das auf den Boden tropft.

Der alte Bischof

Señorita Teresa, die Schwester des Bischofs, war heute etwas später als sonst mit den Vorbereitungen für das Abendessen dran. Aber die unausbleiblichen Gäste kamen ebenfalls zu spät. Der lange Tisch war bereits wie immer für sie gedeckt: auf jeder Seite der blankgescheuerten Holzplatte sechs angeschlagene Teller aus Steingut, daneben ein Löffel aus Weißmetall, ein irdenes Trinkgefäß und eine Orange. Am oberen Ende des Tisches, dem Platz von Monsignore, fehlte der Becher. Er trank nie beim Essen. Und er aß kaum etwas.

Señorita Teresas Bewegungen waren langsam, aber sicher und gelassen. Sie verbargen ihr Alter, ihr vermindertes Sehvermögen, ihre schon schwachen Kräfte. Auf ihrem Gesicht spiegelte sich heute eine eigentümliche Besorgnis, fast ein Schmerz, ein dunkles Vorgefühl. Sie näherte sich der Tür des Nebenzimmers und lauschte einige Augenblicke. Auf seinem Klappbett, in dem von Dunkelheit erfüllten Raum, lag der Bischof stumm und unbeweglich seit mehreren Stunden. Das geschah selten. Nur im Krankheitsfall pflegte der alte Herr sich in sein Bett zu flüchten, und um die Mittagszeit war es ihm noch gut gegangen. Es schien ihr nicht angebracht, ihn zu wecken. Sie wartete, bis er von selbst zum Abendessen erscheinen würde, aber der Bischof verharrte weiter still im Dunklen.

»Wie fühlst du dich, Paí?« fragte sie von der Tür aus mit leiser Stimme. Als keine Antwort kam, ließ sie nicht locker:

»Brauchst du nichts, Monsignore? Vielleicht einen guten warmen Tee von Eisenkraut und Sarsaparille?«

Der kalte Abendwind heulte im Loch des Daches über dem Eßzimmer, wo einige Ziegel fehlten. Señorita Teresa konnte keinen anderen Laut vernehmen. Sie dachte, ihr Bruder schliefe fest. Aber der andere Gedanke, den sie wie einen Stich im Herzen fühlte, ließ sie die Lider senken: »Wir sind ein Staubkorn auf dem Rücken Deiner Hand, mein Gott ...«

Widerstrebend entfernte sie sich von der Tür und machte sich neuerlich auf den Weg in die Küche. Als sie zurückkehrte, trug sie vor sich die Schüssel mit Mandiocas, deren Dampf ihr Gesicht verhüllte. Vor jeden Teller legte sie auf ein Bananenblatt ein Stück dampfender Mandioca und vier oder fünf goldene und dunkle Kügelchen von Speckgrieben, die sie einem fettigen Lederbeutel entnahm. Jetzt fehlte nur noch die große Suppenschüssel mit Locro und Rauchfleisch. Sie brachte sie immer erst herein, wenn alle um den Tisch saßen und der Bischof im Begriff war, das ›Benedic, Domine‹ zu beten.

Sie bückte sich und schob die schweren Bänke längs des Tisches ein wenig zurück; dann, mit einer Geste, die an Ehrerbietung grenzte, auch den Ledersessel, der am oberen Ende des Tisches stand. Erst dann betrachtete sie, die Arme über der Brust gekreuzt, ihr Werk. Aber offensichtlich ging ihr Blick weit über den Tisch hinaus, den sie für das tägliche Abendessen mit den Bettlern vorbereitet hatte. Das schwache Licht der Lampe ließ ihr langes Wollkleid dunkler, ihre schmale Gestalt gebückter und älter erscheinen. Nur ihr Gesicht, von Erinnerungen erfüllt, schien unveränderlich, zeitlos. Ein dunkelfarbiges Gesicht, das unter dem krausen, weißen Haar noch dunkelfarbiger schien, in abgeklärter Weise empfindsam und verzückt, gleich einer Seele, die schwerelos im schimmernden Strahlenglanz schwebt.

Der Wind pfiff immer noch in der Dachlücke. Einige

Wirbel drangen bis in den Raum und brachten die Öllampe zum Flackern, drohten, sie auszulöschen. Señorita Teresa schrak aus ihrer Grübelei auf und schützte die Öffnung des Zylinders mit ihren mageren, pergamentartigen Händen. Eine kleine Rauchwolke entstieg dem Zylinder, aber gleich darauf erholte sich die bleiche, halbmondförmige Flamme im Inneren des Glases; der Tisch und ein Teil des ärmlichen, spärlich möblierten Raumes tauchte von neuem im Lichtkreis auf. Der Geruch des Petroleums mischte sich einen Augenblick mit dem warmen Aroma der Mandiocas und dem kühlen, goldenen Wohlgeruch der Orangen. Señorita Teresa schob die Lampe ein wenig zurück. In dem schwachen Licht wurde jetzt das kleine, offene Harmonium sichtbar. Seine gelblichen Tasten schienen mit jedem Flackern der Flamme zu zittern. Nach dem Abendessen pflegte der Bischof mit seinen Brüdern, den Bettlern, zur Begleitung des Harmoniums zu singen, während Señorita Teresa in der Küche die Teller spülte und still vor sich hin weinte, in einem Zustand, den man fast verklärt nennen konnte.

Mit seinen beinahe neunzig Jahren war es nicht viel, was dem Bischof an irdischen Gütern verblieben war: das halbzerfallene Haus (eine Tante hatte es ihm zu seiner Priesterweihe geschenkt), das jetzt von Hypotheken aufgefressen wurde; der lange Tisch, an dem er mit den elf Bettlern aus dem Vorhof der Recoleta zu Abend speiste; das spärliche Tafelgeschirr, die Holzbänke, einige wackelige Stühle, der Armsessel, die beiden Klappbetten – seines und das seiner Schwester. An den nackten und feuchten Wänden schimmerten unter Glas in wurmstichigen Rahmen die kanonischen Ehrentitel von Monsignore, die er bei seiner Rückkehr aus Rom mitgebracht hatte. Dicke Medaillons aus gelbem Siegellack mit der Tiara und dem Schlüssel Petri schmückten diese Urkunden. Sie glichen kleinen Froschleibern, getrockneten kleinen Herzen in päpstlichem Latein. Neben einer Mauerritze, durch die in der sommerlichen

Mittagshitze die Eidechsen zu schlüpfen pflegten, prangte in einem anderen, ebenfalls überglasten Rahmen das in symmetrische Falten erstarrte Tuch der Ordination. Vor siebzig Jahren hatte dieses liturgische Seidenband dem jungen paraguayischen Seminaristen die Hände gebunden, als er, auf den Fliesen von San Giovanni im Laterano ausgestreckt, die Priesterweihe empfing. Er war der erste amerikanische Student, der das Pio-Latino-Seminar absolvierte. Seine Eignung und seine Intelligenz hatten seine Mentoren in Begeisterung versetzt.

»Questo fanciullo sta fatto in legno di Santo...« sagte einer von ihnen, ohne etwas von der bewaldeten Hölle zu ahnen, aus welcher das Holz des dunkelhäutigen Paraguayers stammte.

Der regierende Pontifex verlieh ihm die Würde eines Päpstlichen Geheimkämmeres mit dem Titel Monsignore.

Er glaubte, bereits alles erreicht zu haben. Das Tor, durch welches er in die Welt hinausschritt, um sein Amt auszuüben, war prunkvoll und erhaben – es war das Portal von San Pietro.

Nach zwölf Jahren Abwesenheit kehrte der junge Priester in seine Heimat zurück. Er fand sein Volk geknebelt und gefesselt mit dunklen Strängen, die das Messer der Aufseher und Schergen, der Säbel der militärischen und nichtmilitärischen Tyrannen aus des Volkes eigener Haut geschnitten hatten. Da er in den schrecklichen Tagen des Großen Krieges geboren war, hatte das Grauen zu der natürlichen Atmosphäre seiner Kindheit gehört. Die Erinnerung daran war jedoch in seinem Unbewußten verborgen, und er hatte sie nicht bemerkt. Auch war er fast noch ein Kind gewesen, als er nach Rom gegangen war.

Aber bei seiner Rückkehr, ja, sofort bei seiner Rückkehr sah er die Dinge, wie sie wirklich waren. Der Übergang von den Teppichen des Vatikans zu seiner roten, gewalttätigen Erde, deren Staubwirbel blutiger Rauch zu sein schienen, war jäh und aufschlußreich. Erst zu diesem Zeitpunkt erfaßte er das Drama der Seinigen in vollem Ausmaß. Da er es nicht von Grund auf bessern konnte, versuchte er, wenigstens die Wunden zu lindern. Er liebte die Hilflosen und Unterdrückten. Sie waren für ihn seine einzigen Brüder, und er fühlte sich ihnen durch die Blutsverwandtschaft der Hoffnung auf ewig verbunden. Er wußte außerdem, daß nur inmitten des Unglücks sich die Heiligkeit entfalten kann und daß der wahre Tempel Christi das Herz der Gemarterten ist. Darum haßte er die Reichen und die Mächtigen so, wie ein gerechter und lauterer Mensch hassen kann: mit hilflosem Erbarmen, was ihn jedoch nicht daran hinderte, mit unnachsichtiger Strenge über sie zu urteilen.

Er beschränkte sich nicht darauf, den Verzweifelten den Trost der Religion zu bringen. Er versuchte auch, ihnen die Macht ihrer Schwäche zu beweisen und ihnen zu zeigen, wie sie sie gebrauchen sollten.

Er gründete eine Zeitung, um mit christlichen Gedanken die Feudalherren, die Großgrundbesitzer, die Gutsherren und ihre politischen Strohmänner, welche die Macht an sich gerissen hatten, zu bekämpfen. Binnen kurzem verboten sie die Zeitung. Ein Satrap der Literatur forderte ihn zum Duell. Der stolze kleine Priester sandte ihm die Forderung zurück, nachdem er auf die Rückseite folgendes geschrieben hatte: »Meine Religion gehört dem Leben, nicht dem Tod. Ich will niemanden töten. Und ich will nicht, daß jemand mich tötet. Gebrauchen Sie Ihren ›ritterlichen‹ Mut zugunsten der Frauen, der Alten und der Kinder, die derzeit auf Ihrem Besitz Hungers sterben.« Er wurde zum Gespött aller. Sie begannen, ihn verächtlich ›Paí Cangüé-atä‹ – Pater Hartgerippe – zu nennen.

Aber er ließ sich nicht unterkriegen, sondern verdoppelte seine Bemühungen. Nichts konnte ihn erschrecken. Er ging auf die Yerbapflanzungen und zu den Holzfällern, auf die Zuckerplantagen und in die Einöden, er kreuzte Sümpfe und Felsenwege und gelangte bis in das unheilvolle Gebiet, wo der wäßrige Brutofen der Regengüsse im Fleisch der Chococués die eiternden Rosen der Lepra reifen läßt.

Der Staub, der Tod, die feurige Sonne, seine rebellische Hoffnung setzten ihm ein rotes Scheitelkäppchen auf das Haupt.

Er war bereits ›Bischof der Armen‹ – seine einzige Diözese, ehrenamtlich und wahrhaftig. Niemals würde er eine andere haben. Er selbst hatte systematisch allen Gelegenheiten entsagt, den erzbischöflichen Stuhl zu beanspruchen, der ihm auf Lebensdauer zustand. Der Klerus zitterte heimlich bei dem Gedanken, ihn auf diesem Stuhl zu sehen, denn er war als unerbittlich der Unzucht und Bestechlichkeit gegenüber bekannt. Seine Hände legten nicht das Meßbuch nieder, um die schmutzigen Karten der Glücksspiele zu mischen; seine Lippen wanderten nicht vom Rande des Kelches zu den Krügen mit Branntwein oder Zuckerrohrschnaps in den ländlichen Kneipen; sein Körper legte nicht den Ornat ab, um sich in Begierde oder Wollust zu entblößen. Wie eine Fackel stand die Keuschheit über seinem Leben. Und da er mit seinem Mannesblut keine Kinder zeugen konnte, gebar er sie mit seinem Schweiß und seiner Menschenliebe.

Alle Armen waren seine Kinder.

Darum war er der Paí, che Paí, oré Paí marangatú, oré Obispo-mi – der Priester, der Herr, der gütige Freund.

Nach einem siegreichen Staatsstreich ließ der de facto-Präsident, der von dem Ansehen wußte, das der Bischof beim Volk genoß, ihn zu sich kommen und bat ihn mit heuchlerischer Vertraulichkeit und Wohlwollen:

»Monsignore, unterschreiben Sie diesen Hirtenbrief. Wir müssen das Land zur inneren Ruhe bringen.« (Der Brief trachtete, mit kirchlichen Argumenten einige Massenräumungen zu rechtfertigen, welche die ›Revolution‹ auf den Ländereien des de facto-Präsidenten angeordnet hatte.)

»Das Land zur Ruhe bringen?« fragte der Bischof mit scharfer Stimme. »Das erreichen Sie ja schon mit Ihren Waffen. Wenn unser Land erst einmal ein einziger, riesiger Friedhof ist, wird Ruhe herrschen.«

»Lassen Sie die Scherze, Monsignore«, beharrte der Regierungschef, »und unterschreiben Sie. Da die Kurie kein Oberhaupt hat, sind Sie der einzige, der es tun kann.«

»Ich bin nicht der Titularbischof der Diözese. Außerdem ...«

»Wir werden Sie sofort an die Spitze der Kirche stellen«, unterbrach der Präsident ihn.

»Die Kirche ist kein Kommissariat«, erwiderte der Bischof unerschütterlich. »Aber selbst wenn ich der Diözesanbischof wäre, würde ich niemals dieses gotteslästerliche Papier unterschreiben.«

Der Mann wurde wütend und fing an zu fluchen. Er schlug mit der Hand, an deren kurzen, dicken Fingern mehrere pflaumengroße Ringe saßen, auf den riesigen, geschnitzten Schreibtisch und murmelte:

»Zum Donnerwetter, auf einmal werden die Geistlichen anspruchsvoll. Ich kann Sie krepieren lassen, wenn Sie lästig werden!«

»Sie werden nichts tun, was nicht von Gott bestimmt ist«, sagte der Prälat gleichgültig.

Und er verließ den Salon, aufrecht und mit erhobenem Haupt, ohne sich umzudrehen, ohne die Augen niederzuschlagen. Niemand wagte es, ihm den Weg zu versperren. Die blanken Bajonette der Palastwache spiegelten sich im Schimmer seiner abgetragenen, geflickten Soutane. Einen Augenblick lang hörte man nichts als das Knarren seiner Schuhe, welche die Marmortreppe hinabstiegen.

Von diesem Zeitpunkt an hatte der Bischof der Armen die unaufhörliche, offizielle Feindschaft der Regierungen zu ertragen, die in dem endlosen Kampf der Parteien, der dem Land das Lebensblut aussaugte, einander in schnellem Wechsel folgten.

Das Ende kam, als während eines blutig unterdrückten Volksaufstandes das Haus des Bischofs zum verborgenen Unterschlupf der revolutionären Anführer und schließlich zu einem geheimen Sanitätsposten wurde. Der Bischof und Señorita Teresa pflegten die Verwundeten. Zwei von ihnen starben während der letzten Tage. In jener Nacht grub der Bischof selbst im Lichte des Mondes ein Erdloch zwischen den Orangenbäumen und Bambusrohren seines Gartens. Zusammen mit seiner Schwester kniete er auf der ausgehobenen Erde nieder und sprach das Gebet für die Seelen der Verstorbenen. Dann begrub er sie, während ein paar verirrte Kugeln blind durch die Blätter der Bäume pfiffen.

Als der Kampf beendet war, ließ der siegreiche General ihn zu sich in den Palast rufen, ebenso, wie fünfzehn Jahre vorher der de facto-Präsident. Wie einen gewöhnlichen Angeklagten begleiteten ihn jedoch dieses Mal einige Polizisten. Als er ihn in den Salon treten sah, wies der General ihn zurecht:

»Nicht einmal auf die Bischöfe kann man sich verlassen. Es wäre Ihre Pflicht gewesen, diese gemeinen Vaterlandsverräter anzuzeigen.«

»Die Tyrannenherrschaft ist nicht das Vaterland, Herr General«, sagte der Bischof. »Die Unterdrückten haben das Recht, sich aufzulehnen. Wenn ich ihnen helfe, so erfülle ich meine Pflicht als Priester und als Staatsbürger.«

»Sie sind nichts weiter als ein Hund mit einer Tonsur!« schrie der wütende General. Er hatte sich über ihn gebeugt und spuckte ihm fast ins Gesicht.

»Ein aufrührerischer Hund!« bekräftigte mit gleicher Wut der Chef der Geheimpolizei, ein kleiner Mestize, aufgebläht vor Zorn wie ein kupferfarbener Frosch mit weinroten Flecken.

Auch dieses Mal ließen sie ihn gehen. Aber von da ab war er praktisch ein Gefangener in seinem Hause, gleich einem Richter, der die Geisel im Kerker ablöst. Weil er Gott und den Menschen zu gleicher Zeit, mit der gleichen Redlichkeit dienen wollte, wurde er eingesperrt. Seine Methoden hatten sich augenscheinlich als trügerisch erwiesen.

»Vielleicht habe ich mich geirrt«, bekannte er einigen Bauern gegenüber, die aus seinem Geburtsort gekommen waren, um ihm anläßlich seines goldenen Priesterjubiläums zu gratulieren. »Vielleicht hätte ich sie Haß statt Liebe lehren sollen, hätte ihnen raten sollen, Gewalt mit Gewalt zu erwidern. Auch Christus würde jetzt zum Gewehr greifen. Aber man hat Ihn um der Liebe willen ans Kreuz genagelt. Darum bereue ich meinen Irrtum nicht. Und ich sage euch: eines Tages werden die Armen oben sein, und dann wird der Bruder den Bruder nicht mehr hassen. Und das wird für immer sein.«

Die weltliche und die kirchliche Autorität im geheimen Einverständnis wegen ihrer wechselseitigen Interessen und gemeinsamen Befürchtungen, engten ihn immer mehr ein und erreichten es schließlich, ihn lebendig zu begraben. Seine erlauchte Anwesenheit verbreitete einen allzu starken und lästigen Glanz. Seine fadenscheinige Soutane verhöhnte den Prälatenprunk, der in Rot und Gold auf dem dunklen Elend einer Stadt, eines in Lumpen gehüllten Volkes erblühte. Die strenge Armut des Bischofs war denjenigen, die mit dem Zeitlichen und dem Ewigen, mit der Seele und dem Körper der Republik Handel trieben, ein Dorn im Auge.

Sie enthoben ihn aller seiner Posten. Als einziges Vorrecht ließen sie ihm den Dispens, in seinem Hause das Heilige Meßopfer zu begehen.

Aber der Bischof fuhr fort, den Flüchtlingen aller Parteien, den Bedürftigen aller Art seine Gastfreundschaft und Hilfe zukommen zu lassen. Er half Verwandten, Freunden und sogar seinen Feinden, die ihm seine Hilfe meistens mit

Diebstahl und Verleumdung – im besten Falle mit Undankbarkeit und Vergessen lohnten.

Als sie schließlich alt und von allen verlassen waren, mußten der Bischof und Señorita Teresa nach und nach die spärlichen Besitztümer verkaufen, die ihnen noch verblieben waren, um Nahrung für sich und ihre Schützlinge zu beschaffen. Als der Bischof seinen großen Schreibtisch aus Guayacán verkaufte, veräußerte sie ihre letzten kleinen Kostbarkeiten: einen Aufsteckkamm aus Chrysolith, einen Ring, eine Korallenkette, eine Mantille aus Ñandutí. Als der Bischof sein Bett aus Palisander verkaufte, hatte sie schon nichts mehr. Ihm blieb nur noch der Feldaltar und das kleine Harmonium. Mit ihrer Hilfe, durch die geheiligte Verbindung von Gebet und Musik, stieg er körperlos und lebendig hinauf, dem Himmel entgegen; beim Morgengrauen, unterstützt von seiner Schwester, die auch die Aufgaben eines Ministranten versah; des Abends, begleitet vom Chor der Bettler aus der Recoleta. Sie kamen jeden Abend, waren die einzigen ›Verwandten‹, die das Leben den beiden Alten gelassen hatte. Seit fünf Jahren kamen sie regelmäßig.

Sie waren elf an der Zahl. Und diese elf zusammen ergaben viele Jahrhunderte eines dunklen Schicksals, Jahrhunderte, die sich tagsüber am Kirchenportal zusammenfanden.

»Noch einer«, sagte einmal Paí Polí, einer der Bettler, »und wir wären zwölf, wie die Heiligen Apostel ...«

»Vielleicht einmal ... Paí Polí«, antwortete ihm Señorita Teresa mit einem Lächeln, als wüßte sie bereits, wer eines Tages im Vorhof der Recoleta die biblische Zahl vollenden würde, die der ehemalige Sakristan erträumte.

Unter den letzten Klängen der Vesperglocke standen sie langsam auf. Im schwingenden und rosigen Halbdunkel der Vorhalle lösten sich ihre krummen Rücken wie große Wanzen von der Mauer. Sie bewegten sich inmitten eines üblen, scharfen Geruches von Urin, Tabak, ranzigen und verfaulten Nahrungsmitteln. Husten und Seufzer durchliefen die Reihe, während auf den steinernen Vorsprüngen des Glockenturmes die vom Sprühregen der lärmenden Schallwellen aufgescheuchten Tauben girrten. Schatten, Farbe, dumpfer Hagel von Glockenschlägen. Mit seinem grünlichen Donner von hohlem Eisen schien der Turm in der Abenddämmerung über den Bettlern emporzuwachsen. Sie fühlten sein Gewicht und erhoben sich. Als das Dröhnen langsam schläfrig wurde, begannen die Gitter des Vorhofes zu knarren. Mit trockenem Händeklatschen scheuchte der Sakristan sie hinaus. Sein schielender Blick fiel erbittert über sie her.

»Epac, Maria. Vai'mbora – mach, daß du fortkommst. Vosé . . ., eh, vosé . . .«, sagte Juan Rapai, ein alter Mulatte aus dem Matto Grosso. Sein Kräuselhaar glich schmutzigen Maiskörnern. Er räusperte sich, spuckte zum hundertsten Mal auf den Boden und erhob sich. Steif und starrsüchtig, mit dem unbeweglichen Blick einer Blinden oder Toten, stand neben ihm seine Frau, Maria Teongüé, die Taubstumme.

Toro Tingüé und Julián Machete, Süßwassermatrosen, die für immer an dieser Mole von Bogengängen und blanken Fliesen gestrandet waren, stießen zahnlose Flüche aus gegen einen mit Yerba beladenen Frachtkahn aus dem Norden des Landes, der nicht kam und wahrscheinlich – der starrköpfigen Erwartung der Gestrandeten zum Trotz – auch niemals kommen würde.

Paí Polí, ein ehemaliger Sakristan dieser selben Kirche, in deren Vorhof er sich jetzt befand, klopfte mit der Faust auf seine Brust und betete mit liturgischem Akzent das Apostolische Glaubensbekenntnis.

Canuto Pysá-pe-trompo, der Glöckner, der vor dreißig Jahren durch einen Sturz in diesem selben Glockenturm verkrüppelt worden war, erbebte in einem leichten, nachtwandlerischen Weinen und bedeckte seinen Kopf mit den Händen.

»Aú... aú... ya'u chochí, kirikirí, taguató... Tupa'ó gualambau... Aní... Aní...«

Immer weinte er vor Glück oder Trauer zu dieser Stunde, in der seine ehemalige Geliebte, die große Glocke, seine itapú-ambú-keraná, ihm das Gehirn mit ihren zitternden Bronzeklauen zerriß. Sie war schön und grausam, sie glich der Zeit, und sie war zu hoch oben, eine Wolke in der Form eines umgekehrten Mörsers, aus der ein Beben strömte. Niemals mehr würde er zu ihr gelangen. Und was von ihr zu ihm herunterkam, war nur das Echo der Liebkosungen, die sie dem anderen Glöckner schenkte, während sie feierlich und dröhnend für die Lebenden und die Toten schlug.

Angelo, der Neapolitaner mit dem weißen, von Tabaksaft verrosteten Bart, prüfte gierig und gefräßig mit seinem Zahnfleisch die Münzen. Sogar seine Zähne hatte er aufgegessen oder hatte sie, in Branntwein aufgelöst, in sich hineingesaugt.

»Corpo di Cristo... per la Madonna... níkelo chico..., chico!« Keuchend richtete er sich ein wenig auf. Dann begann er zu singen, und in dem näselnden, sich stets wiederholenden Einerlei des betrunkenen Sängers pochte ein ferner Golf von meerblauen Gewässern, gleich einem Mundvoll Himmel im Kropf eines Vogels, der seine Federn verloren hat.

Das von Falten zerfurchte Gesicht an die feuchte Wand gepreßt, lag Petrona Cambuchi, die Prostituierte, auf den Knien und betete noch einen Augenblick weiter, während das Glockengeläut erstarb. Es war, als ob von diesem flüchtigen, geheimen Augenblick die Rettung ihrer Seele abhinge.

Mit sanften, entrückten Bewegungen holte Evaristo Nacurutú unsichtbare Würmer aus seiner Nase, zertrat sie dann vorsichtig mit seinen Füßen.

Caracú, der ehemalige Totengräber der Recoleta, beschnüffelte seinen knorrigen Guayabostecken von oben bis unten, schlug ihn dann leicht gegen die Wand, als ob er einen Schenkelknochen ausklopfte, um den Staub abzuschütteln. Dann erhob er sich.

Der letzte, der aufstand – wenn man es aufstehen nennen kann – war Pitogüé, dessen Stimme, wenn sie durch seine gespaltenen Lippen drang, dem Kreischen eines unheilverkündenden Vogels glich. Daher sein Name und sein düsterer Ruhm. Der Pfiff des Pitogüé bedeutete sicheren Tod oder Unheil für denjenigen, der ihn am Portal de las Animas beim Abendgeläut vernahm.

»Juii . . ., Juiii . . . Jululuiiiiii . . . !« krächzte er dieses Mal und erhob sich. Die Schar der Bettler erschauerte. Evaristo Nacurutú betrachtete ihn mit seinen triefenden Augen und hörte auf, sich die Scheinwürmer aus der Nase zu ziehen. Verlassen lag der kleine Platz da. Der Wind wirbelte die ausgedörrten Blätter über die schattenblauen Fliesen.

Trotz seines riesigen Kopfes war Pitogüé der Kleinste von allen – aber nicht der Jüngste. Er hatte keine Beine. Während einer Revolution hatte eine Granate sie ihm abgerissen. Nur zwei kurze Stümpfe waren übrig geblieben, an denen er Stücke von Gummireifen befestigt hatte. Das Händeklatschen des schieläugigen Sakristans riß ihn von der Wand fort. Zögernd erhob er sich; oder besser gesagt, er versuchte, in einem kurzen Tanz des gestutzten Rumpfes auf seinen verkümmerten Stielen, sich aufzurichten.

Der Mulatte Juan Rapai, der seine Frau an der Hand hinter sich herzog, gab ein Zeichen, und der zerlumpte Trupp setzte sich in Bewegung. Sie durchschritten den kleineren der Torbögen und durchquerten den Friedhof. Pitogüé schob sich auf seinen großen, schuppigen Händen voran. Beim Schließen stieß der Sakristan ihn mit dem einen Türflügel in den Rücken, um ihn schneller hinauszubefördern. Ein wenig verspätet folgte er den anderen, bis zu den

Leisten versunken in den Fliesen, in den Kieselsteinen der Fußwege, im Gras, das grau war von dem Dunst, der wie ein unterirdischer Atem dort hervorzuquellen begann. Die abwesenden Beine von Pitogüé mochten verstohlen zwischen verblichenen Schädeln und Knochen schleichen. Dicht über dem Boden des Friedhofes entflohen die letzten Spatzen, und leise wurde die Nacht geboren. Die milchig-violette Helle, die noch zwischen den Zypressen und den Grabmälern schwebte, entfärbte nach und nach die schmächtigen Schatten der Bettler. Als letzter verlosch der Schatten Pitogüés, dessen riesiger, einem wollartigen Kürbis gleichender Kopf zwischen den Kreuzen und Grabsteinen dahinrollte.

Eine halbe Stunde später erreichten sie das Haus des Bischofs.

Die Nacht war kalt und windig, so daß sie später ankamen als sonst. Aber nur wenig später. Dann kamen sie wie immer, einer nach dem anderen, in der gewohnten Reihenfolge. Auf ihren armen Rücken aus Knochen und Lumpen schleppten sie die Last der Zeit. Und das Wasser des Lebens, das sicherlich für keinen von ihnen jemals klar gewesen und das jetzt schon dickflüssig war wie Jauche oder der Schleim toter Schlangen, hemmte ihre Knie, ihre Stümpfe oder ihre Bettlerkrücken.

Sie gingen durch das Gartentor, von dem nur noch die von Feldmohn und Jasmin umrankten Backsteinpilaster übriggeblieben waren.

»Ave Maria purísima!« – Die Stimme Juan Rapais schrie heiser gegen den Wind. Señorita Teresa öffnete die Tür.

»Ohne Sünde empfangen!«

Die groben Stimmen der Flußmatrosen und das lippenlose, unheilverkündende Pfeifen von Pitogüé erzeugten ein dumpfes, wehklagendes Geräusch.

»Maiteí-pa, Señorita Teresa. Jha Monsignore? Como vai?«

Juan Rapai konnte keinen Satz hervorbringen, in dem er nicht ein wenig Spanisch, Portugiesisch und Guaraní vermischte.

»Er ist krank, er liegt zu Bett, Bruder Juan de Dios.«

»Krank, der Monsignore?« fragte Paí Polí in seinem gewohnten Sakristeiton. Und sogleich fuhr er fort: »Man darf Monsignore nicht belästigen, man muß still sein, damit er ausruhen kann . . . shss . . .!« drohte er seinen Genossen, wobei er seine Hände mit Nachdruck auf und ab bewegte. »Ruhe . . . mehr Ruhe, bitte! Seine Ehrwürden schlafen. Nicó che paícuera, wir müssen den Schlaf von Monsignore respektieren . . .«

Maria Teongüé blickte mit ihren toten Augen zu dem dunklen Zimmer hinüber, in welchem der Bischof ruhte.

»Kommt herein, Brüder«, bat Señorita Teresa. »Es ist kalt. Ich werde euch das Abendessen servieren.«

Ein wenig verwaist, schweigsam, scharten sich die Bettler um den Tisch, ein jeder an seinem gewohnten Platz. Señorita Teresa ging in die Küche, um das Essen zu holen. Alle blieben unbeweglich, mit Ausnahme von Evaristo Nacurutú, der fortfuhr, sich die unsichtbaren Würmer aus der Nase zu ziehen, und Angelo, dem Neapolitaner, der über seinem Teller hin und her schwankte, wie ein weißer und hungriger alter Ziegenbock.

Der Geruch der Bettler erfüllte den düsteren und ärmlichen Raum.

Señorita Teresa kehrte mit der dampfenden Schüssel aus der Küche zurück. Sie stellte sich an das obere Ende des Tisches und betete das Benedic. Sie sagte nur: »Segne, o Herr, diese Nahrung.« Dann fuhr sie mit dem Vaterunser und dem Ave Maria fort. Sie betete mit gefühlvoller und sehnsüchtiger Inbrunst, als ob, anstatt Erbarmen zu erweisen, sie selbst es sei, die es von diesen Notleidenden benötigte.

Die Bettler nahmen Platz, und sie legte ihnen wie immer

das Essen vor, nachdem sie Pitogüé geholfen hatte, auf seinen Platz auf der Bank zu klettern und sich zurechtzusetzen. Señorita Teresa setzte sich nicht, sondern blieb mit gesenkten Augen und über der Brust gekreuzten Armen vor ihrem Platz neben dem oberen Ende des Tisches stehen. Eine Zeitlang hörte man nichts als das Klappern der Löffel und das Schmatzen der zahnlosen Münder. Der Dampf des Locro legte sich über die vom Alter gezeichneten Gesichter und glättete sie; oder er entstieg den Mündern wie der sichtbare Atem des Hungers.

Es war in diesem Augenblick, daß das Harmonium zu erklingen begann. Niemand hatte den Bischof aus seinem verdunkelten Zimmer kommen sehen. Nur Maria Teongüé, die ihre toten Blicke keinen Augenblick von der Tür abgewandt hatte, mochte ihn beobachtet haben.

Als die ersten Akkorde erklangen, drehten sich alle Bettler, alle – auch diejenigen, die nicht hören konnten – um, und blickten zu dem Bischof hinüber, der vor dem Harmonium saß. Auch Señorita Teresa sah ihn, und ihre Augen füllten sich mit Tränen.

Der magere Schattenriß des Bischofs bewegte sich leicht im Halbdunkel zum Takt seiner Füße, welche die Orgelbälge traten. Das rote Scheitelkäppchen und die roten Ränder der Soutane hoben sich leuchtend von seinem weißen Haar und dem dunklen Stoff ab. Er schien nicht mehr gebeugt, nicht mehr krank, nicht mehr alt. Aber das war immer so, wenn der Bischof sich an das Harmonium setzte und zu spielen begann. Dieses Mal jedoch war es besonders deutlich. In der nur zart vom Lampenlicht berührten Dunkelheit verwandelte die Musik seine ehrwürdige Gestalt, wurde er fast zu einem körperlosen Wesen.

Volltönend erklang die Stimme des Harmoniums, reiner und mächtiger denn je, aber gleichzeitig sanfter und ferner. Es war das Vorspiel zu ›Näher, mein Gott, zu Dir‹, dem Lieblingslied des Bischofs, das er gewöhnlich am Schluß spielte, begleitet vom Chor der Bettler. Die ersten Gesänge waren immer das ›Pange Lingua‹ und das ›Tantum Ergo‹. Aber dieses Mal hatte er aus unerklärlichen Gründen die Reihenfolge gewechselt. Auch die Stimme des Bischofs war zu hören; sie vibrierte sanft und zeitlos. Es war eine Stimme, die Erlebtes, Träume und Hoffnungen wachrief, die am Ende in einem ekstatischen Frieden voller Güte, Verstehen und Verzeihung ihre Erfüllung fanden; ein Schrei des Blutes, ein Schrei des Geistes, der von weither kam und nicht mehr sterben konnte. Wie einem heimlichen, unwiderstehlichen Rufe folgend, hörten die Bettler auf zu essen und näherten sich dem Harmonium. Diejenigen, die eine Stimme hatten, begannen, mit dem Bischof zu singen.

Mitten im Gesang erinnerte sich Señorita Teresa der Worte ihres Bruders. Sie wußte nicht, wie lange es her war, daß er sie gebeten hatte:

»Gib ihnen alle meine Kleidung, Schwester. Sie werden sie mit ihren Körpern heiligen, die reiner sind als meiner. Nur meine Kalotte und Soutane, die ich aus Rom mitgebracht habe, sollst du mir bitte lassen. Ich werde sie am Tage meines Todes anziehen ...«

Bis Mitternacht spielte der Bischof unermüdlich auf dem Harmonium. Und die Bettler sangen mit ihm.

Dann wurde die Musik immer sanfter und leiser, bis wieder Stille herrschte. Der Wind hatte sich gelegt. Es war eine herrliche, klare Nacht. Durch das Loch des Daches sah man die Sterne schimmern. Zwischen den zerbrochenen Dachziegeln schien der Himmel wie ein tiefes, blaues Auge.

Der Bischof erhob sich, umarmte die elf Bettler und seine Schwester, küßte jeden wortlos auf die Stirn. Groß, schlank und aufrecht kehrte er in sein Zimmer zurück, ebenso lautlos, wie er während des Abendessens herausgekommen war. Señonita Teresa beobachtete ihn, wie er in der Dunkelheit verschwand. Sie sagte kein Wort, aber sie fühlte, daß etwas Unerklärliches vorgegangen war.

Einer nach dem anderen verließen die Bettler das Haus. Auch sie waren im Innersten angerührt und wortkarg. Die Augen von Maria Teongüé schienen von einem Gedanken überschattet, der nicht in Worte zu fassen war. Señorita Teresa erriet ihn mühelos. Petrona Cambuchi, die alte Prostituierte aus Areguá, fühlte sich endlich bis auf die Knochen geläutert. Beim Hinausgehen fiel sie vor dem in Dunkelheit gehüllten Zimmer auf die Knie. Gleich einem kleinen Strom von Asche breiteten sich ihre Haare auf dem Boden aus. Der letzte Rest von Schuld war in dieser trokkenen Flamme, dieser Geste, diesem Abschied getilgt. Sie war von neuem ein unbeflecktes Wesen, leicht und lächelnd. Sie erhob sich und ging hinaus.

Der letzte, der das Haus verließ, war Pitogüé. Sein unheilverkündender Vogelschrei war verstummt, und sein Blick war wie Sprühregen. Auf seinen Beinstümpfen schaukelnd, entfernte er sich. Eine Zeitlang hörte man noch das schleifende Geräusch seiner Gummipolster auf den feuchten Ziegelsteinen. Dann wurde es still. Durch die offene Tür drang die reine Kälte der Nacht, drang das Schweigen, der Duft der Jasmine. Señorita Teresa schloß die Tür nicht.

Dann nahm sie die Lampe und ging in das Zimmer ihres Bruders. Der alte Bischof schlief bereits – aber es war der ewige Schlaf. Sie berührte seine Stirn nicht, denn sie wußte ohnedies, daß sie eiskalt war.

Sie kniete neben dem Bett nieder und betete lange und weinte lautlos. Die Lampe wurde langsam bleicher. Es dämmerte.

Señorita Teresa schlug ihr schwarzes Tuch über den Kopf und verließ das Haus. Sie mußte einen Sarg für ihren Bruder beschaffen. Sie dachte nicht an Leichengepränge, an den violetten und goldenen Prunk der römischen Liturgie, an großartige Obsequien, an einen feierlichen Trauerzug, an Grabreden, an Prachtwagen und Pferde in glänzendem Schwarz mit zahllosen Kränzen. Ihr Bruder benötigte jetzt viel weniger als das. Nur die vier glatten Bretter, damit sein Körper in Frieden in der dunklen Erde schlafen könne. Seine Seele war bereits verschmolzen mit dem Licht, mit dem Gesang der Vögel, der himmelblauen Stille des Universums; gleich einem göttlichen Feuertropfen – dachte sie – der sich in einem unendlichen goldenen Kruge aufgelöst hat. Dafür war das Harmonium in der Nacht zusammen mit dem Bettlerchor erklungen. So hatte sie sich immer den Tod ihres Bruders vorgestellt.

Aber es war nicht leicht, die vier glatten Bretter zu beschaffen. Sie lief lange Zeit herum, klopfte an viele Türen, sprach mit vielen Menschen, alten Bekannten, Freunden, Verwandten, die der Bischof unterrichtet, gekleidet, gespeist hatte. Aber sie erntete nur leere Redensarten: »Armer Monsignore...!« – »Wer hätte gedacht, daß auch ihn der Tod ereilen würde... ihn, diese Reliquie der Kirche!« Die meisten begnügten sich damit, zu fragen, wann die Beerdigung stattfinden würde, und ihre Anwesenheit anzukündigen.

Sie wandte sich sogar an die Kurie. Am Tor des Erzbischöflichen Palais' empfing sie ein hochgewachsener junger Priester mit dicken Lippen und verschlagenem Gesichtsausdruck. Er war sichtlich bemüht, sich der Situation anzupassen, ohne daß man sein Unbehagen allzu deutlich bemerkte.

»Oh, es tut uns aufrichtig leid!« sagte er mit einem Kniefall, wobei er seine weißen, behaarten Hände rang. »Aber wir sind arm, sehr arm!« betonte er. »Wir werden die Totenfeier übernehmen. O ja, das wohl! Alles erstklassig. Am Sarg gelesene Seelenmesse. Die Ausschmükkung... die Lichter...« Er versuchte, seinen Worten durch die entsprechenden Gesten größere Gewichtigkeit zu verleihen. »Wir werden einen Kanzelredner für die Grabrede schicken. Der Chor der Kathedrale wird singen. Aber den Sarg – unmöglich, Señorita Teresa!...« Beinahe an ihrem

Ohr, als schämten sie sich, es zu sagen, flüsterten die dicken, heuchlerischen Lippen: »Wir haben kaum genug zu essen! Verstehen Sie?«

Es blieb ihr nur ein Ort: der Vorhof der Recoleta, das Portal de las Animas. Zu Fuß begab sie sich vom Zentrum aus dorthin. Die Bettler umringten sie. Sie brauchte nichts zu sagen, denn sie verstanden sofort, was sie ihnen mitzuteilen hatte.

»Unser Vater ist gestorben ..., o manó ore Obispo santomí ..., er ist gestorben ..., er ist gestorben ...!« jammerten die heiseren Stimmen. Nach einem Augenblick sagte sie nur:

»Ich möchte, daß ihr mir helft, das Harmonium zu verkaufen, um den Sarg zu bezahlen«

»Sie wollen das Harmonium von Monsignore verkaufen?« Es war Juan Rapai, der bestürzt diese Frage stellte.

»Dann wird es so sein, als ob wir ihn in seinem Harmonium begrüben, das er so sehr geliebt hat«, erklärte Señorita Teresa schlicht. Es war alles so einfach jetzt. Wie das Leben und der Tod.

Mit krampfhaften Gesten und ausdruckslosem Gesicht pflichtete Maria Teongüé ihr bei.

»Natürlich«, stimmte Paí Polí zu und faltete die Hände. »Es ist, als ob wir Seine Ehrwürden im Harmonium beisetzten.«

Señorita Teresa verließ den Vorhof. Alle Bettler begleiteten sie.

Im kalten Glanz der Mittagssonne verließ das kleine Harmonium auf den Schultern der Bettler das Haus. Die erstaunten Nachbarn beobachteten die sonderbare Karawane, die einem Zug von Ameisen glich, die mühselig mit ihrer Last von dannen ziehen.

Auf die gleiche Art brachten sie den schwarzen Sarg, der dem Harmonium ähnlich sah, zum Hause. Señorita Teresa schritt an der Spitze des Zuges. Ihr Tuch war weiß von Staub. In ihren alten Augen standen keine Tränen mehr, nur der Ausdruck eines großen Friedens. Ihr Gesicht leuchtete unter diesem Frieden. Nicht einmal die Trauer konnte ihn trüben. Sie unterschied sich schon kaum mehr von den Bettlern, die den leeren Sarg trugen.

Die Straße, der Hof, das Haus waren voll von schweigsamen Menschen, schlichten Menschen, Menschen des Volkes, die den Herannahenden respektvoll den Weg öffneten.

Einige Frauen halfen Señorita Teresa, den Leichnam des Bischofs in den groben Sarg zu betten. Als sie ihn von seinem Klappbett hoben, glitt die rote Scheitelkappe von seinem Kopf und fiel zu Boden. Es war Pitogüé, der sie mit seinen rauhen Händen aufhob. Mit geschlossenen Augen küßte er sie und übergab sie Petrona Cambuchi. Diese führte sie ebenfalls an die Lippen und reichte sie Juan Rapai, der sie, nachdem er sie in gleicher Weise geküßt hatte, einem anderen gab. So ging die Kalotte des Bischofs durch alle Hände, wurde von allen Lippen gestreift, wie ein leuchtender Helm aus gehärtetem Blut, aus einem roten Gedanken, aus Geist in der Form einer Purpurblase, geglättet von der Ergebenheit und der Liebe der einfachen Menschen, der guten Geschöpfe des guten Gottes, welcher ebenfalls aus Erde und Leiden erstanden war. Dann krönte sie wieder die weißen Haare, den von einer zarten Aura umgebenen Kopf des toten Bischofs.

Gemeinsam trugen sie ihn zu seiner Grabstätte. Der goldene Nachmittag lag schwer auf dem armseligen Sarg. Der Schatten der Bäume. Die unendlich hohe Himmelskuppel.

Und die nackten Füße der Menschen wirbelten den Staub auf, als sie langsam dahinzogen, an der Seite des toten Freundes, der zu schlafen schien.

Das Auge des Todes

Er band sein Pferd nicht an einem der Pfosten der Kneipe fest, wo bereits andere standen, sondern in einem dichten Chirca-Wäldchen gegenüber. Die vielfältigen Erlebnisse auf seiner Flucht zwangen ihn, ständig auf der Hut zu sein.

Im Licht des Mondes sah die Blesse rötlichgrau aus. Der Mann ritt zwischen den Chircabäumen hindurch, bis er einen Platz fand, wo er sie gut verbergen konnte. Die Müdigkeit, vielleicht die Hoffnungslosigkeit, ließ Reiter und Pferd im schläfrigen Trott eins werden. Nur der instinktive Zwang zur Wachsamkeit unterschied den Mann vom Tier.

Er halfterte ab und legte das Zaumzeug über einen Caraguatástrauch. Die nahen Kokospalmen warfen unbewegliche, säulenförmige Schatten auf Mensch und Tier. Der Mann lockerte den Sattelgurt und nahm das Geschirr ab, damit die frische Luft unter der Decke bis an den Rücken des Tieres dringen konnte, befreite es vom Gebiß, um es weiden zu lassen. Dann lehnte er sein Gesicht an die Schnauze des Pferdes, das ein paarmal mit dem Kopf nickte, als verstünde es. Er streichelte seine Ohren, den warmen Nasenrücken. Unter dem linken Auge des Tieres bemerkte er einen schleimigen Streifen. Seine Hand war feucht, klebrig, als er sie zurückzog. Wahrscheinlich war es nur ein wenig Geifer; beim Durchwaten des Baches hatte das Pferd viel Wasser getrunken. Er maß der Entdeckung keine Wichtigkeit bei, vergaß sie bald. Das Wesentliche war jetzt, daß sie beide bis zum Morgengrauen eine Atempause hatten.

Dann ging er zur Kneipe. Ein Streifen Licht kam unter der Tür des Ranchos hervor. An einem langen Bambusrohr, das an einen Pfosten gebunden war, flatterte ein weißes Tuch: das Zeichen des Ladens von Cleto Noguera. Schnaps, Spielkarten und kalter Mate. Nachtschwärmer, immer zu einer Partie bereit.

Er stieß die Tür auf und ging hinein. Ein Windstoß brachte die Lampe zum Flackern. Auch die Gesichter, die sich dem Ankömmling zuwandten, schienen bei der Bewegung der rauchigen Flamme zu zucken. Das unverständliche Gemurmel der Männer beim raschen Prüfen ihrer Kartenfächer verstummte. Das geschwätzige Rascheln der schmutzigen, ausgefransten Karten brach ab. Bis jemand mit herzhaftem, rauhem Ton die Stille unterbrach:

»Timó Aldama! Kommen Sie näher, Cuimba'é! Seit einem Jahr wartet der Truco hier auf Sie.«

Seit einem Jahr befand er sich auf der Flucht.

Unter Lachen und scherzhaften Anspielungen auf den Zurückgekehrten begannen sie ihr Spiel von neuem.

Timó Aldama näherte sich dem runden Tisch und setzte sich auf das Ende einer Bank.

»Bestimmt hat Timó die Sporen mit Silber beschlagen«, sagte derjenige, der ihn erkannt hatte, wie nebenbei, mitten im Spiel: »Ist es nicht so, mein Freund? Bei den Rodeos scheffelt man das Geld haufenweise.«

»Und wenn nicht dort«, pflichtete ihm ein anderer bei, »dann bei den Rennen und den Hahnenkämpfen. Timó hat das Auge eines Kavuré'í.«

»Und im Truco macht es ihm keiner nach«, erklärte ein dritter schmeichlerisch. »Erinnert ihr noch das letzte Mal? Er hat uns alle gerupft. Caria'y pojhïi co coa.«

»Mir hat er meinen Achtunddreißiger abgenommen«, erinnerte sich brummend ein kleiner, schielender Maultiertreiber und kratzte sich den Bauch dort, wo früher sein Revolver gehangen hatte.

»Und mich hat es das Seidentuch und mein Solinger Messer gekostet.« Langsam kreisten die Verschwörer das zurückgekehrte Glückskind ein. Irgend jemand, vielleicht Cleto Noguera selbst, reichte ihm einen Krug. Gierig begann Aldama zu trinken. Der Schnaps brannte ihm in der Kehle und ließ ihn die Augen schließen, während die übrigen ihn – in Erwartung der ersehnten Revanche – weiter ›hofierten‹.

»Und mir hat er beinahe mein Mädchen abgenommen. Wenn ich nicht letzten Endes die Dreiunddreißig in die Hand bekommen hätte, wäre mein Bett leer geblieben, und ich müßte jetzt mit den Händen zwischen den Beinen schlafen, krank vor tembo ätä.« Allgemeines Lachen belohnte die Zote. Auch Aldama lachte. Aber gleich darauf wies er, beinahe ernst, die Beschuldigung von sich.

»Nein. Benítez. Ich spiele nicht um Frauen. Ich habe mein Mädchen in meinem Dorf. Ich bin ein guter Familienvater.«

»Und auch ein ganz guter Spieler«, stichelte einer.

»Nun ja, wenn sich die Gelegenheit bietet, drücke ich mich nicht. Jeder von uns hat seinen Stern.«

»So gefällt es mir«, schmeichelte derjenige, der zuerst gesprochen hatte, und reichte ihm von neuem den Krug. »Timó Aldama gehört zu den Leuten, die den Dingen ins Auge sehen. So lobe ich mir einen wirklichen Mann.«

Das Lob glitt an Timó ab, ohne ihn zu berühren. Seine Gedanken schweiften in die Ferne. Der andere ließ nicht locker:

»Spielst du eine Partie, Timó? Mit dir sind wir sechs.«

»Nein, ich gucke nur ein bißchen zu.«

Aber seine Gedanken waren nicht bei dem, was er sagte. Die Erinnerungen hatten seine Züge undurchdringlich werden lassen. Etwas, das er längst vergessen geglaubt hatte, fiel ihm jetzt wieder ein. Vielleicht war es das Gespräch über das Kartenspiel, das, was er selbst über den Stern eines jeden Menschen gesagt hatte. Vielleicht war es das, was der andere über ihn und seine Fähigkeit, ›den Dingen ins Auge sehen zu können‹, gesagt hatte. Tatsache war jedenfalls, daß die Erinnerung ihn jetzt überkam, in diesem Augenblick; daß sie nicht bei anderen Gelegenheiten gekommen war, wo sie sich auch hätte einstellen können, um ihn in ihren Schleier zu hüllen und ihn der harten Wirklichkeit gegenüberzustellen, die ihn unerbittlich verfolgte. Zum Beispiel, als auf der Flucht vor der Polizei, die ihn schon beinahe umzingelt hatte, seine Blesse beim Sprung über einen Graben zu Boden stürzte, mit dem Kopf zuerst in ein dorniges Gestrüpp fiel.

Der Sturz des Pferdes bedeutete in Wirklichkeit eine von der Vorsehung bestimmte Überlistung des Todes. Die Gewalt des Sturzes drückte sie beide einen Augenblick lang in das Dickicht, in dem sie noch versunken waren, als ihre Verfolger vorbeirasten, ohne sie zu sehen. Von dem weichen Lager aus Zweigen und Blättern, in das er geschleudert worden war, sah er, wie das Pferd sich hinkend und übel zugerichtet erhob, während der Polizeitrupp sich in der Ferne verlor.

Aber es war nicht der wunderbare Sturz, sondern jene nichtssagende Anspielung auf die Karten, welche die Worte der Alten aus seinem tiefsten Inneren hervorgeholt hatte, diese Worte, die er plötzlich im Ohr hatte, als hätte er sie eben erst gehört.

Es war während eines Festes zu Ehren der Santa Clara. Noch hatte er sich nicht mit Anuncia ›zusammengetan‹; noch war Poilú nicht geboren.

Ein Zigeunerstamm hatte seine Zelte in der Umgebung des Dorfes aufgeschlagen. Diese sonderbaren Menschen, in grellfarbige Lumpen gekleidet, boten ein ungewöhnliches, nie gesehenes Schauspiel. Ihre fremde Sprache. Die langen Zöpfe der Frauen. Das geheimnisvolle Lächeln der Männer. Die Kinder, die keine Tränen zu kennen schienen.

Timó Aldama hatte gerade ein Rennen gewonnen. Als er, von seinen Kumpanen umringt, an den Zigeunern vorbeiritt, führte er ihnen einige akrobatische Kunststücke vor, ließ sein Pferd zuletzt eine geschmeidige, elegante Polka tanzen. Mitten in der grünen Landschaft, im rötlichen Licht der Abenddämmerung, standen sich zwei Rassen Auge in Auge gegenüber – man hätte fast meinen können, wie in einem stummen Zweikampf: hier Blumen und Lächeln, dort leise Vorahnungen. Timó Aldama war jung, behende und unbekümmert. Der Rhythmus des Pferdes sang in seinen Sporen; ein Rhythmus, den er mit seinen sehnigen, starken Händen beherrschte. Die Zigeuner hatten nichts als ihre Nacht und ihre Entfernungen; ihr gefräßiges Elend. Aus ihren Reihen löste sich eine fette Alte, die sich dem flotten Reiter näherte und die Zügel seines Rennpferdes ergriff. Die dunklen und die grünen Augen begegneten sich:

»Was wollen Sie, Yarïi?«

»Dir deine Zukunft deuten, junger Mann.«

»Meine Zukunft, die mache ich mir, Großmütterchen. Ist das nicht mit allen so?«

»Es gibt jedoch etwas, was du nicht weißt.«

»Was soll das sein?«

»Wann du sterben wirst.«

»Ach, das ist noch lange hin. Man stirbt am vorbestimmten Tag. Nicht am Vorabend.«

»Aber diesen Tag, den könntest du wissen ...«

»Wie?«

»Willst du ihn wissen?«

»Ja. Um dem Teufel die Zunge herauszustrecken.«

»Das kostet etwas ...«

Timó Aldama zog ein paar Geldscheine aus der Tasche und übergab sie, zu einer grauen Zigarre zusammengerollt, der Alten. Um den freigebigen Jüngling herum erklang das Lachen der Männer. Die dicke Zigeunerin griff gierig nach der grauen Zigarre und ließ sie in ihrem Ausschnitt verschwinden. Gleichgültig sah der Zigeunerstamm ihnen zu.

»Du wirst nicht sterben, junger Mann, bevor nicht das Auge deines Pferdes sich verfärbt.«

»Dieses Pferdes, Großmütterchen?« – wie ein schwarzer Rabe schwebte das dunkelhäutige Gesicht Timós über ihr.

»Desjenigen, das du in jenem Augenblick reiten wirst. Und dann, vielleicht, vielleicht kannst du der Gefahr entrinnen, wenn du still bleibst, wenn du nicht entfliehst. Aber ... das ist nicht sicher.«

»Gut, Großmütterchen; danke für die Warnung. Wenn der Augenblick kommt, werde ich an Sie denken.« Und das Pferd Timó Aldamas entfernte sich an der Spitze des lärmenden Reitertrupps. Seine zarten, biegsamen Beine tänzelten im Polkarhythmus durch den Staub, löschten mit dem Staub das Orakel der Zigeunerin aus.

Danach war vieles geschehen.

Jener Streit, in dessen Verlauf er wegen einer betrügerischen Wette einen Mann verwundet hatte, der Tod des Verwundeten einige Tage später, die Verfolgung, diese Truco-Partie, in die er sich jetzt verwickelt sah, um den Männern – mehr als eine Revanche – eine fast posthume Wiedererstattung zu bieten – alle diese Ereignisse waren nur die letzten Umstände, nicht die letzten Episoden, eines Schicksals, das ihm – mit Ausnahme der zufälligen und rätselhaften Prophezeiung der alten Zigeunerin – stets Vertrauen und Beistand verweigert hatte. So war er, fliehend wie ein Blinder, inmitten eines immer undurchdringlicher werdenden Dickichts vorangeschritten.

Diese Männer, die ihn – symbolisch gesprochen – bei dieser Truco-Partie vernichteten, kamen ihm vor wie Schatten von Menschen, die er nicht kannte. Er kannte ihre Namen, weiter nichts. Die Tatsache, daß sie das Verbrechen, die

Flucht nicht erwähnten, machte sie noch verdächtiger. Sie mußten davon wissen, aber sie täuschten Unwissenheit vor, damit die lächelnde Hinterlist Früchte trüge. Er war sich bewußt, daß diese Männer da waren, damit gewisse Dinge sich erfüllten.

Er konnte es nicht verhindern. Der Zufall des Truco entriß ihm in der schwindenden Nacht alles, was er diesen Männern vor einem Jahr entrissen hatte, an demselben Ort, in Cangó, wo er die erste Nacht seiner Flucht verbracht hatte.

Das seidene Tuch, der Gürtel mit der Patronentasche, der Revolver Kaliber 38, das Messer aus Solingen mit dem Hirschhorngriff, stumpf und verrostet, die silbernen Sporen – alles war wieder in den Händen der ursprünglichen Besitzer.

Dann begann er, seine eigenen Besitztümer zu verlieren und sie seinen Gegnern auszuhändigen; ein Stück nach dem anderen, ohne zu zögern. Im Gegenteil, es gewährte ihm ein heimliches Vergnügen, dieses einfache Geschehen, das allein durch seine tiefere Bedeutung kompliziert wurde. Es war, als hätte er selbst sich von allen Hemmnissen befreit, sich alles Überflüssigen entledigt.

Bei Tagesanbruch besaß er nichts als das Hemd auf seinem Leib und die weite Hose aus zerfetztem Leinen. Er mußte sie beim Hinausgehen mit den Händen festhalten. Der Gürtel und die Stiefel waren der letzten Runde zum Opfer gefallen.

Cleto Noguera schloß die Tür der Kneipe hinter ihm. In seiner Trunkenheit, in diesem verhängnisvollen Schwindelgefühl, das ihn fast niederwarf, ihn aber gleichzeitig vorwärtstrieb, spürte er dumpf, daß diese Türen, die sich hinter ihm schlossen, ihn nicht auf das weite, von rosigem Licht, von Wind, von Freiheit erfüllte Feld hinausschickten. Ihm war, als ob sie ihn in einer dunklen Schlucht einschlössen, durch die er hindurch mußte, ob er wollte oder nicht.

Zwischen den Chircabäumen riß er eine Liane ab und band sie als Gürtel um seine Hose, die ihm dauernd über die mageren Hüften glitt. Die Blesse lag zwischen dem Unkraut. Als sie ihn kommen sah, bewegte sie den Kopf. Zärtlich streichelte Timó Aldama sie. Das Pferd richtete sich auf; zuerst die Kruppe, dann die Vorderbeine. Es hatte sich wieder erholt, war bereit, die endlose Flucht fortzusetzen. Timó Aldama legte sein Gesicht wiederum an die Schnauze des Tieres, wie er es in der vergangenen Nacht getan hatte, bevor er in die Kneipe gegangen war. Auch das Tier nickte wieder ein paarmal mit dem Kopf, als wollte es ihm danken.

Jetzt erst betrachtete er das Pferd genauer. Das linke Auge des Malacara hatte sich verfärbt: es war von verschwommener, bläulichgrauer Tönung und feucht, als ob es blutete. Es spiegelte nichts wider, sein Blick war wie tot. Das andere Auge war dunkel, lebendig, glänzend. Die Morgendämmerung war darin wie ein zartes, goldenes Sprühen.

Die Prophezeiung der Zigeunerin überfiel ihn wie ein Dröhnen, wie ein dunkler Himmel, voll Wind und Wasser, wie ein riesenhaftes, verwittertes Buschmesser, das aus der Tiefe der Zeit angeflogen kam, mit blindem, fürchterlichem und unabwendbarem Haß.

Er konnte an nichts anderes mehr denken als an diese Enthüllung, die ihm betäubend in den Ohren klang. Er war plötzlich außerstande, eine vernünftige Erklärung für die einfachen Tatsachen zu finden. Zum Beispiel, daß die Verfärbung ganz einfach einem Caraguatá-Dorn zuzuschreiben war, der dem Pferd beim Sturz in den Graben in den Augapfel gedrungen war. Für ihn war das blinde Auge des Pferdes das unergründliche Auge des Todes.

Die buntgekleidete Alte hatte ihm gesagt:

»Und dann, vielleicht, vielleicht kannst du der Gefahr

entrinnen, wenn du still bleibst, wenn du nicht entfliehst. Aber ... das ist nicht sicher.«

Daran dachte er jedoch nicht mehr, und so begann er in der rosigen Morgendämmerung über das Feld zu laufen.

Die Streckenarbeiter, die gleichmäßig in die Pedale traten und so ihre Draisine vorantrieben, sahen über das Feld einen Mann herankommen, der ihnen schon von weitem verzweifelt Zeichen gab. Er glich inmitten des hohen Espartograses einem Schiffbrüchigen. Sie hielten an und warteten auf ihn. Mühsam erreichte er den Bahndamm. Dann sank er ohnmächtig zu Boden, ohne bis zu den Schienen zu gelangen. Die Arbeiter zogen ihn auf die Draisine und setzten ihre Fahrt gen Süden fort. Sie mußten noch in dieser Nacht Encarnación erreichen.

Der Mann glich einem Toten; mager, kraftlos, leichenblaß. Sicherlich hatte er seit mehreren Tagen nichts gegessen und getrunken. Die Füße waren von Wunden bedeckt, die Haut von Dornen zerrissen. Von seiner Kleidung war nichts weiter übriggeblieben als die zerfetzten Reste eines Hemdes und einer Hose, die mit einer Liane anstelle eines Gürtels festgehalten wurde.

Während der Fahrt kam er wieder zu sich und schien sich etwas zu beleben. Aber er sprach kein Wort. Die trüben Augen blickten starr in die Ferne. Durch Zeichen gab er den Arbeitern zu verstehen, entweder anzuhalten oder schneller zu fahren. Seine angsterfüllte Geste war zweideutig. Die Leute hielten ihn für einen Irren, aber sie konnten ihn in dieser riesigen Einöde unter dem herannahenden Gewitter nicht am Schienenrand dem sicheren Tode preisgeben. Der Himmel war im Süden dunkel, von einer sich drehenden, haubenförmigen Gewitterwolke, die aus Gußeisen zu sein schien. Der Mann wiederholte seine Geste immer wieder. Irgend etwas trieb ihn, drängte in ihm. Ohne die Geschwindigkeit der Draisine zu mindern, reichten ihm die Streckenarbeiter eine Feldflasche mit Wasser und ein Stück Rolltabak. Aber der Mann nahm nichts an. Er machte den Eindruck, als habe er das Gedächtnis für solche Dinge verloren.

Die Draisine erreichte die Außenbezirke von Encarnación in dem Augenblick, als der Zyklon, der die Stadt dem Boden gleichmachen sollte, sich entfesselte.

Der Mann sprang behend vom Wagen und lief den Häusern entgegen, deren Dächer durch die Luft zu fliegen begannen; inmitten des lärmenden Sturmes und der mit Camalotes und Wurzelgeflecht verstrickten Wasserhose, die, dem Paraná entrissen, über die Stadt hinwegzog, ging er dahin. Wie ein Schlafwandler schritt er unerschrocken und ohne zu zögern voran, dem düsteren Kern des Wirbelsturms entgegen.

Schwarz, mit der klebrigen Finsternis eines aufgerissenen Himmels, grün von Wasser, aschfarben von Taumel, weiß wie geschmolzenes Blei, das von einer Zentrifuge ausgeschleudert wird, peitschte der Wind mit seinem großen Schweif aus geflochtenen Curiyúes die Atmosphäre, zermalmte er die Erde, den Urwald, die Stadt, mit seinem gewaltigen Gebiß aus Luft, aus schwefligem Donner. Zwischen den zerbeulten Zinkdächern, die riesigen Buschmessern glichen, flogen Stücke von Häusern, Teile von Karren und menschliche Gliedmaßen, die Wasser oder Blut versprühten. Sie flogen summend, spottend, mit ungeheurer, phantastischer Geschwindigkeit über den Mann hinweg, der wie im Schlaf dahinschritt, der übergangslos von einem Hexenspuk zu einem anderen gelangt war, immer noch vorwärts ging, noch einige Schritte machte, bis der grünliche, quecksilbrige Leib des Sturms ihn in sich hineinsaugte, um ihn auf der anderen Seite wieder freizugeben – im Tode.

Mano Cruel

Die Sonne und der große Lärm, der den Platz erfüllte, rissen ihn aus dem Schlaf. Er rieb sich die Augen mit beiden Händen. Críspulo Gauto konnte es kaum fassen, aber es stimmte: der verlassene Platz, auf dem er sich gestern abend todmüde auf einer Bank zum Schlafen niedergelegt hatte, wimmelte jetzt, am Morgen, von Menschen, hallte wider vom Stimmengewirr der Menge, von Musik und vom Klang der Glocken. Es schien ihm, als läuteten die Glocken unmittelbar über seinem Kopf. Sonne und Fahnen ließen Straßen und Gebäude wie in einem Feuerschein erstrahlen. Unter den flatternden, dreifarbig gestreiften Bannern schienen die Häuser sich zu bewegen und vorwärts zu schreiten. Die erschreckende Vorstellung überkam ihn, er hätte womöglich mehrere Tage hindurch geschlafen. Sehr bald jedoch sollte er erkennen, daß es nicht Tage, sondern Jahre gewesen waren.

Er erinnerte sich, schon halb im Schlaf zwischen den Blättern die verschwommenen Umrisse eines Gebäudes gesehen zu haben, davor einen kleinen Platz, dessen eine Seite von einer halbkreisförmigen Freitreppe gebildet wurde. Jetzt erkannte er, daß es eine Kirche war. Von ihr kam der betäubende Donner der Glocken. Voll Verwunderung bemerkte er, daß er fast in der Vorhalle der Kathedrale von Asunción geschlafen hatte. Er vermutete, die Brandung der Menschenmenge habe während seines Schlafes die Bank dorthin geschwemmt. Aber wenn ihn selber alles, was er sah, in Erstaunen versetzte, so mußte er gleichzeitig feststellen, daß die Menschen nicht weniger verwundert waren, ihn hier, in dieser Haltung und in diesem Aufzug zu sehen. Sie betrachteten ihn verstohlen, lächelten und stießen sich gegenseitig an. Einer von ihnen sagte energisch:

»Steh schon auf. Das Tedeum fängt gleich an.«

Erfüllt von Scham und dumpfem Ärger erhob sich Críspulo Gauto. Mit seiner fadenscheinigen Hose, seiner Jacke aus abgeschabtem Wollstoff, seinen geflickten Alpargatas mischte er sich unter die festlich gekleidete Menge. Inmitten des Gedränges gelang es ihm, einige Stufen der Freitreppe zu erklimmen. Nun konnte er den Vorhof gut überblicken. Der Weg vom Hauptportal zur Straße war mit einem roten Teppich ausgelegt, an dem einige Soldaten in Galauniform Spalier standen. Dieser Pfad war frei von Menschen. Plötzlich, als hätte ein elektrischer Schlag sie getroffen, standen die Soldaten stramm und präsentierten das Gewehr. Eine Musikkapelle setzte zu feurigem Vorspiel an. Críspulo Gauto war ein wenig erschreckt, aber das Schauspiel versprach interessant zu werden. Noch nie in seinem so bunten und ereignisreichen Leben hatte er einem Tedeum beigewohnt. Nun bot sich die Gelegenheit.

Über den roten Teppich, die Stufen hinauf kamen – mit Gehröcken angetan – die imposanten Herren des Gefolges. Dem Neuankömmling Críspulo Gauto erschienen sie wie Bewohner eines anderen Planeten. Die fetten Bäuche, die breiten, rundbäckigen Gesichter, die unter den hohen und glänzenden Zylindern bereits zu einer historischen Geste erstarrt zu sein schienen, gaben seinem Erstaunen noch eine besondere Note. Diese schwarzen Schuhe, die – blank wie die Zylinder – über den roten Teppich stapften, waren in der Tat höchst eindrucksvoll. Críspulo Gauto fühlte, wie sich ihm in seinen abgetragenen Alpargatas vor Neid die Zehen krümmten.

Die dickwanstigen und ernsten schwarzgekleideten Herren waren groß an der Zahl. Zuerst erschien eine Reihe, dann noch eine und noch eine. In der vierten, fast in der Mitte, sah Críspulo seinen alten Freund – noch feister und imposanter als die übrigen. Damit überstieg sein Erstaunen die Grenzen, zerrte es ihn wie eine Sturzflut zurück in der Zeit, in den Wechselfällen seines Lebens, in den Erinnerungen.

Das erste, was er sah, war ein Dorfkarussell in Paraguarí, in seinem Dorf, das, sanft von den blauen Schatten seiner Hügel eingeengt, unter einem blauen Himmel voll Licht und ohne Wolken dalag.

Er sah sich als jungen Mann am Karussell. Er kassierte die Runden, bediente das Drehwerk und das näselnde Grammophon. Des Nachts, müde und hungrig, mußte er noch die Achsen ölen, die kleinen Wagen und Holzpferdchen blankreiben, den Boden fegen und alles saubermachen, bevor er das Zelt schließen und sich in einem der Wägelchen zum Schlaf ausstrecken konnte. Er war Kassierer, Zugpferd, Nachtwächter, alles in einem. Der Besitzer, ein gottloser alter Geizkragen, gönnte ihm keine Atempause. Erst als der Star ihn in kurzer Zeit auf beiden Augen erblinden ließ, schlug der Alte ihm vor, den Verdienst zu teilen.

Gerade damals war der andere gekommen, ein dunkelhäutiger, stämmiger junger Mann, fast gleichaltrig mit ihm. Er kam aus einem anderen Dorf. Er kam mit einer Gitarre. Und er sagte ihm:

»Die Arbeit hier ist zuviel für einen allein. Wir können uns zusammentun. Ich spiele die Gitarre und singe, während du das Drehwerk bedienst. Das alte Grammophon taugt ohnedies nicht mehr. Und außerdem geht die Arbeit viel besser zu zweien. Wir werden es schaffen; wir sind dazu geboren, Partner zu sein.«

Von Anfang an wickelte er ihn ein. Der ›Sozius‹ sang recht gut; er hatte eine kräftige, tönende Stimme. Außerdem verstand er es, sich den Menschen angenehm zu machen. Immer mehr Frauen kamen mit ihren Kindern zum

Karussell. Sie kamen, um den ›sympathischen Jungen mit den schwarzen Augen‹ singen zu hören. Ohne sich zu beeilen (die Weiber – sagte er – muß man sich zuerst genau betrachten), wählte er unter allen nicht die Schönste; er wählte Juanita, das schielende Kindermädchen, das im Hause von Don Pedro Bóveda, dem reichsten Kaufmann des Ortes, arbeitete. Jeden Samstag und Sonntag kam sie mit ihrem Zögling, dem einzigen Sohn des Kaufmanns, zum Karussell. Ohne daß jemand es merkte, betörte der Sänger das schielende Mädchen. Eines Nachmittags (in Wirklichkeit war es eigentlich schon Abend), sagte er zu seinem Sozius:

»Nimm den Kleinen von Don Pedro zum Wäldchen am Bach und warte dort, bis ich komme. Ich bleibe noch ein Weilchen hier, mit der da«, und er zeigte auf die Schielende, die erschreckt nach zwei Richtungen blickte.

»Gut ... aber wer kümmert sich um das hier?« – schüchtern widersprach Críspulo und zeigte auf das schon beinah leere Karussell.

»Zerbrich dir nicht den Kopf darüber. Ich mach hier zu. Nimm den Jungen und tu, was ich dir gesagt habe.«

Críspulo nahm das Kind des Kaufmanns auf die Arme und trug es zum Bach. Mit einem gewissen Neid dachte er dabei an das Schäferstündchen seines Partners mit der Schielenden im geschlossenen Zelt des Karussells. Es kam ihm gar nicht in den Sinn, daß sein Sozius dabei war, zwei Fliegen mit einer Klappe zu schlagen. Das Kind schlief bald zwischen den Farnkräutern des Baches ein.

Fröhlich pfeifend erschien der andere etwa zwei Stunden später. Bedrückt und kleinlaut fragte Críspulo ihn:

»Und ... wie ist es dir ergangen?«

»Mir? Wieso?« – der Sozius war die Unschuld in Person.

»Mit der Schielenden natürlich ...«, erwiderte Críspulo, gedemütigter denn je.

»Ach so ... ganz gut. Das hat nur einen Augenblick gedauert. Jetzt kommt etwas viel Wichtigeres als die Kleine. Die Sache läßt sich gut an ...« – und er rieb sich zufrieden die Hände.

»Welche Sache?« fragte Críspulo ahnungslos.

»Don Pedro Bóveda sucht wie ein Verrückter nach seinem Sohn ...«

»Hier ist er«, unterbrach ihn Críspulo erschrocken. »Du hast mir doch gesagt, ich solle ihn hierher bringen, während du dich mit dem Mädchen amüsierst. Wir bringen ihn sofort nach Hause.«

»Beeil dich nicht, du Dummkopf.«

»Wieso, ich versteh dich nicht.«

»Don Pedro bietet Geld für den, der seinen Sohn findet. Du gehst sofort zu ihm ...«

»Und ich bringe ihm den Jungen«, unterbrach ihn Críspulo von neuem. Seine Angst wurde immer größer.

»Beeil dich nicht, sag ich dir, Tavyrón. Wenn wir ihm das Kind jetzt bringen, bekommen wir nichts als ein Trinkgeld. Aber wir können Don Pedro Bóveda eine schöne Stange Geld abknöpfen. Verstehst du das nicht? Du gehst jetzt sofort zu ihm und sagst ihm, ein Unbekannter schickt dich und läßt ihm sagen, er halte den Jungen versteckt und verlange soundsoviel, bevor er ihn freigibt ...«

»Mba'evéicharamo! Auf keinen Fall tu ich das!«

»Dann bist du der Reingefallene, Vyró. Die Kleine hat ihrem Herrn bereits gesagt, ein Mann habe sie in der Dunkelheit überfallen, ihr einen Schlag über den Kopf versetzt und ihr das Kind entrissen. Dann sei er weggelaufen, ohne daß sie ihn habe erkennen können. Ich hab ihr genau eingebläut, was sie vor dem Richter aussagen muß. Außerdem habe ich ihr eine schöne Beule auf dem Kopf beigebracht. Wenn du nicht tust, was ich dir sage, wird es dir schlecht ergehen, Críspulo. Sei nicht dumm ... Das ist die beste Gelegenheit, zu etwas Geld zu kommen. Don Pedro hat mehr, als er braucht. Es wird ihm nicht wehtun.«

Die Stimme des Partners war schmeichelnd geworden, ohne jedoch ihren drohenden Ton zu verlieren. Críspulo Gauto glich einer Fliege im Netz einer Spinne; er war wie hypnotisiert von den Augen, von der Stimme des Partners, dessen unaufhörliches Lächeln seine großen, weißen Zähne in der Dunkelheit erschimmern ließ.

Der Anschlag war erfolgreich. Oder wenigstens teilweise erfolgreich. Eine ansehnliche Summe von Don Pedro Bóvedas Geld wanderte in die Hände des Anstifters zur Tat. Críspulo Gauto wurde verhaftet und vor den Richter gebracht. Man verdächtigte ihn der Erpressung und der versuchten Entführung. Man hatte ihn beobachtet, wie er in der Nacht einem Unbekannten das Geld ausgehändigt hatte. Der arme Críspulo hatte vor Angst und Scham die Sprache verloren; er war wie behext von dem bösen Zauber seines Partners. Er konnte nicht aussagen. Niemand erfuhr, wer sein Komplize war, der ›Unbekannte‹, der ihm geholfen hatte, Don Pedro zu erpressen, der das Geld in Empfang genommen hatte und auf einem Pferd in der Dunkelheit entflohen war, während Críspulo mit dem Kind auf dem Arm zurückblieb.

Als er aus dem Gefängnis in Asunción zurückkehrte, wo er ein Jahr Schutzhaft verbüßt hatte, war der Partner Besitzer des Karussells. Er hatte es mit dem Erlös aus der Entführung gekauft. Er empfing Críspulo sehr liebenswürdig, umarmte ihn bewegt und sagte:

»Hier gibt es Arbeit für dich, Críspulo. Gute Freunde müssen sich in der Not beistehen.«

Críspulo Gauto bediente von neuem das Drehwerk des Karussells, aber nicht als Teilhaber, wie vorher bei dem Alten. Nur für die armseligen Bissen, die er bekam, und für ein gelegentliches Gläschen Schnaps. Dabei hätte er sich am liebsten zu Tode getrunken.

So lernte er Mano Cruel kennen. Damals hatte man ihm bereits im Dorf diesen Namen gegeben. Und er war zufrieden damit, war stolz auf diesen Beinamen, den er als eine leutselige Bestätigung seiner Verdienste betrachtete. Er verdankte ihn den Kartenspielen, den Schnapsrunden, den Billardpartien. Wer fast immer verlor und niemals zahlte, war selbstverständlich Mano Cruel. Aber er hatte seinen Charme, seine Scherze, seine frische, ungezwungene Sympathie. Damit glich er die Situation aus, und niemand nahm es ihm übel. Im Gegenteil, die Zusammenkünfte ohne Mano Cruel erschienen seinen Freunden wie Totenwachen.

Und es war bei einer Totenwache, der Totenwache für Don Simeón Balmaceda, den reichen Gutsbesitzer aus Caapucá, daß Críspulo Gauto Zeuge eines unglaublichen Streiches von Mano Cruel wurde.

Mit feierlichen Mienen saßen die Trauernden um den Toten herum. Den Männern ging die Schnapsflasche und das Gefäß mit Tereré von Hand zu Hand, die Frauen schlürften süßen Mate mit Kokosmilch, als plötzlich der verstorbene Don Simeón die Anwesenden mit dröhnender Stimme zu beschimpfen begann. Er rührte sich nicht von seinem Lager zwischen den Kerzen, hob seinen Kopf nicht, bewegte nicht einmal die Lippen, die diese zornerfüllten Worte aus dem Jenseits ertönen ließen. Alle erkannten sie die heisere und wütende Stimme des alten Gutsbesitzers. Der Tod ließ sie noch heiserer erscheinen. Mit groben Schimpfworten warf er ihnen vor, daß sie seinen Tod feierten und Tränen heuchelten, die in Wirklichkeit kein Auge trübten.

»Ihr Elenden, ihr Erbärmlichen, ihr Gauner!« tobte der Verstorbene. »Glaubt ihr, weil ich hier liege, mit kalten Eingeweiden, wehrlos und tot, daß ich euer Lachen, eure Zoten, eure Verwünschungen nicht höre? Macht, daß ihr rauskommt, ihr scheußlichen, undankbaren Schweine!«

Alle außer einem entflohen sie entsetzt. Neben dem wütenden Leichnam blieb nur Mano Cruel zurück, ruhig und unerschrocken, als habe er nichts gehört. Sein Mut ließ die Flucht der anderen noch beschämender erscheinen. Darüber hinaus schien er nach und nach den Verstorbenen zu besänftigen und zu beruhigen, der nun wieder einem Toten glich. Críspulo Gauto und einige andere nahmen allen Mut zusammen und kehrten behutsam zur Leichenwache zurück. Mano Cruel war nicht von seinem Platz gewichen. Ein leichtes Lächeln umspielte seine breiten, fleischigen Lippen. Der einzige, der sich ein wenig bewegt zu haben schien, war der Tote selbst: sein Mund stand offen und eine Hand hing hinab. Der Ausdruck des aufgedunsenen, bleichen Gesichtes war grauenerregend: er zeugte von der ungeheuerlichen Anstrengung, die diese posthume Philippika für den Leichnam bedeutet hatte. Doña Tomasa de Balmaceda, die Witwe, war nahe daran, den Verstand zu verlieren. Den übrigen Frauen erging es nicht viel besser. Die Männer gingen ein und aus, blieben an der Tür stehen und warteten jeden Augenblick darauf, daß der Tote sie von neuem beschimpfen würde.

Beim Morgengrauen verließen Críspulo Gauto und Mano Cruel die Totenwache. Mano Cruel hatte seine gute Laune nicht verloren.

»Wie hat dir die Lektion gefallen, Críspulo, die ich diesen Leuten gegeben habe? Einen armen Toten zum besten halten, nur weil er reich und geizig war? Die kennen wahrhaftig keinen Respekt!«

»Aber ... dann war es gar nicht der ... der Tote, der gesprochen hat, sondern ... sondern ...?«

»Sondern ich ...«, beendete Mano Cruel die stotternde Frage. »Wer soll es denn sonst gewesen sein, Vyró? Hast du es nicht gemerkt?«

»Nein ..., Mano. Es hat doch wirklich wie die Stimme des verstorbenen Don Simeón geklungen.«

»Weißt du denn nicht, daß ich jede Stimme nachmachen kann, von jedem Menschen oder Tier?«

»Und jetzt kannst du sogar die Stimme der Toten nachmachen, Mano . . .«

»Ja, aber ich habe auch den Lohn für meine Arbeit kassiert« – er zog aus seiner Tasche das künstliche, von Goldzähnen strotzende Gebiß von Simeón und den pflaumengroßen Brillantring, welcher der Stolz des Toten gewesen war.

Fassungslos starrte Críspulo auf das grinsende Gebiß und den blitzenden Ring. In den Händen von Mano Cruel, unter seinem unentwegten Lächeln und den ersten Strahlen der aufsteigenden Sonne schienen sie das unschuldige Spielzeug eines Kindes zu sein.

Danach erinnerte er sich ihrer langen, gemeinsamen Wanderfahrt durch die Dörfer. Er entsann sich einer Begebenheit in einem dieser Dörfer, als sein Sozius ein Nest von Cavichu'í unter den Stuhl eines Geistesgestörten legte, der sich als Abgesandter Gottes ausgab und die armen Leute mit seinen Predigten in Aufruhr versetzte.

Sie mußten das Dorf fluchtartig verlassen, um der Rache des gottgesandten Irren zu entgehen, und setzten ihre Wanderschaft fort. In Villarica tauschten sie das Karussell gegen einen Wanderzirkus ein. Die Goldzähne und der Ring von Don Simeón hatten ihnen den Kauf ermöglicht. Der Zyklon, der Villa Encarnación zerstörte, ließ ihnen zwar das Leben, raubte ihnen aber den Zirkus. Somit kehrten Ring und Gebiß in die Grabesnacht zurück, aus welcher sie gekommen waren.

Aber Mano Cruel war unbesiegbar. Weder Propheten noch Zyklone konnten ihn bezwingen. Der innere Sturm, der ihn trieb, war mächtiger als Natur und Menschen. Mano Cruel war anpassungsfähig und erfinderisch, hatte die lebendige Vielseitigkeit des Wassers, des Feuers, des Windes.

Mano Cruel verschaffte sich einige reinrassige Hähne und wurde Kampfhahnzüchter. Nach kurzer Zeit beherrschte er die Geheimnisse des Hahnenkampfes. Es machte den Eindruck, als sei er für diesen Beruf geschaffen, als sei er auf dem Hahnenkampfplatz aufgewachsen, als habe er sich sein ganzes Leben lang nur dieser prächtigen, barbarischen Beschäftigung gewidmet, die in einem kleinen, anschaulichen – bestenfalls unterhaltsamen – Ereignis die ungeheuerliche, aus Urzeiten stammende Mordgier der Menschen widerspiegelt.

Die Hähne von Mano Cruel waren nicht zu besiegen. Es schien, als seien ihre Sporen und ihr Schnabel mit Dynamit bestrichen. Es gab kein Tier, das ihnen widerstehen konnte; sie mordeten, was ihnen in den Weg kam. Mit den Hieben ihrer Schnäbel, ihrer Sporen fegten sie ihre Gegner hinweg. Die Taschen von Mano Cruel füllten sich mit Banknoten aller Art. Críspulo hütete und dressierte die Hähne unter der fachmännischen, unnachsichtlichen Leitung von Mano Cruel. Er brachte sie von ihren Käfigen zum Kampfplatz, kassierte die Wetten, empfing die Beschimpfungen. Niemals hatte er sich unglücklicher und armseliger gefühlt, ganz abgesehen von der unüberwindlichen Abneigung, die er für das blutige Schauspiel empfand, welches Mano Cruel in Ekstase zu versetzen schien.

Dennoch bot sich ihm zu dieser Zeit die einzige Gelegenheit, sich an seinem Sozius für alles zu rächen, was er ihm angetan hatte und noch antun würde. Aber es war eine symbolische Rache, zu kompliziert, zu sehr durch die Umstände bedingt, indirekt, beinahe unbedeutend.

Es geschah ungefähr folgendermaßen: während eines Kampfes in Maciel hatte der Hahn von Mano Cruel wie gewöhnlich sehr bald keinen Gegner mehr auf dem Kampfplatz. In wenigen Runden hatte der rote Zahnschnäbler drei als unbesiegbar geltende Hähne umgelegt. Kampflustig und grausam, glich er mehr einem riesigen Falken als einem Hahn. Sein blutgetränktes Gefieder war von goldenen und weißen Streifen durchzogen. Aus den gelben Klauen stachen die langen und spitzen, bläulichen Metallsporen hervor, feucht noch vom Blute der Gegner. Mano Cruel war wie der Teufel selbst. Dann forderte er seinen Sozius heraus. Es war ein verabredeter Trick, um die Anwesenden zu täuschen, um den eingeschüchterten Kampfhahnzüchtern neuen Mut einzuflößen. Críspulo warf als Köder das untaugliche Hähnchen in den Ring, das ihm Mano in einem Anflug von Großzügigkeit geschenkt hatte.

Wie ein Blitz stürzte sich der rote Vogel auf seinen Gegner. Mit zwei gutgezielten Hieben stach er Críspulos Hähnchen beide Augen aus. Das Knirschen der Sporen auf dem Knochen klang, als ob jemand mit einem Stein eine Kokosnuß öffnete. Aber der kleine Hahn gab sich nicht geschlagen. Er fiel zu Boden, aber er kam wieder auf die Beine und stürzte sich nun seinerseits wie ein Gespenst auf seinen Widersacher. Es war ein heroischer, unglaublicher Kampf, das Duell eines Engels mit einem Teufel. Die Hahnenzüchter starrten gebannt auf das unbeschreibliche Schauspiel, das jede Vorstellungskraft überstieg. Blind und mit gebrochenem Schnabel, von seinem eigenen Blute triefend, erledigte der lächerliche kleine Vogel nach und nach mit sicheren Hieben den roten Hahn. In einem letzten Sprung brachte er mit gekreuzten Sporen seinen Kopf zum Bersten. Der große Vogel stürzte endgültig zu Boden. Wie ein feuchter, rötlicher Stein blieb er regungslos liegen. Da sprang das graurote Hähnchen Críspulos auf den Körper seines Widersachers, breitete seine Flügel aus, ergoß einen weißlichen, dampfenden Strom über seinen toten Gegner und ließ einen kurzen, triumphierenden Siegesschrei ertönen. Es war das einzige Mal in seinem Leben, daß Críspulo Gauto sich an Mano Cruel rächen konnte. Seine Rache war nur indirekt, aber seine Genugtuung war grenzenlos.

Daraufhin entsagte Mano Cruel den Kampfhähnen. Er war klug genug, nicht auf einem Unternehmen zu bestehen, das im Abstieg begriffen war. Sehr bald danach wandte er sich den Pferderennen zu, und nach kurzer Zeit gehörte ihm bereits das beste Rennpferd des Südens. Wie bei den Hahnenkämpfen, war er auch hier nicht zu schlagen. Wiederum ließen nach einiger Zeit die Wetten nach. Aber Manos Erfindungsgabe war unerschöpflich. Er trennte sich von dem unbesiegbaren Apfelschimmel. Scheinbar tauschte er ihn für eine Anzahl anderer Rennpferde der verschiedensten Farben und Merkmale ein. Er ließ einen Braunen laufen, dann einen Falben, dann einen Goldfuchs. Er gewann ein Rennen nach dem anderen, Sonntag für Sonntag, bis einmal der Schweiß des Pferdes die Farbschicht zu lösen begann, mit der Mano Cruel seinen Apfelschimmel getarnt hatte. Um ein Haar wäre der Betrug entdeckt worden. Aber Críspulo kam ihm zu Hilfe. Er stand am Ziel, bemerkte die ›Entfärbung‹ des Rennpferdes und rief seinem Sozius zu:

»Achtung, Mano! Der Apfelschimmel holt dich ein . . .«

Da der Gegner ein Fuchs war, verstand Mano, was sein Freund ihm sagen wollte, und ritt in rasendem Tempo querfeldein, bis er den Blicken der erstaunten Zuschauer entschwunden war. Der Verlierer bekam seinen Einsatz zurück, denn Críspulo hatte nicht den Mut, ihn im Namen seines Partners zu kassieren. Er hatte keine zufriedenstellende Erklärung für die Flucht, und außerdem hatte er gewisse Skrupel, die er niemals überwinden konnte.

Sie trafen sich in Iturbe, und es stand geschrieben, daß sie sich dort auch endgültig trennen würden. Aber vorher hatte er noch Gelegenheit, Mano Cruel bei einem seiner typischen Streiche zu beobachten. Es war der letzte – ein Abschiedstreffer. Danach verlor er ihn aus den Augen.

Der Kommissar des Ortes hatte eine schöne Frau, die von fernher gekommen war und deren Augen immer noch sehnsüchtig in die Ferne zu blicken schienen. Das strenge eheliche Joch und die Eifersucht des Ehemannes hatten die schmachtenden und unersättlichen Blicke nur noch sehnsüchtiger und verträumter werden lassen.

Mano Cruel verliebte sich sofort in diese Blicke und in diese Frau. Er bezauberte sie mit seiner geheimnisvollen, einzigartigen, unnachahmlichen Liebeskunst. Niemand ahnte etwas von diesem heimlichen Idyll, nicht einmal Críspulo Gauto. Niemand dachte an ein so unmögliches Geschehen wie dieses. Niemand – nicht einmal der Kommissar, der sogar auf ihren Schatten und auf die Libellen eifersüchtig war.

Mano Cruel entwarf einen Plan. Es war ein Plan, der, wie immer, die bündige Erkenntnis des Praktischen einschloß. Er wußte, daß der Kommissar nicht nur eifersüchtig, sondern auch selbstherrlich und gebieterisch war. Es gab nichts im Dorf, was sich seiner Einmischung und Kontrolle entzog. Auf dieser einfachen Tatsache baute Mano sein Vorhaben auf, und er hatte Erfolg, weil er aus Erfahrung wußte, daß ein vorsichtiger und mißtrauischer Mensch keine Phantasie besitzt. Solch einen Mann brauchte er nicht zu fürchten, denn alle seine Siege verdankte er nicht so sehr seiner Klugheit als seiner lebhaften und funkelnden Phantasie.

Eines Nachmittags überbrachte man dem Kommissar die Nachricht, Mano Cruel sei im Fluß ertrunken. Man fand seine Kleidung am Rande des Wassers, am Ufer. Er mochte gebadet haben und in einen Strudel geraten sein.

Der Kommissar küßte seine Frau, deren Augen an diesem Nachmittag noch schmachtender in die Ferne blickten, nahm sein Pferd und ritt zum Fluß, um die Rettung Mano Cruels zu überwachen. Er hatte viele Geschenke, einschließlich Bargeld, von ihm erhalten, denn Mano Cruel wußte sehr gut, wem gegenüber er aufmerksam und freigebig zu sein hatte.

»Er ist ein netter, ehrlicher Mann«, hatte der Kommissar im Freundeskreis beim Billardspiel geäußert. »Er wird es weit bringen«, setzte er hinzu und dachte dabei, daß der großzügige und großsprecherische Fremde ihm vielleicht sogar den herrlichen Apfelschimmel schenken könnte, auf dem er angekommen war.

Nun sah er sich in Gedanken bereits im Besitz des Apfelschimmels, als er den Kahn bestieg, um persönlich die Rettung des Freundes und großen Mannes der Zukunft zu leiten, oder zumindest seinen Leichnam den trügerischen Gewässern des Tebicuary zu entreißen. Sämtliche Einwohner – natürlich mit Ausnahme der Frau des Kommissars – waren am Uferhang erschienen, um der Suche nach Mano Cruel beizuwohnen. Aus mancherlei Gründen war er ihnen seit seiner Ankunft als eine bemerkenswerte Persönlichkeit erschienen.

Schon heiser von seinen Befehlen und Schreien, suchte der Kommissar unermüdlich mit einem langen Bootshaken Zentimeter um Zentimeter den Strom ab. Aber Mano Cruel war nirgends zu finden. Er konnte auch schwerlich dort zu finden sein, denn zu der Zeit, als der Kommissar den Bootshaken suchend im Wasser versenkte, lag Mano Cruel bebend und träumerisch, voll von Leben und Phantasie, von Gesundheit und Lebensfreude neben der Frau des Kommissars im verlassenen Haus, im verlassenen Dorf – sie beide allein in diesem einzigen, aber auch unwiederholbaren Augenblick.

Seitdem hatte Críspolo ihn aus den Augen verloren. Sein Wanderleben bescherte ihm noch ein oder zwei indirekte Kontakte mit Mano Cruel, von denen er jedoch nur verspätet erfuhr.

Das letzte, was er hörte war, daß Mano Cruel sich in Paraguarí mit seiner Schwester verlobt hatte. Críspulo hatte von Anfang an seine Zweifel bezüglich dieser Verbindung, denn er war sich über die Art der Verlobung vollkommen im klaren. Einige Zeit darauf hörte er zufällig von der Schwangerschaft seiner Schwester, von der Geburt der Nichte und erfuhr, daß man immer noch, nach drei Jahren, den allgegenwärtigen und unauffindbaren Mano Cruel zur Hochzeit erwartete.

Beinahe mehr noch als der Schwester wegen schmerzte es Críspulo Gauto um Mano Cruel. Die letzten Nachrichten über den früheren Sozius und Kameraden, die ihm bruchstückweise nach und nach zu Ohren gekommen waren, zeugten von einem bedauernswerten Abstieg. Er war sicher, daß eine Beute wie seine Schwester Mangacha früher niemals einen Jäger wie ihn hätte verlocken können. Ebensowenig der alte und abgeschmackte Trick, den er angewandt hatte.

In den Zeiten ihres gemeinsamen Wanderlebens hatte Críspulo sich an das Bild eines Mano Cruel gewöhnt, mit dem der Scharfsinn, die praktische Veranlagung, das einzigartige Talent, seine Mitmenschen zu prellen, unzertrennlich verbunden waren. So, wie das Rot die natürliche Farbe des Blutes ist, waren diese Eigenschaften die Farbe seines Temperaments. Críspulo hatte den Kameraden seiner ehemaligen Streifzüge, diese einmalige, ungewöhnliche Persönlichkeit in etwas Allgemeines umgewandelt, in eine lebende Abstraktion, die keinem Untergang ausgesetzt war, so, wie er zum Beispiel nicht an den Geier als Einzelwesen denken konnte, sondern nur an den Geier als Gattung, unberührbar von Wechsel, Alter und Tod.

Und dort war nun Mano Cruel, in der Mitte der vierten Reihe von imposanten, schwarzgekleideten Herren, die über den roten Teppich dem prunkvollen Tedeum entgegenschritten. Vor den Augen Críspulo Gautos begann sich ein schwindelerregendes Karussell zu drehen. Ein ferner Kampfhahn, blind und blutüberströmt, sang in seinen Ohren. Aber die feiste, eindrucksvolle Figur Mano Cruels, in die schwarze, überlange Jacke gepreßt, von dem schwarzen, überhohen Zylinder gekrönt, schritt weiterhin inmitten seines geistigen Wirbels voran, genauso, wie er ihn sich immer vorgestellt hatte: eine unwandelbare Idee, die bereits zu einer historischen Form erstarrt war.

Críspulo Gauto, mit seinen fadenscheinigen Hosen und seinen zerlumpten Alpargatas, folgte ihm gebannt. Er zwängte sich zwischen der Menge hindurch und betrat die Kathedrale. Durch ein Seitenschiff drang er weiter nach vorn und gelangte schließlich fast bis zum Hauptaltar. Er umkreiste einen riesigen, weißen Pfeiler. Von dort aus sah er die Reihen der roten Betschemel, die Reihen der schwarzgekleideten, knienden Männer. Er entdeckte Mano Cruel, und Mano Cruel entdeckte ihn, wie er zaghaft hinter dem Pfeiler hervorblickte. Etwas wie die Erinnerung eines Lächelns spielte um den breiten, fleischigen Mund, des gleichen Lächelns, das in vergangenen Zeiten die unzähligen Wiedergeburten und Wandlungen angekündigt hatte. Die letzte war nun diejenige der würdevollen, imposanten Persönlichkeit. Mano Cruel tat, als erkenne er ihn nicht. Er senkte den Blick und neigte sein Gesicht zum Boden. Críspulo Gauto sah, daß seine Lippen sich leicht bewegten. Er nahm an, daß er betete, und fand, diese plötzliche Frömmigkeit stünde Mano Cruel nicht schlecht. Leise murmelte er vor sich hin:

»Ich hätte nie geglaubt, daß Mano ...« – zwei Paar nicht sehr freundlicher Hände packten ihn bei den Armen und unterbrachen seine Gedanken.

Sicherlich mißtrauten sie diesem in schmutzige Lumpen gekleideten Chococué, der, halb hinter dem Pfeiler versteckt, die gewichtigen Herren des Gefolges mit verdächtiger Eindringlichkeit beobachtete. Bevor er wußte, wie ihm geschah, war er bereits draußen. Mit groben Stößen brachten sie ihn fort. Mit groben Stößen schoben sie ihn durch die Tür eines großen, kreisförmigen Gebäudes, das er bereits zu kennen glaubte.

Der Tunnel

Der erste Erdrutsch erfolgte ungefähr drei Meter hinter ihm. Er machte sich anfangs keine Sorgen – sicherlich war es nur eine weiche Schicht in der Erdlage über seinem Kopf. In dem engen Loch, das ein Mann nur auf dem Bauche liegend durchkriechen konnte, war die Finsternis nur ein wenig dichter geworden. Er konnte jetzt nicht haltmachen. So kroch er vorwärts, in der Hand den Blechteller, der ihm als Schaufel diente. Die zunehmende Feuchtigkeit, die den Sandstein durchdrang, gab ihm Mut. Der Uferhang konnte nicht mehr fern sein; höchstens vier oder fünf Meter, also noch etwa 25 Tage Arbeit bis zum befreienden Durchbruch über dem Fluß.

In abwechselnden Arbeitsgängen von je vier Stunden trieben sechs Gefangene den Schacht täglich um zwanzig Zentimeter voran. Sie hätten schneller vorwärtskommen können, aber die Notwendigkeit, die Erde im Abfalleimer fortzuschaffen, ohne daß es bemerkt würde, hielt ihre Leistungsfähigkeit in Schranken. Sie hatten darauf verzichtet, in den Blecheimer, der zweimal am Tage entleert wurde, zu urinieren, taten dies in den Winkeln der feuchten, baufälligen Zelle. Obwohl dadurch der teuflische Gestank in ihrem Kerker fast unerträglich wurde, gewannen sie jedoch einige Zentimeter Hohlraum, um die ausgehobene Erde hinauszuschmuggeln.

Der Bürgerkrieg war seit sechs Monaten beendet. Vor vier Monaten hatten sie mit der Ausschachtung des Tunnels begonnen. Inzwischen waren aus verschiedenen, nicht immer friedfertigen Gründen, siebzehn von den neunundachtzig politischen Gefangenen gestorben, die in dieser ungastlichen Zelle, dieser Höhle, dieser Latrine, diesem stinkenden Kerker zusammengepfercht waren, in dem in normalen Zeiten niemals mehr als acht oder zehn gewöhnliche Gefangene untergebracht wurden.

Neun von den siebzehn Gefangenen, die den unsinnigen Einfall hatten zu sterben, waren verschiedenen Krankheiten erlegen, die sie sich vor oder nach ihrer Gefangennahme zugezogen hatten; vier fielen den Qualen der Folterkammer zum Opfer; zwei der vernichtenden Schröpfung der galoppierenden Schwindsucht; zwei weitere hatten Selbstmord verübt, indem sie sich die Pulsadern öffneten: einer mit dem Dorn seiner Gürtelschnalle, der andere mit dem Blechteller, dessen Rand er an der Wand geschärft hatte und der jetzt bei der Ausschachtung des Tunnels als Schaufel diente.

Diese Statistik war es, die das Leben der unglückseligen Gefangenen beherrschte, ihre Hoffnungen, ihre Niedergeschlagenheit, ihre apathische, aber doch noch empfindsame Beklommenheit. Ihren Durst, den Hunger, die Schmerzen, den Gestank, ihren Haß, der in ihrem Blute und in ihren Augen schwelte, gleich den in Öl schwimmenden Wachslichtchen, die wenige Meter entfernt – vielleicht nicht mehr als hundert – in der Kathedrale vor den Heiligenbildern glänzten.

Der einzige frische Atem kam aus dem noch blinden, noch ungeborenen Schacht, der wie ein Kind im Leibe dieser verzweifelten Männer wuchs. Aus ihm strömte der reine Geruch der Freiheit, ein frischer und strahlender Hauch zwischen all dem Kot. Durch ihn kam, in einer durch Schwindelgefühl hervorgerufenen Art von Unmittelbarkeit, alles, was sich jenseits des schwarzen Schachtes befand.

Das war es, was die Gefangenen fühlten, wenn sie in der engen Nacht des Tunnels den Sandstein mit dem Blechteller aushoben.

Ein neuerlicher Erdrutsch verschüttete dieses Mal seine Beine bis zu den Nieren. Er versuchte sich zu bewegen, die eingeklemmten Gliedmaßen anzuziehen, aber es gelang ihm nicht. Während der Schmerz mit dumpfen Stichen im Fleisch, in den Knochen der verschütteten Beine wuchs, wurde ihm klar, was geschah. Es war nicht nur eine weiche Erdschicht gewesen. Wahrscheinlich war es ein Erdkeil, ein massiver Block, der bis zur Oberfläche reichte. Wahrscheinlich war es eine ganze Grundmauer, die sich in den durch den Erdrutsch entstandenen Riß senkte.

Es blieb ihm nichts anderes übrig, als sich weiter vorzugraben. Mit allen Kräften pausenlos zu graben; mit dem Teller, mit seinen Fingernägeln zu graben, so weit er nur konnte. Vielleicht waren es keine fünf Meter mehr, die ihm noch fehlten; vielleicht waren es doch keine fünfundzwanzig Tage Wühlarbeit, die ihn noch von der rettenden Öffnung am Uferhang trennten. Vielleicht war es weniger; nur einige Zentimeter, nur noch einige Minuten intensiven Schabens. Er verwandelte sich in einen rasenden Maulwurf. Immer feuchter fühlte er die Erde an seinen Händen. Je mehr ihm die Luft ausging, desto mehr fühlte er sich angefeuert. Seine Hoffnung wuchs mit seinen Atembeschwerden. Ein Klumpen lauwarmen Lehmbodens zwischen seinen Fingern ließ ihn einen beinahe glücklichen Schrei ausstoßen. Aber er war so erregt, und die quälende Finsternis des Tunnels umhüllte ihn derart, daß er sich nicht bewußt werden konnte, daß es nicht die Nähe des Flusses, nicht die durchsickernde Feuchtigkeit war, die diesen lauwarmen Lehm erzeugte, sondern sein eigenes Blut, das unter seinen Nägeln aus den vom Sandstein aufgerissenen Fingerspitzen hervorquoll. Sie, die dichte und undurchdringliche Erde war es jetzt, die in dem Nachspiel eines vor langer Zeit begonnenen Duells ihn unermüdlich verbrauchte und ihn noch lebend und warm aufzufressen begann. Plötzlich schien sie sich ein wenig zu entfernen. Er fuchtelte im Leeren. Er selbst war es, der zurückblieb in der Luft, die wie ein Stein war, der ihn zu erdrücken begann. Er versuchte vorwärtszukriechen, aber seine Beine waren bereits unlöslich mit dem Block verbunden, der über sie herniedergestürzt war. Er konnte sie nicht einmal mehr fühlen. Er merkte nur, daß er erstickte, daß er in einem dichten und dunklen Fluß ertrank. Er gab es auf, sich zu bewegen, vergebens zu kämpfen. Die Folter wandelte sich in ein unerklärliches Glücksgefühl. Die Erinnerungen kamen auf ihn zu.

Er erinnerte sich an den anderen unterirdischen Gang, im Chaco-Krieg, vor langer Zeit. Zu einer Zeit, die ihm jetzt unwirklich erschien. Und doch entsann er sich ihrer mit allen Einzelheiten.

An der Gondra-Front war der Krieg zum Stillstand gekommen. Verschanzt in ihre uneinnehmbaren Positionen, die einen gegenüber den anderen, wechselten Paraguayer und Bolivianer seit sechs Monaten Schüsse und Beleidigungen. Nicht mehr als fünfzig Meter trennten sie voneinander.

In den Pausen gewisser Nächte, die das schwermütige Vergessen auf einmal grausam erinnerungswürdig gemacht hatte, tauschten sie statt Gewehrfeuer die Melodien und Gesänge ihrer Heimat aus.

Das ganze bolivianische Hochland, steinern und trostlos, stieg mit der Klage der Cuecas hernieder; eine ganze Menschenrasse, aus Kupfer und Drangsal geformt, stieg von ihrer himmelsnahen Hochebene in den gefräßigen Staub der Schützengräben herab. Dorthin kamen von den großen Flüssen, aus den großen Wäldern Paraguays, aus den Herzen ihrer ebenfalls sinnlos und grausam verfolgten Menschen, die Polkas und Guaranias, vereinten und verbrüderten sich mit jenem anderen wohltönenden Atem, der aus dem Reich des Todes aufstieg. Und das alles geschah, weil amerikanische Menschen weiterhin sterben und sich gegenseitig umbringen mußten, damit man in den Berichten des internationalen Ausbeutertums gewisse Dinge mit genauen Zahlen, in statistischen Werten über Markt, Austausch und legale Beraubung, einwandfrei belegen konnte.

Es war in einer von diesen Pausen, daß Perucho Rodi, Student der Technischen Hochschule, guter Sohn und prächtiger Bruder, ein sanfter, schöner, dunkelhäutiger und grünäugiger Jüngling, gemeinsam mit vierzehn anderen Freiwilligen begonnen hatte, jenen Tunnel zu graben, der hinter der bolivianischen Stellung mit einem Überraschungsangriff enden sollte, der in einem bestimmten Moment ausbrechen würde wie der Krater eines Vulkans.

In achtzehn Tagen schachteten sie den unterirdischen Tunnel von achtzig Meter Länge aus. Und der Vulkan gelangte zum Ausbruch, mit seiner harten Lava von Schrapnelladung, von Granaten, von Geschossen aller Kaliber, bis die feindliche Stellung dem Erdboden gleichgemacht war.

Er erinnerte sich der blauen, mondlosen Nacht, der Stille, die dem Massenmord vorangegangen war, und auch derjenigen, die ihm folgte, als alles zu Ende war. Zweimal die gleiche, grabesähnliche Stille. Dazwischen hatte nur die Position der Sterne sich um ein weniges verschoben. Alles war sich gleich geblieben. Mit Ausnahme der Überreste des grauenvollen Blutbades, das der nächtlichen Landschaft vielleicht ein neues, kaum wahrnehmbares Element hinzugefügt hatte.

Er erinnerte sich daran, wie die Feinde eine Sekunde vor

dem Angriff ausgesehen hatten. Sie waren in den tiefen Schlaf versunken, aus dem sie nicht mehr erwachen sollten. Er entsann sich, seine Opfer ausgewählt zu haben, indem er mit einer noch stummen Drehung seines Maschinengewehrs einen Kreis um sie beschrieb. Er erinnerte sich besonders an einen von ihnen: an einen Soldaten, der sich im Wirbelsturm eines Alptraumes wand. Vielleicht träumte er in diesem Augenblick von einem Tunnel, der – in umgekehrter Richtung – demjenigen gleich war, der ihm jetzt die Vernichtung brachte. Wenn man nur weit genug dachte, waren diese Einzelheiten bedeutungslos. Der Umstand, daß einer der Henker und der andere das Opfer sei, war unwesentlich. Aber das hatte er damals noch nicht wissen können.

Er erinnerte sich nur, daß er sein Maschinengewehr leergeschossen hatte. Er wußte noch, daß er, als seine automatische Waffe sich schließlich heißgelaufen hatte und nicht mehr funktionierte, sie fortwarf und anfing, Handgranaten zu werfen, bis seine Arme lahm wurden. Das Sonderbarste von allem aber war, daß, während dies alles geschah, Erinnerungen an andere Dinge – wahrhaftige und erfundene – seine Gedanken durchkreuzten, Erinnerungen, die scheinbar in keinerlei Beziehung zueinander standen, ihn aber in dem Gefühl bestärkten, in einem Traumzustand zu schweben. Er dachte zum Beispiel an den goldenen Rosenkranz seiner Mutter (wahrhaftig); an den riesigen Schmetterling aus Bronze auf dem Grabe des Dichters Ortíz Guerrero (erfunden); an seine kleine Schwester Isabel, die soeben ihr Lehrerinnenexamen bestanden hatte (wahrhaftig). Diese unzusammenhängenden Blitze seiner Phantasie hatten die ganze Zeit über angedauert. Ihm fiel ein, daß sie ihn auch nicht verlassen hatten, als er, durch einen weiten und dickflüssigen Sumpf von Blut watend, zu seiner Truppe zurückgekehrt war.

Jener Tunnel im Chaco und dieser hier, den vom Boden

des Gefängnisses aus zu bauen er selbst vorgeschlagen hatte, den er persönlich zu graben begonnen hatte und der letztlich nur ihm selbst zur tödlichen Falle geworden war; dieser und jener andere waren ein und derselbe Tunnel; ein einziges, gerades und schwarzes Loch, das trotz seiner Geradlinigkeit ihn seit seiner Geburt umgeben hatte gleich einem unterirdischen, unausweichlichen und tödlichen Kreis. Ein Tunnel, der für ihn jetzt vierzig Jahre zählte, der aber in Wirklichkeit viel älter, der zeitlos war.

Jene blaue Nacht des Chacos, bevölkert von Dröhnen und Leichen, hatte ihm einen Ausgang vorgegaukelt. Aber es war nur ein Traum gewesen; weniger als ein Traum: die phantastische Ausschmückung eines zukünftigen Traumes inmitten des Schlachtenrauches.

Mit seinem letzten Atemzug träumte Perucho Rodi von neuem davon; das heißt, er erlebte es. Erst jetzt wurde jener ferne Traum Wirklichkeit. Jetzt erblickte er von weitem die blendende Bresche, die runde Öffnung des Ausgangs.

Er träumte (so entsann er sich), daß er neuerlich aus dem feuerspeienden Krater in die bläuliche, metallische, dröhnende Nacht hinaufstieg. Wiederum fühlte er in seinen Händen das brennende, zuckende Maschinengewehr. Er träumte (so entsann er sich), daß er von neuem eine Runde nach der anderen abschoß, von neuem eine Handgranate nach der anderen warf. Er sah im Traum (so entsann er sich) das Gesicht jedes einzelnen seiner Opfer. Deutlich sah er sie vor sich: neunundachtzig waren es im ganzen. Als er die geheime Grenze überschritt, erschauderte er; in plötzlicher Erleuchtung hatte er sie erkannt: diese neunundachtzig lebendigen und schreckenerregenden Gesichter seiner Opfer waren diejenigen seiner Kameraden im Gefängnis. Auch die siebzehn Toten waren dabei, und es hatte sich noch einer zu ihnen gesellt. Er sah sich selbst im Traum unter diesen Toten. Er träumte, daß er von einem Tunnel träumte. Er sah sich im Alptraum winden, träumen, daß er grub, daß er kämpfte, daß er mordete. Er erinnerte sich deutlich an den feindlichen Soldaten, den er mit seinem Maschinengewehr niedergestreckt hatte, während sich sein Opfer in einem Alptraum wand. Er träumte, daß jener Soldat nun ihn mit seinem Maschinengewehr niederstreckte, daß er ihm so ähnelte, als wären sie Zwillingsbrüder.

Der Traum Perucho Rodis blieb im Erdspalt begraben wie ein schwarzer Diamant, der noch eine andere Nacht beleuchten würde.

Die vereitelte Flucht wurde entdeckt; das Eingangsloch im Boden der Zelle. Der Umstand brachte die Wächter auf eine Idee.

Die Gefangenen der Zelle 4 (sie trug den Namen Valle-í), unter denen sich der ›entflohene‹ Perucho Rodi nicht befand, bemerkten in der folgenden Nacht zu ihrem Erstaunen, daß die Tür nicht verriegelt war. Sie durchforschten mit ihren Augen die düstere Nacht des Hofes und bemerkten zu ihrer Verwunderung, daß die Gänge verlassen dalagen. Sie schlichen voran. Kein Wächter versperrte ihnen den Weg durch die Dunkelheit. Das Gebäude schien vollkommen verlassen. Die Hintertür, die auf eine abgesperrte Gasse führte, stand halb offen. Sie stießen sie auf und traten hinaus. Als sie ins Freie traten, wurden sie in Scharen zu Boden geschleudert, vom Kreuzfeuer der Maschinengewehre, das aus den dunklen Schießscharten des konzentrisch gebauten Zuchthauses auf sie niederprasselte. Es dauerte nur einige Sekunden.

Am folgenden Tag erfuhr die Stadt lediglich, daß man

einige Häftlinge erschossen habe, als sie durch einen Tunnel entfliehen wollten. Der Bericht konnte mit der Wahrheit lügen, denn es gab ja den unwiderleglichen Beweis: den Tunnel. Man lud die Reporter ein, ihn zu besichtigen. Sie gaben sich mit der Eingangsöffnung in der Zelle zufrieden. Mit diesem Beweis wurden einige unwichtige Einzelheiten hinfällig: der nicht vorhandene Ausgang, den niemand zu sehen verlangte, die noch frischen Blutflecken in der verlassenen Gasse.

Kurze Zeit darauf wurde das Loch mit Steinen vermauert und die Zelle 4 (Valle-í) von neuem mit Insassen vollgestopft.

Zigaretten ›Mauser‹

1

Das Paket Zigaretten, nicht aus Tabak, sondern eher aus gekräuseltem, gelbem Schießpulver, ein giftiger, geräuschloser Donner im Munde eines zwölfjährigen Jungen, bezeichnete das Ende der Einweihung.

Aber selbst ohne das Paket mit der grünen Aufschrift und dem Mausergewehr auf der Vorderseite, ohne die heimlich im Gebüsch gerauchten Zigaretten, ohne das Vergehen der Schwarzen, das auch schon nur noch das Resultat des begonnenen Werkes, ihrer rohen Geilheit war, hätte die Geschichte hier auf jeden Fall geendet. Ein wenig später vielleicht, aus irgendeinem anderen Grunde. Aber sie hätte geendet. Denn gewisse Dinge können nicht unbegrenzt fortdauern, wenn sie sich von Leben und Tod zugleich nähren. Sie laden sich unentwegt mit Energie auf – es ist etwas, das scheinbar keine Grenzen hat. Aber in einem bestimmten Augenblick kommt die angesammelte Kraft zum Ausbruch. Und so war es auch dieses Mal.

Die Schwarze holte das Päckchen zwischen ihren Kleidern hervor und gab es dem Jungen. Den Mund gegen das Kissen gepreßt, sagte sie zu ihm:

»Morgen, während der Mittagszeit, im Gebüsch. Dort, wo dich niemand sieht.«

»Warum nicht jetzt?« – Die Stimme des Jungen spiegelte Ungeduld vor. In Wirklichkeit hatte er Angst.

»Jetzt nicht . . . Wegen des Rauches. Sie könnten uns erwischen.«

»Ah . . .!«

»Geh angeln, wie immer. An der ersten Biegung des Flusses, in der Nähe vom Paso Aguirre. Unter dem großen Timbó, im Bambusgebüsch.«

»Aha . . .!« Der Knabe schloß die Augen. Im Geiste sah er sich auf den Fluß zulaufen, die Angel über der Schulter, neben ihm ›Laurel‹, die Fischer anbellend, in der Tasche seiner Bluse das grüne Paket der weißen, mit gelocktem Tabak vollgestopften Röhrchen. Das allein hätte schon etwas wert sein können. Aber für ihn hatte es nur Wert, weil es von Petrona kam. Anderenfalls hätte er es nie versucht. Nichts, das nicht von ihr kam, konnte ihn verführen.

Die Schwarze übergab ihm das Paket und befahl ihm zu rauchen, sagte aber nicht, wie viele. Der Knabe rauchte so viele, wie er rauchen konnte. Als sie ihn fanden, war er tot, oder zumindest halbtot. Der Hund wies ihnen den Weg zum Versteck. Als die Verzweiflung das Haus überfiel, tat die Schwarze, als wüßte sie von nichts. Heiser trällerte sie in der Küche vor sich hin, rührte lässig in den Töpfen und wischte endlos die bereits trockenen Teller ab, die sie ein über das andere Mal vom Abtropfbrett nahm. Dann ging auch sie hinaus, den Jungen zu suchen. Aber sie schlug eine andere Richtung ein, nicht die des großen Timbó am Ufer des Flusses.

Dies alles geschah am Morgen, am Nachmittag, am Abend eines Tages. Aber bis dahin waren viele Dinge geschehen, die nichts mit der Schwarzen zu tun hatten.

Ihr Schatten zog erst viel später in das Haus ein. Und jetzt, über die Jahre hinweg, kommt die Erinnerung hie und da zu ihm zurück. Er kann es nicht verhindern. Ihre Figur, ihre Stimme, ihr unheilbringendes Blendwerk, ihr nächtlicher Zauber, der so eng mit der Farbe ihrer Haut verbunden war. Die Ahnung geht meist einem unangenehmen Ereignis voraus gleich den rheumatischen Stichen, die sich bemerkbar machen, wenn das Wetter schlecht zu werden droht. Eine vergessene Karies, die flüchtig an irgendeiner Stelle der Seele nagt und wieder verschwindet.

Er kann sich jedoch nicht gut entsinnen, wie sie eigentlich war. Ihre Stimme mochte männlich, heiser gewesen sein. Aber damals konnte er ihr nicht ohne Gemütsbewegung lauschen, ohne sogleich an den melodiösen Gesang des Surucu'á zu denken, wenn sie fröhlich war und lachte; aber auch an das Krächzen einer Eule, wenn die Nacht hereinbrach und sie schwarz und düster im Mondlicht in der Weinlaube saß.

2

Sie kam zu einer Zeit, da eine schwere Krisis im Leben der Familie gerade überwunden worden war.

Nach drei Jahren Zwangsarbeit als Tagelöhner in der Zuckersiederei war der Vater zum Angestellten befördert worden. Der Klassenunterschied war zum Teil wieder ausgeglichen. Für sie, die Eltern, war das Leben endlich wieder in annähernd normale Bahnen zurückgekehrt. Aber die Kinder trugen innerlich für immer einen Schaden davon; die Spuren, welche die Krisis in ihrer Seele zurückgelassen hatte, bildeten fortan einen der negativen Meridiane ihrer Persönlichkeit. Das psychische Mestizentum der Klassen – tausendmal schlimmer als das des Blutes – hatte sie untilgbar verfärbt.

Von Reichtum und Überfluß – der Vater war ein wohlhabender Zollabfertiger, ein ehemaliger Seminarist, ein ehemaliger Richter, feinfühlend und empfindsam – stürzte die Familie von einem Tage zum anderen ins tiefe Elend.

Sie mußten auf ihre Loge im Theater verzichten, auf das gesellschaftliche Leben im Klub, wo die Mutter zur Begleitung von Klavier, Klavichord oder Harfe gesungen hatte, wo sie ihrer Schönheit wegen bewundert worden war und ihr Geschmack, ihre unvergleichliche Anmut und ihre eleganten Toiletten die anderen Frauen zur Nachahmung angeregt hatten. Sie mußten ihr Silber verkaufen, ihre Equipage, das Schimmelgespann, mußten nach und nach die Dienstboten entlassen. Nur einer blieb – der alte, der treue Gaspar. Man konnte ihn nicht dazu bewegen, sie zu verlassen. Sie schickten ihn ins Altersheim. Aber er riß aus und kehrte zurück. Sie fischten ihn tot aus dem Brunnen. Und so ging alles langsam zu Ende. Nur die Erinnerungen blieben.

Die schöne Altstimme der hellhäutigen, blonden Frau mit den sehnsüchtigen blauen Augen erklang nicht mehr in der Nähstube. Sie hörte auf, ihren Kindern die abenteuerlichen Geschichten von den adeligen Lusitaniern zu erzählen, die ihre Vorfahren gewesen waren. Es war, als ob sie sich schämte.

»Mama«, bat der Kleine wie immer im abendlichen Familienkreis – das Zimmer war bereits ausgeräumt, »erzähl uns die Geschichte vom Schimmel des Marquis de Castemelhor ...«

»Nein, nein ...«, widersprach die Schwester. »Die nicht. Lieber die Geschichte von dem Silberbecher und dem Gift. Ja, Mamita? ...«

Die Eltern sahen sich an. Die Augen der Mutter wurden immer schmaler, mit einem Streifen blauen Lichtes zwischen den Lidern; dann wurden sie feucht, aber die Kinder bekamen ihre Tränen nicht zu sehen. Es gab keine Geschichten mehr von Markgrafen, von Schimmeln, von Silberbechern mit winzigen, vergifteten Perlen. Höchstens die Geschichte der Großmutter als ›Residenta‹ während des Krieges der Triple Alianza, während der Besetzung von Asunción durch die Brasilianer. Episoden von Elend, von grenzenloser Entsagung, von beinahe unfaßbaren Opfern. »Man muß die Kinder hart machen ...«

Aber die heroische Großmutter der siebziger Jahre war für die Kinder ferner und verblaßter als der edle und ruhmreiche lusitanische Urgroßvater, und sie verlangten weiterhin nach den verstummten Geschichten.

Sie mußten alles verkaufen, auch das Haus, mußten in eine strohbedachte Hütte am Rande der Stadt ziehen. Den Kindern gefiel der Wechsel. Die schimmernden Kieselsteine, der Orangenhain, die zerlumpten Nachbarskinder, schmutzbedeckt und frei, voll von Dingen, die ihnen selbst fremd gewesen waren, bedeuteten ihnen einen herrlichen Ersatz. Nicht einmal das stille Weinen der Mutter am Backsteinherd des Ranchos oder am Brunnentrog beim Waschen der Wäsche konnte das sorglose Leben der Kinder trüben.

Dann kam für den Vater die Zeit der verzweifelten Suche nach Arbeit. Bis sich schließlich die vielversprechende Möglichkeit im Süden des Landes bot. Eine Zuckersiederei in irgendeinem entlegenen Ort mit dem Namen eines Vogels hatte soeben eine blutige Meuterei von mehreren Monaten niedergeschlagen. Man war dabei, das Personal neu zu organisieren. Das Büro in Asunción warb die Leute an. Man suchte ›Büroangestellte‹. Gutes Gehalt, leichte Verwaltungsarbeit. Der Vater ließ sich überreden und fuhr ab.

Ein Jahr verging. Inzwischen war das dritte Kind geboren worden: die zweite Tochter. Es waren jetzt (der Mutter entgingen immer noch die Nuancen) »ein Knabe und zwei Mädelchen«. Der Junge hatte eine fabelhafte Zukunft. Noch während der guten Zeiten hatte es ihm der berühmte deutsche Wahrsager aus dem Ferienort San Bernardino prophezeit. Das kleine Mädchen würde eine vorteilhafte Ehe eingehen, das war gewiß. Über das dritte Kind wußte die Mutter nichts. Hoffentlich würde die arme Kleine ebenfalls Glück haben. Sie war das ›Kind der Unglückszeit‹.

Ein zweites Jahr verging. Der Abwesende schrieb regelmäßig, scheinbar zufrieden. Er schob die Reise seiner Frau und der Kinder hinaus, »bis das Haus, das die Direktion mir geben wird, fertig ist«.

Um diese Zeit erkrankten die drei Kinder an bösartigem Keuchhusten.

»Sie müssen sofort aufs Land«, riet der Arzt. »Nur der Luftwechsel kann ihnen helfen. Bringen Sie sie so schnell wie möglich fort. Die Komplikationen können gefährlich sein.«

Der Vater hatte seit einem Monat nicht geschrieben. Mit dem Rest ihrer Ersparnisse und dem Erlös aus dem Verkauf ihres Trauringes bereitete sie die Reise vor. Früh am Morgen bestiegen sie den Zug. Irgend jemand – ein Onkel – hatte versprochen, ein Telegramm zu schicken. Das Telegramm kam niemals an. Entweder war es nicht abgesandt worden, oder man hatte es dem Vater nicht ausgehändigt. Das gleiche war mit vielen Briefen geschehen.

An einem Schuppen, der als Stationsgebäude auf freiem Felde diente, stiegen sie aus. Ein paar Menschen standen herum, aber der Vater war nicht da. Das Herz der Frau schlug heftig. Man starb so leicht in diesen Gegenden. »Mein Gott, nein ...!«

Dann ging sie auf einen der Männer zu, die auf dem Bahnsteig standen, und fragte fast weinend:

»Können Sie mir sagen, wo die Fabrik ist?«

»Da drüben, hinter dem Wald. Diesen Weg entlang.«

»Und ... ist es sehr weit?«

»Ungefähr drei Kilometer. Suchen Sie jemanden?« Das dunkle, tierische Gesicht näherte sich der schönen, weißen Frau.

»Ja ... ja ...«, stammelte sie. »Meinen Mann. Er ist in der Siederei angestellt. Er heißt Fernando Lara. Kennen Sie ihn?«

»Fernando Lara? Ach ja, ich kenne ihn. Da drüben werden Sie ihn finden. Im Rodeland.«

»Im Rodeland?« wiederholte sie in dunkler Erregung.

»Ja, sie bauen da einen Bahndamm für die Umleitung. Sie werden ihn sehen, wenn Sie vorbeikommen. Die Straße führt dort vorbei. Angestellt! Haha . . .« Das Lachen des Mannes klang barsch, beleidigend.

Die Frau trug das kleinste Kind auf dem Arm. Sie schleppte so gut sie konnte die beiden Reisekoffer. In der brennenden, ungeheuerlichen Mittagssonne machte sie sich auf den Weg.

Inmitten einer dichten Staubwolke schleppten sie sich vorwärts. Der Hustenanfall überkam die drei Kinder gleichzeitig. Sie waren dem Ersticken nahe. Schließlich warf der Husten sie nieder, drückte sie gegen die weiche, dichte Erde der Straße, die wie trockenes, sturmgepeitschtes Wasser war. Die beiden älteren Kinder versanken in dem aschgrauen Strom. Mühsam schleppte die Mutter sie an das Ufer – an den Rand der Straße. Auch sie war nicht wiederzuerkennen. Sie war jetzt eine alte, fremde Frau, ein armes, mit dem Tode ringendes Wesen. Aber sie stand aufrecht inmitten des Staubes, des Jammerns der Kinder, des Hustens, ihrer eigenen Verzweiflung.

Sie gingen weiter, kamen an einem Felsenweg vorbei und gelangten schließlich zum Rodeland. Einige Männer arbeiteten mit Spaten und Pickel in der glühenden Sonne. Sie hielten inne und betrachteten die herannahende Gruppe. Für diese Sklavenarbeiter war das zweifellos ein ungewohnter Anblick. Plötzlich trat einer von ihnen auf die Frau und die Kinder zu. Ein kupferfarbener, spindeldürrer Mann; seine Brust und sein Rücken waren von schwärenden Wunden bedeckt, die Sonnenbrand und Insektenlarven dort hinterlassen hatten. Es gab neue und alte Wunden auf dieser Haut; Narben und Runzeln und feuerrote, eitrige Geschwüre. Sein linker Arm lag in einem aus Lumpen gefertigten Verband. Sein Gesicht war schwer zu erkennen; es wurde von einem breitrandigen, abgegriffenen Strohhut beschattet.

Sie fragte mit einer Stimme, die schon nicht mehr ihr selbst zu gehören schien:

»Ist es noch weit bis zur Fabrik? Meine Kinder sind dem Tode nahe. Ich suche meinen Mann . . .«

Der Mann näherte sich der Frau und umarmte sie mit der verzweifelten, ungestümen Umarmung des Schiffbrüchigen, der ein Brett umklammert, des befreiten Sklaven, des Tieres, das sich in einen Menschen verwandelt.

Erst als er sich umdrehte und auch sie umarmte, wußten die Kinder, daß er ihr Vater war. Die Kleine sagte nur:

»Armer Papa, wie häßlich du bist!«

Sie fürchteten sich ein wenig vor ihm. Von neuem überkam sie der Hustenanfall. Auf dem hellen, vom Staub verdunkelten Kleid der Frau blieb ein rötlicher Fleck – dort, wo das Gesicht des Mannes gelegen hatte. Es war, als habe der Mann Tränen aus Blut geweint. Aber es war nur der Abdruck seines von der Leishmaniose angefressenen Ohres.

Von diesem Zeitpunkt an begann jedoch alles besser zu werden.

Zwei Jahre darauf wurde der Tagelöhner zum Angestellten der Verwaltung befördert. Man gab ihm ein Haus am Uferhang des Flusses. Das Mißverhältnis ihres Standes, die Wunden, die Schwermut milderten sich. Es blieb nur der unmerkliche, aber tiefe Bruch, der unheilvolle, unheilbare Riß in der Seele des Jungen, im Gewebe seines persönlichen Schicksals. Aber der Schatten der Schwarzen war noch fern.

All dies war lange vor ihrem Erscheinen geschehen. So war sie selbst, als sie kam, nur eine Folge, nur ein weiteres Glied in der Kette.

3

Dann erschien sie. Zunächst kam sie nur ein paarmal in der Woche, um die Wäsche zu waschen. Der Junge begleitete sie zum Ufer. Später, als sie ihr außer dem Essen und dem Dach über dem Kopf noch ein paar Pesos zahlen konnten, blieb sie als Köchin im Haus.

Sie bezauberte ihn sofort.

Sie schlief auf einer Matte in einer Kammer, die neben dem Zimmer des Jungen lag. Manchmal kam sie vor dem Schlafengehen noch an sein Bett und erzählte ihm Schrekkensgeschichten, die ihm Angst einflößten und ihn bis zum Morgengrauen nicht einschlafen ließen.

Fast immer handelte es sich um Verbrechen, gewalttätige Schändungen, Wahnsinnstaten, Morde, unheilvolle Verfolgungen im Urwald, fiebernde Phantasiegebilde. Ihre ruhige, eintönige Stimme machte den Schrecken noch eindrucksvoller. Es schien, als ob sie bei ihren Erzählungen eine heimliche Wonne überliefe. Aber nur er bekam sie zu hören. Die kleine Schwester zum Beispiel konnte ihr nie auch nur die harmloseste Geschichte entlocken. Es machte den Eindruck, als ob sie sie haßte; als ob sie die Eltern haßte und selbst das jüngste Kind.

Nur ihn liebte sie, auf ihre Art.

Ihre nächtlichen Besuche beunruhigten ihn tief; zitternd wartete er auf sie, ohne einen anderen Willen als den, sich wie jungfräuliches Wachs der Glut dieses schwarzen, süßen und wilden Feuers auszuliefern.

Wie das Gesicht einer schwermütigen Eule stieß ihr Antlitz in der Dunkelheit auf ihn hinunter. Er sah ihre Augen, die ihn anstarrten oder sich langsam noch oben drehten, in einer weißen, fischgleich schimmernden Bewegung. Dann öffneten sich ihre braunen, dicklichen Lippen, ließen ihren heißen, nach Tabak und Harz riechenden Atem über ihn niedergehen, ihre eintönige Stimme, ihre hemmungslose Leidenschaft.

Von den mit leiser Stimme wie das Schwirren von Insektenflügeln geflüsterten Erzählungen ging sie zu den Liebkosungen über. Bald wußte der Knabe nicht, was ihn mehr verwirrte: ihre einem schwarzen Käfer ähnelnde Stimme, die mit unsagbarem Genuß die Schreckenstaten berichtete, oder ihre runzelige und doch weiche Hand, die wie ein warmes, geheimnisvolles Tier zu den intimsten Zonen seines angehenden Mannestums vordrang, ihm Müdigkeit und Durst einflößte. Eine unbekannte, unüberwindliche Müdigkeit. Einen unbekannten, verzehrenden Durst, der, wenn er einmal völlig erwachte, nie wieder zu löschen sein würde.

Die Besuche der Schwarzen wurden häufiger, wurden jedesmal ausgedehnter.

Eines nachts legte sie sich neben ihn ins Bett. Sie hob ihn auf, ließ ihn langsam in eine weiche, warme und klopfende Höhle gleiten. Er hatte den Eindruck, zu fallen, in schwindelnde Tiefen zu fallen. Die Hände der Schwarzen stießen, stießen ... Die Pforte des Lebens hatte sich plötzlich vor den verzauberten zwölf Jahren (oder tausend Jahren) des Knaben geöffnet. Aber er wußte es noch nicht, denn er war auf der Schwelle eingeschlafen.

Sie ließ nicht mehr von ihm ab. Ihre Erfindungsgabe kannte keine Grenzen, ebenso ihre Vorsicht und Schlauheit. Niemand im Haus sah etwas, niemand ahnte etwas. Ihre Riten waren geheim, still wie das Grab. Sicherlich erschienen auf dem Gesicht des Jungen Zeichen, Male, violette Reflexe des nächtlichen Feuers. Aber niemand erriet ihren Grund oder forschte ihrem Ursprung nach.

In den darauffolgenden Nächten brachte sie eine Flasche Weinbrand und zwang ihn, mit ihr zu trinken. Abwechselnd setzten sie die Fasche an. Dann nahm sie einen Mundvoll und flößte ihm die Flüssigkeit mit ihren schwulstigen, zu einem Trichter geformten Lippen ein, bis der Knabe es nicht mehr ertrug und das brennende Getränk ausspie.

Dann kam sie mit dem Paket Zigaretten.

»Morgen, während der Mittagszeit, im Gebüsch. Dort, wo dich niemand sieht ...« – mit dem Mund gegen das Kissen, gegen die Haut des Knaben gepreßt.

»Warum nicht jetzt?«

»Jetzt nicht ... Wegen des Rauches. Sie könnten uns erwischen.«

»Ah . . .!«

»Geh angeln, wie immer. An der ersten Biegung des Flusses, in der Nähe vom Paso Aguirre. Unter dem großen Timbó, im Bambusgebüsch.«

»Aha . . .!«

4

Und jetzt, nach all den Jahren, erinnert sich der Mann an nichts weiter als einige Sonnenstreifen hinter der schwarzen Haut und die Vernichtung seiner Kindheit zwischen einem von glitzernden Wellen durchzogenen Fluß und den dunklen, von Gemurmel bevölkerten Rohrfeldern. Etwa so, wie an das gespenstische Klopfen einer vergessenen Karies. Stiche, die auftauchen und wieder verschwinden. Schon nicht mehr der Schmerz selbst, sondern nur noch die Erinnerung an den Schmerz.

Er sieht einen Jungen neben dem Baum, zwischen den Bambusrohren. Tot, oder beinahe tot. Zwischen seinen gelben Fingern ein halbgeleertes Päckchen Zigaretten. Die grüne Aufschrift, das Mausergewehr auf der Vorderseite. Ein allzu grobes, übertriebenes Sinnbild, das die anderen wiederkehrenden Bilder verzerrt. Gut, es ist tatsächlich diese Gewaltsamkeit; aber es ist auch eine andere Gewaltsamkeit, die er wie einen Flecken von schwarzem Quecksilber an den Blütenstengeln, an den Baumstämmen, an den Menschen hervorbrechen sieht. Pflanzensaft wie Blut. Blut wie verbranntes Blei.

Er sieht auch an der Seite des Jungen einen Hund, dunkelgrün, metallisch. Der Hund bellt unaufhörlich, mit verzweifeltem Mut, sein Fell gesträubt vor Angst und Tapferkeit. Er bellt irgend etwas im Dickicht an. Eine Korallenschlange kriecht auf den leblosen Körper des Jungen zu. Ein geschmeidiger, sich wendender Strich, rötlich und schillernd, der in seinem winzigen, dreieckigen Kopf, aus dem die Zunge wie ein stählerner Faden schießt, den Tod mit sich trägt.

Er sieht den Kampf des Hundes mit der Schlange. Die wütenden Bisse. Den kleinen, giftigen Pfeil, der sich in die Pfote des Hundes bohrt. Die Schlange, vom Hund in zwei Stücke gerissen; beide Stücke endlich unbeweglich. Er sieht den sterbenden Hund, der sich zum Haus schleppt, zu den verzweifelt Suchenden, sieht ihn, wie er sie mit seinem Gebell ruft, mit einem fast menschlichen Klagen, sie zu dem toten oder schlafenden Jungen im Gebüsch am Fluß führt.

Er sieht die Zeit entfliehen, den Raum sich verkleinern, um die Leiche eines Hundes herum, die unter freiem Himmel zwischen den Büschen verwest; um die Leiche einer Negerin herum, die an einem rauchgeschwärzten Balken hängt. Er sieht dies alles unklar, durch das Fieber, durch die Schreie, durch den Schlaf hindurch.

Und seine Erinnerungen sind wie Kopien, die er von einer unveränderlichen Metallplatte abzieht. Nichts weiter als ein paar leuchtende Streifen auf dem düsteren Hintergrund.

Die Rückkehr

Der abgemagerte, aber gut geformte Rumpf von José de la Cruz Godoy zeichnete sich im Widerschein des Feuers ab. Unermüdlich schaufelten seine langen Arme das Brennholz in die Öffnung des Heizkessels. Fünf Jahre des entbehrungsreichen Abenteuerlebens an den Küsten des Flusses hatten fast keine Spuren auf diesem noch kindlichen Gesicht mit den eigenwillig leuchtenden, dunklen Augen zurückgelassen. Die ölige Schweißschicht ließ seine kräftigen Züge sanft erscheinen: das in der Mitte gespaltene Kinn, den großen Mund, die dünne, blasse Oberlippe, die schmale, leicht gebogene Nase mit den vor Anstrengung bebenden Flügeln, die stark hervorstehenden Backenknochen, die hohe, etwas zurückweichende Stirn unter dem schwarzen, wirren Haar. Sein Körper hatte die kräftige und biegsame Anmut eines jungen Tieres. Die sehr enge Hose aus gestreifter Serge klebte an seinen schweißgenäßten, sehnigen Beinen. Die von einer Indianerschärpe fest umgürtete Taille war erstaunlich schmal. Lacú Godoy mochte nicht mehr als fünfzehn Jahre zählen, aber seine Haut war schneller gealtert als er. Das Fieber und die sengende Sonne des Nordens hatten sie matt und erdfarben gemacht. Als er sich umdrehte und sich nach dem Brennholz bückte, ließ das Feuer auf der Brust des Jungen, auf seinem Rücken und selbst auf seinem langen dünnen Hals die Spuren seiner Wanderschaft erkennen: große, dunkle Flecken, welche die Obermaate der Flußschiffahrt, die Dornen und die Aufseher des Chacos auf dieses lebendige Pergament geprägt hatten. Sein Kamerad hingegen war kraftlos und kümmerlich. Er war ebenso alt wie er, schien jedoch älter und gleichzeitig kindlicher. Seine Brust war eingefallen und sein Rücken gekrümmt, seine Augen waren erloschen und traurig, voller Duldsamkeit und Resignation. Mager und aufgeschossen, erinnerte er an einen Wurm; deshalb wurde er Sevo'í genannt. Man kannte ihn unter keinem anderen Namen. Vielleicht erinnerte er sich selbst nicht einmal, wie er wirklich hieß. Er war eines jener aschgrauen Wesen, die wie ein leichter, namenloser Windhauch durch das Leben gehen. Ein menschlicher Tropfen, der über die Schneide eines Messers gleitet.

Sevo'í hatte keine Hose aus Serge und keine Indianerschärpe. Seine Beine schlotterten in einer Art Unterhose aus Leinen, die irgendein Tagelöhner der Holzfällerei abgelegt hatte und die für ihn viel zu groß war; ein zerlumptes Unterhemd aus dem gleichen Stoff bedeckte seine Brust. Er war der harten Arbeit kaum gewachsen, und ein trockener Husten zwang ihn häufig, sie zu unterbrechen. Wenn der Obermaat nicht hinsah, half Lacú ihm und versuchte, ihn mit Blicken und Gesten zu ermuntern.

Nach und nach verschwand der Stapel Brennholz, der ihnen vom Obermaat zugeteilt worden war. Nach etwa dreistündiger Arbeit warf Lacú das letzte Stück ins Feuer und wischte sich den Schweiß vom Gesicht.

Sevo'í ließ sich auf einen Haufen Brennholz fallen. Durch das Maschinengetöse hindurch erklang die rauhe, leicht stotternde Stimme des Bootsmaats:

»Ihr könnt jetzt rausgehen und ein bißchen Luft schnappen. Wir kommen bald nach Antequera, und da erwartet uns am Ufer ein schöner Haufen Kleinholz, den wir laden müssen.«

Die beiden Jungen kletterten die eiserne Stiege empor. Lacú ließ Sevo'í vorangehen. Ständig versuchte er, ihn zu schützen, sich zwischen ihn und die anderen zu stellen. Die Fahrt wurde immer mühseliger.

Der Bootsmaat spuckte seinen Kautabak mit lautem Schnalzen ins Feuer, rieb sich den Mund mit seinem Handrücken ab und fuhr mit augenscheinlicher Genugtuung fort:

»Ihr zwei arbeitet im Wasser. Dafür seid ihr die ›Ehrengäste‹.«

Die beiden anderen rußgeschwärzten und bärtigen Heizer belohnten den Einfall ihres Vorgesetzten mit schmeichlerischem Grinsen.

»Co'ä mita'í tarová . . ., sagte einer von ihnen ohne die geringste Spur von Anteilnahme und nickte mit dem Kopf.

Lacú berührte mit den Fingern die Ferse seines Kameraden, der auf halber Treppe stehengeblieben war, und machte ihm ein Zeichen weiterzugehen.

Von unten ertönte noch einmal die Stimme des Maats:

»Bleibt in der Nähe, aña membí-cuera . . . Daß ihr mir nicht einschlaft. Und wehe, wenn ihr euch mit den Gefangenen einlaßt . . .!«

Ein kühler Luftzug, der ihnen nach der Hitze des Kesselraumes fast eisig vorkam, schlug ihnen entgegen, berührte zuerst ihr Gesicht, dann ihren von Lumpen bedeckten, schweißtriefenden Körper. Sie stiegen an Deck und streckten sich in der Nähe der Luke zu Boden, um die Schreie des Maats hören zu können, falls ihm irgend etwas einfallen sollte. Sevo'í zitterte unter dem kalten Atem der Nacht am ganzen Körper. Seine Jacke lag zusammen mit der von Lacú unten beim Brennholz. Aber er zog es vor, die Abendkälte zu ertragen, anstatt hinunterzugehen und dem Bootsmaat zu begegnen.

Lacú legte sich auf den Rücken. Mehr als die Arbeit hatten ihn die Püffe und Fußtritte des Bootsmaats erschöpft, und der Hunger quälte ihn. Sevo'í war von all diesen Dingen zusammen vollkommen aufgerieben. So ging es, seit sie von Puerto Guaraní abgefahren waren; es war der Preis ihrer Reise nach Asunción. Lacú war diese Art des Reisens schon gewohnt; er hatte auf diese Weise fast die ganze Küste des Alto Paraguay kennengelernt, indem er mit den Küstenschiffen von einem Hafen zum anderen gefahren war. Auf irgendeine Weise gelangte er an Bord – seine Mittel und Wege waren unerschöpflich. Er wollte von einem Ort zum anderen ziehen und wußte, wie er es anstellen mußte. Wurde er entdeckt, bot er an, »seine Reise zu bezahlen«, indem er als Heizer arbeitete, oder aber er sprang in den Fluß und schwamm ans Ufer, um auf ein anderes Schiff zu warten, auf dem er ›mehr Glück‹ haben würde. Seine jeweiligen Entscheidungen gab ihm der Augenblick ein. Aber jetzt war Sevo'í bei ihm, den er behüten und beschützen mußte.

Eine dieser Reisen war Lacú besonders im Gedächtnis geblieben. Er hatte sich in Concepción auf einem brasilianischen Frachter versteckt. Man entdeckte ihn sofort und brachte ihn zum Zahlmeister, einem fetten, bestialisch aussehenden Mann mit den typischen Gesichtszügen eines Mulatten. Es erstaunte ihn, daß der Zahlmeister ihn mit einer Sanftmut behandelte, die bei dieser Art von Menschen wahrhaft unbegreiflich schien. Er stellte ihm einige Fragen und entließ den Obermaat:

»Deixa o rapai, Afranio. Eu quero falar com ele.«

Der Obermaat sah den Jungen verstohlen an, lächelte und verschwand. Lacú kam aus dem Staunen nicht heraus. Noch nie hatte er eine Fahrt mit solchem ›Glück‹ begonnen. Den ganzen Nachmittag saß er in der Kabine des Zahlmeisters, der an seinen Listen arbeitete und ihn dabei hin und wieder mit blutunterlaufenen Augen fixierte.

In der Nacht floh Lacú aus der Kabine des Zahlmeisters und sprang über Bord.

Es war sein erster Mißerfolg. Seitdem war er vorsichtiger und mißtrauischer geworden. Aber seinen Optimismus und seine Abenteuerlust hatte er trotzdem nicht verloren. Er wußte, daß nicht alle Menschen so waren. Mit elf Jahren hatte er sein Elternhaus verlassen, um ›die Welt kennenzulernen‹; diese und spätere Erfahrungen ließen ihn erkennen, daß es auf der Welt nichts Schlimmeres gibt als die Schlechtigkeit der Menschen. Aber er wollte sich nicht für besiegt erklären.

Immer würde er die unvergleichlichen Vorbilder haben, auf die er sein Vertrauen zu den Menschen stützen konnte: das Vorbild seiner Mutter, seines Bruders Pedro und das von Sevo'í selbst, der jetzt neben ihm lag; ein armes, geduldiges Etwas, kränklich und zerlumpt, fast lebensunfähig, aber auch ein Menschenwesen, unendlich rein und mächtig in seiner eigenen, natürlichen Güte. Das war es, was niemand und nichts, nicht einmal der Tod, würde zerstören können. Denn das Beste eines jeden – dachte er in jenem Augenblick, als er, die Arme hinter dem Kopf verschränkt, die Augen zu den Sternen erhob – das Beste muß sich vereinen und irgendwie im Besten der anderen fortdauern, muß die Angst, den Haß, die Schwierigkeiten und selbst den Tod überleben ...

Er hatte viel gesehen und er war sicher, daß es so war, ungeachtet der augenblicklichen Enttäuschungen.

Gerührt dachte er an das kleine, hinter dem Bahnhof gelegene Haus seiner Mutter in Asunción. Er schloß die Augen, und es schien ihm, als spürte er den Duft des Jasmins, der sich um das Fenster rankte, das zur Straße blickte. Mit Rührung gedachte er seiner Mutter, die auch in Armut und Unglück sich selbst treu geblieben war und ihre unerschütterliche Heiterkeit nicht verloren hatte. Mit Stolz dachte er an seinen Bruder Pedro, hochgewachsen, jung und schön in der blauen Kadettenuniform der Kriegsschule. Er sah ihn im Geiste, wie er sonntags mit federndem, kriegerischem Schritt den fast ärmlichen Stadtteil, in dem sie wohnten, durchstreifte, und wie ihm die begehrlichen Blicke der Mädchen folgten. Die Gestalt Pedros glich einer Fata Morgana, die über der schlecht gepflasterten Straße schwebte, in stattlicher Haltung über den Gehsteig der niedrigen, von Armut befleckten Häuser herankam. Er öffnete die Tür und ...

»Mamá ..., Lacucito! Wo seid ihr?«

Das ganze Haus war erfüllt vom Glanz der blauen, mit orangegelben Tressen geschmückten Uniform, vom offenherzigen, tönenden Lachen des Kadetten. Er schnallte den Jatagan ab und überließ ihn Lacú für einen Augenblick. Die zehn Lebensjahre des Jungen bebten unter dem geheimnisvollen Gewicht des Degens, während Pedro sich an einer Schüssel mit frischem Brunnenwasser das Gesicht wusch.

Außerdem war Pedro gut. Vielleicht war er ein wenig anmaßend, eingebildet, sich seiner unwiderstehlichen Anziehungskraft bewußt; aber er war weder oberflächlich, noch dumm, noch egoistisch. Er war zweifellos imstande, im gegebenen Augenblick mit einem Lächeln auf den Lippen zu höchstem Heroismus zu gelangen. So war auch der Vater, den Lacú nicht gekannt hatte, in einem anderen Bürgerkrieg gestorben. Nach seinem Tode hatte man ihn noch zum Hauptmann befördert. Die Episode war denkwürdig: Leutnant Godoy hatte den Tender einer Lokomotive mit Bomben angefüllt, sie dann selbst bestiegen und war mit ihr in einem selbstmörderischen Angriff, der den revolutionären Truppen zu ihrem einzigen Siege verholfen hatte, in die feindlichen Linien gerast.

Pedro war sich seiner Verantwortung bewußt, fühlte sich verpflichtet, sich des väterlichen Vermächtnisses an Ehrgefühl und Mut würdig zu erweisen.

Aber ebenso wie die blau-goldene Uniform einen übermäßigen Glanz in dem kleinen Haus verbreitete, ließ auch die Persönlichkeit Pedros nichts anderes neben sich aufkommen. Mit elf Jahren verspürte Lacú, der kleine, aber mutige José de la Cruz Godoy, den unwiderstehlichen Drang, die Welt nicht nur »von Mutters Rockschößen aus« – wie Pedro es nannte – zu betrachten. Er ging fort. Besser gesagt, er lief davon. Und er hatte es nicht bereut. Die erlittenen Entbehrungen wurden reichlich von den Erfahrungen wettgemacht, die er gesammelt hatte. Er hatte viel gelernt. Es war, als hätte er all die dicken Bücher aus Pedros Schrank auf einmal gelesen. Und die Lehren waren frisch, unvergeßlich.

Außerdem würde er seiner Mutter ein üppiges Geschenk bringen: einen Geldschein im Werte von einhundert Patacones, den er mit großen Stichen in eine Falte seiner Jacke eingenäht hatte. Er würde nicht mit leeren Händen nach Hause zurückkehren. Außerdem brachte er ihr einen neuen Sohn – den stillen, den sanften Sevo'í.

»Mamá wird dich gut pflegen«, flüsterte er ihm zu, »und dann wirst du bald wieder gesund sein. Du wirst viel Milch trinken und den ganzen Tag So'o essen. Mamá macht so eine gute Mazamorra.«

»Bist du sicher, Lacú, daß deine Mamá mich gern aufnimmt?«

»Ganz sicher. Darum bringe ich dich ja nach Hause.«

»Aber ...«

»Sevo'í, hör gut zu: Du bist doch mein Bruder, ja oder nein?«

»Ja . . .«, sagte Sevo'í. Er preßte den Mund gegen den Boden des Schiffsdecks, um seinen Husten zu unterdrücken.

»Du hast keine Mutter, oder?«

»Nein, Lacú; ich bin nur ein Findelkind.«

»Nein; kein Findelkind. Du bist mein Bruder, und wenn ich eine Mutter habe, dann ist sie auch deine Mutter. Nda upeichai-pa?«

»Jhee, aber ich bin zu nichts nutze, ein Kranker.«

»Wenn du wieder gesund bist, hilfst du mir. Wir machen irgendwas. In Asunción gibt es viel zu tun; das ist nicht wie in der Holzfällerei... Das einzige, was mir Sorgen macht«, sagte er nach einem Augenblick mit etwas tieferer Stimme, »ist Pedro.«

»Ob er wohl gekämpft hat? Vielleicht ...«

»Natürlich. Er muß ja schon längst Offizier sein.«

»Bestimmt ist ihm nichts passiert, Lacú. So viele kommen heil durch die Revolution. Nicht alle sterben ...«

»Pedro war immer waghalsig. Er liebt die Gefahr ... ebenso wie ich. So war Papá.« Die Stimme Lacús bebte in männlichem Stolz.

»Ich bin sicher, daß er am Leben ist«, sagte Sevo'í langsam, aber voller Überzeugung.

»Woher weißt du das?«

»Hier ...« – er erhob sich ein wenig und berührte seine Brust. »Ich will, daß der Bruder meines Bruders leben soll ...«

Lacús Stimme versagte vor Bewegung. Er ergriff Sevo'ís Hand und drückte sie. Plötzlich erschien es ihm unmöglich, über diese Dinge an Deck eines Schiffes auf der Fahrt nach Asunción zu sprechen. Die Erinnerung an die unmittelbare Vergangenheit übermannte ihn.

Er erinnerte sich, daß er sich der Zone der großen Holzfällereien im Chaco gegenüber befunden hatte, als er von dem brasilianischen Schiff ins Wasser gesprungen war. Wie ein Staubkorn hatte ihn der grausame Wirbel des Tannins aufgesaugt, ihn alle Phasen des menschlichen Leidens durchlaufen lassen. Und er erfuhr, daß die geplagtesten Menschen die besten und großmütigsten sind. Aber er erfuhr auch, daß diese Güte und dieser Großmut so gedemütigt waren, so erniedrigt, daß sie ihren Wert verloren hatten, und daß sie auch weiterhin wertlos bleiben würden, wenn sie sich nicht gewaltsam auflehnten.

Lacú Godoy gelangte bis zu den Hüttendörfern der Indios und kehrte zurück. Nur weil er fünfzehn Jahre alt war, konnte er entfliehen; weil er ein flüchtiges Staubkorn im ewigen Staube des Chacos war. Die anderen jedoch nicht. Die anderen waren bereits erzgewordene menschliche Tropfen, die für immer am Boden jenes riesigen, aus Erde geformten Kessels klebten, in welchem das Tannin und die

Menschen kochten, verschmolzen zu einem roten, dicklichen Brei, den die Unternehmer, die Aufseher und die Vorarbeiter unaufhörlich mit ihren ›teyú-ruguai‹, ihren Maschinenpistolen und ihren Gewehren rührten. Diese schreckliche Vision hatte sich ihm unauslöschbar eingeprägt, vermischt mit jener anderen Vision: die der wunderbaren, trostlosen Landschaft, deren Schönheit er nicht verstehen konnte.

In einer Holzfällerei in Puerto Guaraní stieß er auf den verwaisten Sevo'í und gelobte sich, ihn zu retten. Es kostete ihn Mühe, sein Vertrauen zu den Menschen nicht zu verlieren. Alles, was er von fünf Jahren Pilgerfahrt durch die ausgedörrte Steppe des Chacos nach Hause brachte, war der in seine Jacke eingenähte Geldschein, die schrecklichen Erinnerungen und dieser schwindsüchtige kleine Junge, den er um jeden Preis retten wollte. Er wußte nicht, was ihn erwartete; aber er war sicher, daß nichts, was er vorfinden würde, schlimmer sein konnte als das, was er hinter sich gelassen hatte.

Ein bewaffneter Aufstand überraschte die beiden Freunde in Puerto Guaraní. Die Holzfällerei entvölkerte sich sofort, trotz aller Bemühungen von seiten der Aufseher, die Leute zurückzuhalten. Die Aufseher wußten, daß der Sieg der Aufständischen ihnen nichts Gutes bringen würde. Aber die Arbeiterschaft rebellierte auch hier und siegte, um sich sofort dem anderen Aufstand anzuschließen, der in blutigen Kämpfen unterdrückt wurde.

Angefüllt mit Gefangenen kamen die Frachtschiffe von den Küstengarnisonen des Nordens den Fluß herunter. Die ›Manduvirá‹, das Schiff, auf welchem Lacú und Sevo'í sich befanden, war eines von ihnen. Von ihrem Ruheplatz an Deck konnten die Freunde die dunkle Masse der im Schiffsraum eingepferchten Gefangenen sehen, konnten das Wehklagen der Verwundeten und Kranken vernehmen, für die es keinerlei Hilfe gab oder geben konnte. Auch der Durst richtete Verheerungen unter dieser Ladung von Unglückseligen an, die ihre Niederlage überlebt hatten, um nun eines langsamen Todes zu sterben, der zehnmal schrecklicher war als derjenige, den sie hinter sich gelassen hatten.

Die Öffnung des Laderaumes befand sich genau unter der Luke, neben der die beiden Jungen lagen. Mit dem Aufgehen des Mondes legte sich der Wind. Nun konnte man die Gefangenen besser erkennen, konnte ihre dumpfen Klagen deutlicher vernehmen. Auf dem Rande des Laderaumes saßen ein paar Soldaten, die, ihre leichten Maschinengewehre auf den Knien, die Gefangenen bewachten, sie mit unflätigen Schimpfworten überhäuften, ihnen verächtlich ins Gesicht spuckten, wenn sie mit flehendem, heiserem Jammern um Wasser baten.

Lacú und Sevo'í spürten, wie die Klagen ihnen ins Fleisch stachen. Wie konnte man den Unglücklichen helfen, die an ihrem Durst zugrunde gingen? Der Mond schien hell am Firmament. Man sah die bleichen Gesichter der Gefangenen und konnte in der Kielspur des Schiffes die erregte Bewegung phosphoreszierender Schuppen wahrnehmen. In kleinen, fast senkrechten Säulen stieg der Rauch aus den Zigaretten der Wächter zum Himmel empor. Der bläuliche Lauf ihrer Maschinengewehre schwang wie ein dunkler Finger über den Köpfen der Gefangenen. In diesem Augenblick erlitt Sevo'í von neuem einen starken Hustenanfall. Seine Nerven verrieten ihn. Lacú flüsterte ihm zu:

»Ich hol dir deine Bluse mba'é . . . Die Kälte wird dir schaden. Oder, besser, laß uns runtergehen . . .«

»Nein, Lacú; laß uns diesen Leuten helfen . . .«

»Wie . . .?«

Sevo'í deutete mit einer Kopfbewegung zum Himmel; dann drehte er langsam den Oberkörper und wiederholte die Bewegung. Lacú verstand sofort, was sein Freund ihm sagen wollte: oben näherte sich eine große Wolkenmasse dem Mond, würde ihn bald für längere Zeit verdecken; unten, hinter einer Rolle von Seilen, lag eine leere Ölbüchse. Wenn nichts Unerwartetes geschah, konnte der waghalsige Versuch, die Gefangenen mit Wasser zu versorgen, wohl glücken. Mit unvergleichlicher Geschicklichkeit machte sich Lacú an die Vorbereitungen.

Als die silbernen Schuppen im Kielwasser erloschen, versank die leere Büchse langsam im Fluß. Lacú hatte sie an einer Leine befestigt, die er vorsichtig einzuziehen begann. Glücklicherweise blies auch der Wind jetzt wieder etwas stärker; die Arme der Kräne schwankten hin und her, und das Knarren ihrer Drahtseile übertönte jedes verdächtige Geräusch.

Lacú zog den Behälter herauf und reichte ihn den Gefangenen. Er hatte gefürchtet, dieser erste, gottgesandte Eimer mit Wasser könne einen Tumult unter den Männern hervorrufen. Aber nichts dergleichen geschah. Ihr Selbsterhaltungstrieb war erstaunlich. Die Wächter merkten nichts von der Blechbüchse, die wenige Meter von ihren Köpfen entfernt auf und ab ging. Sevo'í selbst konnte kaum die leichten Bewegungen seines Freundes erkennen, der den Behälter unermüdlich ein über das andere Mal im Flusse füllte und zu den Gefangenen gelangen ließ, bis der Mond wieder hinter den Wolken hervorkam.

Es war auch ein Glück, daß Lacú nicht in den Maschinenraum hinuntergestiegen war, um Sevo'ís zerfetzte Jacke zu holen, statt den Gefangenen zu trinken zu geben. Wäre er hinuntergegangen, so wäre er wahrscheinlich mit drei Männern in Streit geraten, wäre von ihnen umgebracht und ins Wasser geworfen worden. In jenen Tagen war der Fluß voll von Leichen, die, von Pirañas umschwärmt, auf dem Wasser trieben. Niemand außer Sevo'í hätte sein Verschwinden bemerkt.

Aber glücklicherweise war er so beschäftigt und in seine Arbeit vertieft, daß er gar nicht auf die Idee kam, durch die Luke zu blicken. Als Sevo'í sich in einem Hustenanfall aufrichtete, blickte er jedoch zufällig hinunter und sah Lacús

Jacke in den Händen des Obermaats. Er sah ihn, wie er aus seiner schwarzen Schärpe ein Messer zog und die Nähte der Jacke auftrennte. Das Letzte, was er sah, war der Geldschein von einhundert Patacones, den Lacú seiner Mutter bringen wollte und den nun der Obermaat in Händen hielt. Sevo'í war der Ohnmacht nahe. Er preßte sein Gesicht von neuem gegen den Boden des Decks. Große, stumme Tränen flossen aus seinen Augen. »Warum . . . warum . . .?« stöhnte er leise, während seine Fäuste ohnmächtig und lautlos auf das Eisenblech schlugen. Gleichmütig schimmerte der Mond am Himmel. Der dichte Klumpen der Gefangenen unten im Laderaum bewegte sich kaum noch. Lacú ließ sich wie ein Schatten neben seinem Freund nieder. Mit murmelnder Stimme, die in der Sprache der Guaraníes fast wie Musik klang, sagte er:

»Rejhendupa, Sevo'í? Jetzt sind sie still.«

»Jhee...«

»Aber, was ist los mit dir? Weinst du?«

»Nein Lacú; das kommt nur vom Husten, weiter nichts...« Er sagte kein Wort von dem, was er gesehen hatte.

Im Osten, an einer fernen Biegung des Flusses, leuchtete ein kleines Licht: Antequera. Vom Steuerhaus, dessen grüner Scheinwerfer einem unbeweglich in der Luft schwebenden Glühkäfer glich, drang ein vom Wind verwischtes Stimmengemurmel herüber. Am Bug blitzte ein roter Scheinwerfer auf. Eine Winde begann zu knarren.

»Morgen, bei Sonnenaufgang, sind wir in Asunción. Da bekommen wir zu Hause ein gutes Frühstück...«

Sevo'í antwortete nicht. Er war eingeschlafen.

Ein Soldat verscheuchte sie mit dem Gewehrkolben.

»Zurück! Hier kann man nicht rein.«

»Das ist mein Elternhaus...« sagte Lacú. Das Benehmen des Soldaten hatte ihn ein wenig eingeschüchtert.

»Dann ... nde aveí re'í va'erá mö'á ins Gefängnis pe, mita'í ...«

»Warum? Ich habe nichts Böses getan.«

»Alle Verräter muß man ins Gefängnis stecken und erschießen.«

»Ich bin eben erst angekommen ... Ich war im Norden ... seit fünf Jahren ...« Der Soldat schien sich etwas zu besänftigen. Er starrte Lacú an, der ungläubig im rosigen Dämmerlicht des Morgengrauens zwinkerte.

»Leutnant Godoy, ist das vielleicht zufällig dein Bruder?«

»Ja, er ist mein Bruder«, antwortete Lacú mit einem Anflug von Stolz. Der Name seines Bruders schien ihm eine Art Zauberformel, welche mit einem Schlag die Situation ändern könnte. »Ich bin der Bruder von Leutnant Godoy!« wiederholte er mit Nachdruck.

Aber der Soldat dachte nicht daran, stramm zu stehen. Er lächelte verächtlich und schadenfroh, als er sagte:

»Du bist gerade im richtigen Augenblick gekommen, mita'í, um etwas Schönes zu sehen. Wenn du dich amüsieren willst, geh gleich zum Bajo del Cabildo.«

»Ich geh nur erst einen Moment ins Haus, um Mamá zu sehen.«

»Deine Mutter ist nicht hier. Geh zum Bajo, sag ich dir. Hier kannst du sowieso nicht rein. Das Haus gehört jetzt der Regierung.« Von neuem bedrohte er sie mit dem Gewehrkolben, während ein sadistisches Funkeln in seinen boshaften Mestizenaugen leuchtete.

Wie ein Schlafwandler betrachtete Sevo'í, der hinter Lacú stand, das Haus, das sein Freund ihm so oft beschrieben hatte. Alles war so, wie er es sich vorgestellt hatte: die weiße Lehmziegelwand aus der Kolonialzeit, der weiße Jasmin am Fenstergitter, die niedrige, grüne Tür ... Aber da war auch etwas, was Lacú ihm nicht erklärt hatte. Er konnte es nicht klar erfassen; seine vor Müdigkeit und

Fieber eingesunkenen Augen weigerten sich, es aufzunehmen. Aber es war da, und es war das Wichtigste von allem. Vielleicht der Soldat, die Worte des Soldaten; irgend etwas, was den süßen Duft des Jasmins vergiftete, das Morgengrauen befleckte, das sich über der zerstörten und stillen Stadt auszubreiten begann.

Lautlos schritten sie über das Pflaster, als ob auch sie zu der Stille gehörten, die sich längs dieser Straßen verdichtete, gegen die geschlossenen Türen oder über die von Kanonenschüssen zerstörten Mauern flatterte. Mit ängstlicher, ahnungsvoller Hast schritt Lacú voran. Bald erreichten sie den Bajo. Der Soldat hatte nicht gelogen: dort unten bereitete sich etwas vor; eine große Menschenmenge war auf dem Platz versammelt, in dessen Mitte ein Trupp Soldaten stand. Lacú nahm Sevo'í bei der Hand und zog ihn hinter sich her über den Steilhang aus rötlichem Tuffstein, der den Bajo wie ein Hufeisen umgab.

Gleich einer seidenglatten Kupferplatte schimmerte in der Ferne das Wasser der Bucht.

Die Turmuhr der Kathedrale schlug sechs. Die Glockenschläge breiteten sich tönend über dem kupfernen Spiegel aus, bebten mit wogendem Schall über den Köpfen der Knaben.

Sie blieben an einer Stelle stehen, von der aus sie klar übersehen konnten, was unten geschah. Sevo'í ließ sich auf einen Grasflecken fallen und preßte wie immer den Mund auf den Boden. Lacú beschattete seine Augen mit den Händen und beobachtete aufmerksam die Vorgänge im Bajo. Man hörte militärische Befehle, die Schreie einer Frau, das Gemurmel der sonderbar bewegungslosen Menge. Ohne seine Blicke abzuwenden, sprach Lacú mit atemloser Stimme:

»Sie haben ihm den Säbel entrissen ... Ein Offizier zerbricht ihn jetzt über seinem Knie ... Er wirft die Stücke auf den Boden ... Jetzt reißen sie ihm die Achselstücke herunter ... das Lederzeug ... die Jacke ... Sevoí, es scheint, als ob ... Es scheint, als ob sie einen Mann erschießen werden.«

Sevo'í hebt die Augen. Seit langem weiß er, was geschehen wird. Er wußte es plötzlich, mit einem Schmerz, der stärker war als alle Schmerzen, die er je verspürt hatte; es war, als ob ein zartes Gewebe, das sein Herz umschloß, jäh entzweigerissen wäre. Darum hatte er sich zu Boden geworfen. Um nicht zu sehen ...

Im hellen Schein der Morgendämmerung sieht er die kräftige, geschmeidige Gestalt seines Freundes, dieses Freundes, der ihn von weither gebracht hatte, damit er leben sollte. Als ob die Solidarität zweier reiner, unschuldiger Menschenkinder allein genügte, um die Gewalttätigkeit und den Schrecken auszulöschen. Er sieht seine im Winde flatternde Jacke, sieht den vom Messer des Obermaats aufgetrennten Saum. In einem Augenblick sieht er alles vor sich: das, was geschehen ist und das, was geschehen wird. Und die Last dieses Wissens ist so groß, daß sein Kopf von neuem auf den Boden sinkt.

Das Schreien wird gellender. Lacú sieht eine schwarzgekleidete Frau, die sich einem großen, ordengeschmückten Offizier zu Füßen wirft. Sie umklammert seine Beine und fleht um Gnade für den Sohn, den man erschießen will. Der Offizier stößt sie mit einem Fußtritt von sich und gibt dem Kommandanten des Trupps ein Zeichen. Der Mann in Hemdsärmeln steht mit dem Rücken gegen einen Haufen Erde. Man hat ihm die Augen verbunden.

Der Offizier ruft: »Achtung ...!« Lacús Herz klopft in wilden Schlägen. Er hat viele Männer sterben sehen. Aber diese Art, einen Menschen zu töten, seine Hinrichtung wie ein Fest zu begehen, beeindruckt ihn tief und wühlt ihn auf. Der Offizier ruft: »Legt an ...!« Da reißt sich der Mann die Binde von den Augen, zerreißt mit einem Handschlag sein Hemd und schreit nun seinerseits, indem er mit der Faust auf seine Brust schlägt; deutlich klingt die vertraute Stimme in Lacús Ohren:

»Zielt hierher, ihr Feiglinge ...! Adieu, Mamá ...! Es lebe Paraguay ...!«

Lacú vernimmt den gellenden Ruf seines Bruders und fast gleichzeitig das Salvenfeuer des Trupps, das sich mit seinem letzten Wort vermischt. Einen Augenblick lang sieht er noch die nackte, vom Morgenlicht gerötete Brust seines Bruders. Dann sinkt der Bruder wie eine Gliederpuppe zu Boden. Über das Geröll des Steilhanges stürzt Lacú zum Bajo hinunter.

Nur Sevo'í liegt still auf dem Grasflecken, mit offenen Augen, unbeweglich und friedvoll, als schwebe er außerhalb der Welt. Noch eine Sekunde, bevor sie aus den Gewehren der Soldaten abgefeuert wurde, hat auch ihn die Salve niedergeschmettert.

Seine Fäuste liegen geballt auf dem rötlichen Tuffstein. Seine Haltung erweckt den Eindruck, als erinnere er sich.

›Galopp‹ im Doppeltakt

1

Der Mann erkannte den Ort kaum wieder. Alles hatte sich verändert. Es schien ein anderes Viertel zu sein, das denselben Namen trug. Auf fast allen Schildern konnte man ihn lesen: ›Gran Cine de Dos Bocas‹, ›El Chic de Dos Bocas‹, feine Cashmerestoffe, ›Club Guaraní‹, ›Rabufetti y Espíndola - Landesprodukte‹. Während er vorüberging, zwinkerten ihm die Schilder mit ihren grünen und roten Neon-Adern zu.

Die alte, ungepflasterte Gasse war gewachsen, hatte sich in eine breite, asphaltierte Straße verwandelt, an deren Seiten in Reih und Glied die Häuser standen: kleine Villen, die um jeden Preis modern sein wollten mit ihren geschmacklosen, im Mauerwerk versteinerten Ornamenten, jedoch nur lächerlich und grell wirkten; Blechhütten, Schuppen in jeder Größe, eine ›al giorno‹ illuminierte Tankstelle.

Wo seinerzeit ein großes Gehege mit Mangobäumen und Ananaspflanzen gewesen war, hatte man jetzt einen Fußballplatz angelegt, dessen Torgiebel im gleichen Stil gehalten waren wie die umstehenden kleinen Villen. Über die Backsteinmauer hinweg konnte man einen Teil der schattenhaft verwischten Tribünen erkennen. Dort, wo das Kino stand, war früher der Gemüse- und Fleischladen eines Italieners gewesen. Gerade deshalb, weil sie nicht mehr vorhanden waren, erinnerte er sich dieser Einzelheiten mit peinlicher Genauigkeit.

Gleich daneben begannen die Verkaufsstände für Erfrischungsgetränke, Süßigkeiten und Zigaretten, die Bars unter freiem Himmel, die in Wirklichkeit nichts anderes waren als Kneipen, deren schmutzige Tische unter den Weinlauben verstreut standen. Alle wimmelten schon jetzt von Menschen. Praktisch begann dort der ›Galopp‹, die ersten Ausläufer der nächtlichen Vergnügungsstätten. Das mit Papierkränzen und Wimpeln ausgeschmückte Viertel kochte im Strudel der Menge, der aus Lautsprechern dringenden Musik, der Schreie der Hausierer, der Autohupen.

Auf einer Seite, zwischen den Bäumen, blähte sich die Zeltwand eines Zirkus im Wind. Wahrscheinlich war das der Mittelpunkt des Jahrmarkts. Auf einem kleinen Platz drehten sich ein paar Karussells mit Kindern darin. Zwischen dem lärmenden Wortgeplänkel des Truco, dem Klirren der über Flaschen geworfenen Eisenringe, dem Klicken der Bocciakugeln erklang die eintönige Litanei der Budeninhaber. Bärtige, schwitzende Lotterielosverkäufer, Kartenschläger, Schießbudenbesitzer. Dunkle Fremdlinge mit geschickten, fiebrigen Händen, zerknüllte Geldscheine hinterm Ohr, mit schlauen, blutunterlaufenen Augen. Muezzine schwermütiger Gebete dämpften die verschiedenen kleineren Riten des Festes mit der Sprache und dem Tonfall wandernder Falschspieler.

Es war genau wie früher und doch anders. Es gab viel mehr Menschen, aber keine Musikkapelle. Jetzt genügten ihnen die Lautsprecher. Aus vielen Mündern auf einmal erklang die gleiche hohle und metallische Musik. Sogar die Karussells drehten sich zu den Melodien, die aus den Lautsprechern ertönten.

2

Er erinnerte sich an einen anderen ›Galopp‹, vor fünfzehn Jahren. An diesem selben Ort. Mit einer Frau. Mit Rosa. Er hatte sie eben dort kennengelernt, auf einem Jahrmarkt wie diesem, zu dem er – ebenso wie jetzt – gekommen war, ohne zu wissen wie.

Sie trat mit einer Freundin aus dem Zelt einer Kartenschlägerin. Schön und fröhlich kam sie daher. Die Zukunft, die ihr aus den schmierigen Karten der Alten gedeutet worden war, hatte ihrem Antlitz einen strahlenden Ausdruck verliehen, als wäre es mit dem Puder zerstampfter Glühkäfer überzogen. Genauso sah es aus: ein grüner, bebender Schimmer, lebendig wie ihre Augen, als sie sagte:

»Oh, Verzeihung, Señor!«

Sie kam aus dem Zelt, und er ging vorbei. Der Zusammenstoß vereinte sie für immer. Oder eigentlich nicht für immer. Nur für eine kurze, verzweifelte Ewigkeit, die in diesem Augenblick begann, in ihrem unbefangenen, verspielten, lebenshungrigen achtzehnten Jahr; in seinem düsteren dreißigsten Jahr. In der Nacht eines Tages, der besser nie gewesen wäre.

Die andere verschwand sofort. Sie schien merkwürdig niedergedrückt. Offenbar waren die hellseherischen Karten der Alten ihr nicht geneigt gewesen. Rosa und er tauchten im Trubel des Festes unter; eines Festes am Flußufer, eines Festes, das in fünfzehn Jahren noch größer geworden war. Nach all dieser Zeit war er nun wieder hier, aber allein, ohne sie. Bruchstücke eines einfältigen Zwiegespräches, in dessen Sätzen er sich kaum wiedererkannte, tauchten in seinem Gedächtnis auf.

»Dann bin ich also der Mann, von dem die Alte gesprochen hat.«

»Ja ...; dunkelhäutig, mit schwarzem, gewelltem Haar, wie das Ihre. Die Augen stimmen auch. Und wie alt sind Sie?«

»Hat die Alte nicht dreißig gesagt?«

»Ja, tatsächlich ... Das hat sie gesagt.«

»Sehen Sie nicht, daß ich es bin? Was hat sie noch gesagt?«

»Daß wir heiraten und eine weite Reise unternehmen würden.«

»Und weiter nichts?« Einschmeichelnd, hartnäckig, herrisch, setzte die Stimme des Mannes das Verhör fort.

»Auch, daß ...«

»Was? Sagen Sie es.«

»Auch, daß wir viele Kinder haben werden.«

»Unglaublich! Und sofort, gleich hier beim Ausgang steht der Mann und wartet auf Sie. Was sagen Sie dazu? Diese Wahrsagerin ist Gold wert!«

Sie lachte, glücklich und ängstlich zugleich. Seine schwermütigen Augen tasteten ihre jungen Rundungen ab. Da senkte sie den Blick und ließ sich wie im Traum von ihm durch das betäubende Gewirr führen, den Körper, das schlafwandlerische Herz, den Kopf leicht dem Fremden zugeneigt, den das Schicksal ihr in den Weg geführt hatte.

Unter dem Druck seiner Hand spürte er, wie der zitternde Taumel des Mädchens, die furchtsame und gleichzeitig sehnsuchtsvolle Unterwerfung ihres Blutes sie zu ihm zwangen, sie nach und nach ihm auslieferten.

Langsam erloschen Lärm und Lichter. Sie gingen jetzt einen schmalen Weg entlang, der sich durch das Gebüsch schlängelte. Man konnte schon das Zirpen der Grillen hören, das die Dunkelheit durchzog. Zarte Silberfäden über dem fernen Gemurmel. Die Nacht selbst war plötzlich dunkler geworden. Sie schritten zwischen den Mangobäumen hindurch. Nicht einmal die Sterne waren zu sehen. Nur der dichte, einschläfernde Duft von Ananas und Mangofrüchten strömte ihnen entgegen. Der Geruch der vom Tau benetzten Erde. Wie schwerer Sirup fiel die Nacht über sie. Der Zaubertrank der Kartenschlägerin. Die bebende Finsternis des Instinktes, von roten, phosphoreszierenden Flecken durchzogen, schlug sanft gegen ihre Schläfen.

»Gehen wir zurück«, stöhnte in ihr ein Rest von Ehrbarkeit, von Angst. »Sicherlich sucht man mich ...«

»Nein, noch nicht, mein Kleines. Noch ein Weilchen. Hab keine Angst, es wird dir nichts geschehen. Die Nacht ist so schön ...«

An einer kleinen Lichtung hielten sie inne. Er zog seine Jacke aus und breitete sie über das feuchte, duftende Gras. Er setzte sich zuerst; dann zog er sie sanft, ohne Eile an sich. Der runde, feste Leib näherte sich dem eckigen Gesicht. Das harte Kinn begann sich an ihm zu reiben, langsam, mit zärtlichen Stößen in ihm zu wühlen. Er zog sie noch näher. Erregt und fiebrig ließ sie sich neben ihm auf die Knie fallen. Dann erstickte der Mann mit seinen Küssen das zarte Wehklagen, das ihre Kehle durchlief, und beendete geschickt das begonnene Vorspiel, so, wie ein Falke die zitternde Agonie der Taube beendet.

Sie steckte einen Finger zwischen die Zähne, konnte jedoch den Schrei schmerzlicher Lust nicht völlig ersticken. Aber in demselben Augenblick sang ein Vogel in den Zweigen, so daß der Schrei sich im Gesang fortsetzte wie ein Klang, der den Ton gewechselt hat, oder als ob der Gesang des nächtlichen Vogels mit einem menschlichen Seufzer begonnen hätte. Das war alles.

Es war eine andere, nicht zu ihrem Leben gehörende Zeit, die nun für sie zu zählen begann. Als der Mond aufstieg, lag sie noch unbeweglich, wehrlos, als ob sie schliefe. Der Mond drang durch die Blätter und malte winzige, goldene Tupfen auf die Arme, die das Gesicht bedeckten, auf die rundlichen und festen Oberschenkel, die unter dem hochgehobenen Rocksaum hervorsahen. Mit aromatischen Kräutern, die er vorher zerkaute, versuchte der Mann, die Blutung zu stillen. Eine Weile darauf hob er sie auf, und sie kehrten zum Lärm, zum Glanz des ›Galopps‹ zurück. Aber sie kehrten anders, verwandelt zurück. Sie und er.

»Und nun ...?« stöhnte Rosa in echter Beklemmung. »Was wird nun aus mir?«

»Hab keine Angst«, erwiderte der Verführer schroff;

eine unbestimmte Reizbarkeit ließ seine Stimme heiser werden. »Das macht nichts. Wir waren nicht die einzigen. Sieh mal da...«

Im Schutze der Dunkelheit, die der Mond jetzt mit einem zarten, bläulichen Schimmer durchzog, spielten sich ähnliche Vorgänge ab wie der, den sie selbst beendet hatten.

3

Genau und unerbittlich begann die Voraussage der Kartenlegerin sich zu erfüllen. Allerdings in umgekehrter Reihenfolge.

Es kam die lange Reise: Rosa, die ein Kind erwartete, mußte aus ihrem Elternhaus fliehen, um ihrem Liebhaber zu folgen. Und der Weg war in der Tat lang und bitter.

»Der dunkelhäutige Mann Ihres Lebens wird aufsteigen..., wird hoch aufsteigen...«, hatte die Alte ebenfalls prophezeit. »Zuerst muß er allen, ohne zu sprechen, von den guten Dingen erzählen, die in der Stadt geschehen... Alle werden ihn hören, ohne ihn zu sehen, ohne ihm antworten zu können.«

Rosa konnte mit dieser Voraussage in Wirklichkeit nicht viel anfangen. Sie hatte sie als einen Scherz betrachtet, als eine List der betrügerischen Alten. Er aber verstand sie gut. Die Dinge waren in Spiegelschrift geschrieben; um die Prophezeiung der Alten zu entziffern, mußte man sie umkehren.

4

Da er sein Jurastudium nicht abschloß, landete er beim Zeitungswesen. Zuerst wurde er Sportreporter. Die Fußballspiele langweilten ihn. Er bat, man möge ihm die Kriminalfälle überlassen. Auf Grund der ungezwungenen, zynischen Weise, in der seine Berichte abgefaßt waren, fanden sie allgemeinen Anklang bei den Lesern. Seine Technik war sehr einfach: er suchte stets eine winzige Bresche, ein Loch, einen verborgenen Riß im heuchlerischen Getue oder in der ironischen Kapriole, durch die der üble Geruch der Bosheit, der menschlichen Verderbtheit unvermeidlich zum Vorschein kam.

»Seine Artikel«, bemerkte die Mehrzahl seiner Leser, »machen den Eindruck einer Reportage über den Verbrecher unmittelbar nach dem Verbrechen.«

Und das war das größte Lob, das sie ihm spenden konnten.

Mit einem Schulterzucken rechtfertigte er sich Rosas Vorwürfen gegenüber:

»Wir müssen ja schließlich leben, mein Schatz. Es ist eine ehrliche Arbeit wie jede andere. Die Hexe hat es gesagt: ›Er wird allen, ohne zu sprechen, von den guten Dingen erzählen, die in der Stadt geschehen.‹ Glaubst du etwa nicht mehr an das, was sie gesagt hat? Und möglicherweise –« seine Stimme wurde undurchsichtig, unpersönlich, »wer sagt dir, daß nicht in mir selbst ein Verbrecher verborgen liegt? Indem ich über die Verbrechen anderer schreibe, vermeide ich, selbst eines zu begehen.«

»Nein, um Himmels willen, nein!« sagte Rosa mit Tränen in den Augen.

»Warum nicht?« beharrte er gleichgültig. Sein Sadismus war so vollkommen, daß er vorgetäuscht schien.

Stets leitete er seine Berichte mit irgendeiner effekthaschenden Überlegung ein, von der er wußte, daß sie einen tiefen Eindruck auf seine Leser machen würde. Es gab sogar einige, die sie mit einem Seufzer der Bewunderung Wort für Wort in ein Notizbuch eintrugen. Er hatte es auf diese Weise erreicht, einen kurzen Leitfaden der Wissenschaft des Verbrechens mit zahlreichen individuellen, anonymen Auflagen zu entwickeln.

Einmal schrieb er zum Beispiel: »Das schlimmste Verbrechen ist nicht dasjenige, welches mit einem Mord endet.

Man kann ein Lebewesen auf mannigfaltige Weise zerstören. Der Tod ist nicht die schlimmste. Das abscheulichste Verbrechen ist dasjenige, bei dem das Opfer körperlich am Leben bleibt.«

Im Anschluß daran berichtete er von zwei Buben, die mit unglaublicher Roheit, mit wilder, aber wohlüberlegter, beinahe sanfter Zerstörungswut, einem Spatzen die Augen ausgestochen hatten, mit einem langen Dorn, den einer von ihnen aus der Tasche zog. Die besondere Nuance seiner Berichte lag in dem eindringlichen, autobiographischen Charakter, den er ihnen zu geben verstand.

Obwohl er selbst hinterher berichtete, er habe versucht, den kleinen Vogel zu retten (»Angst und Scham überfielen mich; es war etwas Geheiligtes, das mir die Hände verbrannte«), blieb doch der Eindruck bestehen, er habe einfach ein Abenteuer aus seiner Kindheit wiedergegeben. Aber gerade das war es, was seinen Berichten Wirkungskraft verlieh.

Und was die Prophezeiung bezüglich der Kinder anbelangte, so hatte die Kartenschlägerin ebenfalls richtig geraten, aber wiederum war ihre Aussage das umgekehrte Bild im Spiegel des Schicksals.

Ein letztes Mal hatte Rosa beharrt:

»Warum läßt du mich nicht ein Kind haben? ...«

»Ein Kind? Ich habe dir schon gesagt, nein und abermals nein. Wann wirst du mich mit diesen Dummheiten in Ruhe lassen?«

»Ich möchte es so gerne haben!«

Allein der Gedanke an ein Kind empörte ihn. Noch dreimal, nach dem anfänglichen Abenteuer auf dem ›Galopp‹, mußte Rosa es dulden, daß man in ihrem Inneren wühlte, um ihr das zu nehmen, was sie sich am sehnlichsten auf der Welt wünschte.

»Du zwingst mich, mit *meinem Kind* das gleiche zu tun, was die Buben mit dem kleinen Vogel getan haben ...«

Die Tatsache, daß sie es vor ihm erwähnte, und der etwas schroffe Ton verletzten Stolzes in Rosas Stimme, als sie ›mein Kind‹ sagte, machten ihn zornig, ließen ihn die Selbstbeherrschung verlieren. Blind und wutentbrannt stürzte er sich auf sie und ließ sie die Kraft seiner Hände spüren. Dann zog er mit heftigem Ruck die Schublade der Kommode heraus, in der sie die kleinen Wäschestücke bewahrte, die sie heimlich für das Kind nähte und strickte, das für sie schon zu einer fixen Idee geworden war. Wütend raffte er die winzigen Kleidungsstücke zusammen, häufte sie in der Mitte des Zimmers auf und verbrannte sie in Rosas Gegenwart.

Aber Rosa war unendlich geduldig. Sie versöhnten sich wieder, und nie mehr erwähnte sie das Kind.

Einige Zeit darauf gab er die Kriminalberichterstattung auf und wurde Sekretär bei einem Ministerium. Man brauchte ihn dort wegen seiner intimen Kenntnis des menschlichen Herzens, wegen seiner ungeheuren polizeilich-literarischen Beliebtheit.

Eines der zahlreichen politischen Erdbeben des Landes sandte ihn – zusammen mit vielen anderen – ins Exil. Rosa verschwand in einem der Risse, die in der Rinde der Gesellschaft offen geblieben sind, und die mitleidlos viele ihresgleichen verschluckt haben.

5

Fünfzehn Jahre waren seitdem vergangen. Er war kürzlich über die Zugbrücke einer der ebenfalls zahlreichen Amnestien ins Land zurückgekehrt.

Da schritt er nun wie ein Schatten durch den festlichen Trubel einer Vorstadt, die gewachsen, ein ganz anderes Viertel geworden war, das zwar noch den alten Namen trug, ihn gefühlsmäßig jedoch kaum berührte. Er hatte sich hartnäckig seinem Tun gewidmet, und dies hatte ihm nicht einmal erlaubt, sich selbst gegenüber irgendwelche menschlichen Skrupel zu bewahren.

Vor einem Verkaufsstand mit Zigaretten blieb er stehen.

»Geben Sir mir ein Paket ›Reina‹« – selbst seine Stimme hatte einen fremdländischen Klang.

Im Hintergrund des Kiosks hing ein fleckiger Spiegel. Während man ihm das Wechselgeld gab, betrachtete er in dem schmutzigen Glas sein Gesicht, das die Spuren der Explosion eines Petroleumkochers in der Mietskaserne des Hafenviertels von Buenos Aires aufwies. Auch von ihm konnte man sagen, daß es sich verändert hatte. Die Brandnarben hatten ihm einen anderen Ausdruck verliehen, hatten es widersinnigerweise veredelt. Die eine Gesichtshälfte war dunkel; die andere – mit einer zarten Schicht neuer Haut überzogen, die unter dem Auge kleine Fältchen bildete – hatte die Farbe des Bienenwachses. Niemand hätte ihn wiedererkannt. Er war ein Fremder, ein Entwurzelter, ein Eindringling.

Es störte ihn nicht. Nichts in seinem Leben war von Wichtigkeit. Mit fünfundvierzig Jahren war er ein ausgebrannter Vulkan, ein Mensch mit dem Aussehen eines Mannes. Nichts weiter.

Wo mochte Rosa in diesem Augenblick sein? Ohne Neugier, ohne Reue gedachte er ihrer. Eine Erinnerung, die nicht wichtiger war als alle übrigen auch. Selbst in diesen Dingen war er rettungslos verhärtet. Er wußte nichts, fühlte nichts. Es machte ihm nichts aus, nichts zu wissen, nichts zu fühlen. Fremd und wie abwesend schritt er inmitten des Galopptrubels. Er ging nicht vorwärts, sondern er ging einen Weg zurück, der Zukunft den Rücken zugekehrt, das Gesicht verdunkelt von den Jahren, der Verzweiflung und dem Überdruß.

Er hob den Blick. Vor ihm lag ein mit Drahtgeflecht und Sackleinwand umzäuntes Tanzlokal. An der rosa Mauer, in der sich der Eingang befand, hing ein Schild:

BAR UND RESTAURANT ›EL MANGO‹
Jede Nacht Tanz bis zum Morgengrauen

Er betrachtete die Photographien der ›Mädchen‹ des Lokals, die in einem Glasrahmen neben der Kasse ausgestellt waren. Ein unerklärliches Unbehagen überkam ihn. In diesem Augenblick berührte jemand seine Schulter:

»Sie haben nichts davon, wenn Sie sich das Papier ansehen. Gönnen Sie sich das Vergnügen. Gehen wir rein und tanzen wir.«

Es war eine Frau; eines der Animiermädchen der Bar, das gekommen war, seine Arbeit zu beginnen. Verwirrt folgte er ihr. Sie verschwand einen Augenblick durch eine der Hintertüren des Saales. Dann kam sie zurück, mit wiegendem Gang, eine Zigarette zwischen den Lippen, das schwarze Kleid weit über der Brust geöffnet, sichtlich bemüht, verführerisch zu wirken. Sie näherte sich ihm und nahm ihn bei den Händen. Sie betrachtete ihn mit einem Ausdruck des Mitleids. Das setzte bei einer Frau wie ihr einen enormen Mut voraus; eine fast absurde Tapferkeit.

»Tanzen wir? Du scheinst traurig zu sein. Man kommt hierher, um sich zu amüsieren, mein Kleiner.«

Sie betraten die Tanzfläche, die von dichtbelaubten Mangobäumen umgeben war. In den Ästen hingen bunte Laternen und Lautsprecher, aus deren vergitterten Öffnungen die schmachtenden, rhythmischen Polkas und die melodische Gallerte des Boleros strömten; der dreiste Sturm der Rumba oder die schnittigen Takte des Tangos. Die Bar ›El Mango‹ war auf dem laufenden mit den neuesten Produkten der internationalen Schlagermusik.

Sie tanzten einige Male. Danach setzten sie sich in eine Ecke und sahen dem geistlosen Rummel geheuchelter Fröhlichkeit zu. Er trank die ganze Nacht, ohne sich von seinem Platz zu rühren. Hie und da blickten sie sich an, sprachen aber kaum etwas. Ihre Stühle wackelten auf den dicken

Wurzeln eines rosafarbenen Mangobaums, die aus dem Boden hervorragten. Beide schienen sie in den Fangarmen eines schwarzen, mit Kalk beschmierten Polypen gefangen zu sein. Über das Glas hinweg betrachtete sie ihn mit ihren großen, vom Nachtleben und Laster geröteten Augen. Ein Hauch von Hunger und Trostlosigkeit ging von ihr aus. Diese Frau vereinigte in ihrer Person den ganzen schäbigen Zauber der düsteren und zugleich süßen Lasterhöhle, diesen Zauber, der fast zum Weinen gesteigert wurde von der unschuldigen Mittäterschaft der Libellen, der Bäume, des Duftes, der Nacht, die bis zu den Blättern, bis zu den von Fliegenschmutz befleckten Glühbirnen herunterreichte, der Nacht, die einem Stück blauen, zerfetzten Samtes zwischen den Zähnen eines kranken Hundes glich.

Er suchte etwas in ihrem Gesicht, aber er wußte nicht, was es war. Vielleicht etwas, das für ihn endgültig verloren war: die Möglichkeit der Verständigung mit einer Frau. Von seinem Zusammenleben mit Rosa war nur ein ungeborenes und vaterloses Waisenkind übriggeblieben, das anzuerkennen er sich weigerte, das ihn aber trotzdem mit undeutlichem Wimmern aus der Erinnerung, aus dem Tode rief.

Plötzlich sagte er zu ihr:

»Du könntest ein bißchen lächeln.«

Mechanisch verzog sich ihr Gesicht zu einer Grimasse. Der verkommene Gesichtsausdruck war nichts weiter als die Maske ihres Berufes. Über der dicken Tünche von Schminke und Puder lag der Hauch einer welken Reinheit. Durch die Öffnung dieser Augen konnte man zu einem anderen Gesichtsausdruck gelangen, zu dem Abbild eines anderen Wesens, das noch in ihr lebte, sich aber in immer größer werdende Tiefen geflüchtet hatte, bis es fast nicht mehr zu erkennen war. Aber jedes Gesicht enthält viele Gesichter. Dasjenige, das der Mann jetzt betrachtete, war recht zerstört. Der Mund mochte einmal schön gewesen sein. Feine, gut gezeichnete Lippen. Nur die Zähne waren ein wenig zu groß. In ihrem von der Langeweile verzerrten Lachen schimmerten sie allzu gleichmäßig. Auf einmal bewegte sich die ganze Reihe; es war eine kleine, kaum wahrnehmbare Bewegung, aber zwischen dem Zahnfleisch und den Zähnen zeigte sich ein kleiner Spalt. Er schloß die Augen, denn es war ihm, als sei plötzlich lautlos eine Wand geborsten.

Ein wenig gedemütigt sagte die Frau mit sanftem Groll:

»Gefalle ich dir nicht? Willst du lieber eine andere? Du, mein Lieber, bist auch nicht ganz perfekt. Wir sollten uns gegenseitig ein bißchen helfen...« Und von da an hütete sie sich, ihre Zähne zu zeigen.

Er nahm ihre Hände, hob sie langsam auf und küßte ihre Fingerspitzen. Der beharrliche Chlorgeruch, der das billige Parfum durchdrang, die unauslöschbaren Streifen des in die Fingerspitzen eingefressenen Küchenrußes, die vom wiederholten Übermalen dicke und klumpige Lackschicht der Nägel gaben das Geheimnis armer Proletarierhände preis. Der ausgehöhlte, betrunkene Mann bat sie:

»Erzähl mir deine Geschichte...« – als er sich ihr im Halbdunkel zuwandte, schienen zwei Gesichter aus seinem Gesicht zu kommen: eines dunkel, gelb das andere.

»Sobald hier zugemacht wird, können wir nach Hause gehen, wenn du willst. Dort mach ich mit dir, was du möchtest, mein Kleiner. Es wird dich nicht viel kosten.«

6

Bei Tagesanbruch gingen sie fort. Es war noch lange hin bis zur Dämmerung. Sie kamen zum Ufergelände und blieben vor einer der ärmlichen Hütten am Rande eines großen Grabens stehen, aus dem der faule Gestank der Abwässer zu ihnen – zu ihm, nicht zu ihr – aufstieg. Gegen den üblen Geruch des Abzugsgrabens kämpfte der Duft eines Jasmins und einer rachitischen Mispel ebenso vergeblich wie eine Pferdefliege gegen ein Knochengerippe.

»Hier sind wir«, sagte die Frau unlustig.

Die Tür der Hütte knarrte in ihren Angeln aus trockenem Leder. Sie traten ein. Mit vorgreifender ehelicher Autorität dröhnte die Stimme des Mannes durch die Dunkelheit:

»Mach das Licht an.«

»Nein; bitte nicht. Ich will nicht, daß die Nachbarn etwas merken. Sie klatschen so viel«, flüsterte sie.

Es war dem Mann egal. Schließlich wollte er ja nichts weiter als schlafen. Mit den Händen tastete er sich durch den kleinen Raum, erforschte die armselige Einrichtung: ein wackliger Stuhl, eine Kiste mit einer Schüssel, ein noch feuchtes Handtuch, das an einem Nagel hing und einen sauren Geruch ausströmte (der Geruch des Grabens war fast angenehmer). In einer Ecke ein gestrafftes Seil. Dann endlich das Bett. Er blieb daneben stehen, ohne zu wissen, was er tun sollte; sollte er fortlaufen, oder sich einfach fallen lassen, besiegt von der Müdigkeit, von einer unsagbaren Niedergeschlagenheit, die ihm wie ein bösartiger Ausschlag die Haut seines ganzen Körpers verbrannte. Er hörte, wie das Kleid der Frau zu Boden fiel. Ihre schlanke, weißliche Silhouette beugte sich über etwas.

»Leg dich schon hin. Ich komme gleich ...«

Die letzten Worte kamen undeutlich, erstickt. Sie kaute an einem Zwieback, den sie irgendwoher genommen hatte. Der Laut dieses Hungers war schrecklich. Er hörte ihre künstlichen Zähne auf dem harten Gebäck arbeiten. Es zwang ihn, sich die Ohren zuzuhalten. Er setzte sich auf das Bett, während sie fortfuhr, sich mit sanften Bewegungen immer wieder vornüberzubeugen. Nur undeutlich nahm er ihr unerklärliches Tun wahr. Unklar erkannte er, daß sie irgend etwas mit ihren Armen hin und her schaukelte. Rauh kam die Frage von seinen Lippen:

»Was machst du?«

»Nichts ... ich komme gleich. Leg dich ins Bett.«

Die schaukelnde Bewegung der Arme hörte auf. Sie bückte sich, als ob sie sich die Strümpfe auszöge. Erst etwas später merkte der Mann, daß sie sich etwas an den Fuß gebunden hatte. Unmittelbar darauf ließ sie sich auf das Lager gleiten und suchte seinen Körper mit erfahrenen, automatischen Bewegungen. Mit den gleichen automatischen Liebkosungen und Pausen wie die ihren versuchte er, das hinauszuzögern, von sich abzuschieben, was ihn nicht im geringsten interessierte. Er wußte, fühlte, daß die Frau in diesem Augenblick (ebenso wie er selbst) weit entfernt war von allem, was auch nur annähernd dem Begehren ähneln konnte. Ihre Gleichgültigkeit war die trostlose Gleichgültigkeit, die nur äußerster Hilflosigkeit oder absoluter Verzweiflung entspringen kann; ein Gebaren, das schon wieder der Unschuld glich, aber gerade darum ungeheuerlich war, so, wie alle Karikaturen der Vollkommenheit ungeheuerlich sind.

Der Augenblick kam, trotz alledem. Das schweigende Einvernehmen der Geschlechter ist zu alt, um der Phantasie oder der Einbildung zu bedürfen. Dieser Mann und diese Frau, die zusammen auf einem Bett lagen, zwei gespenstische Wesen, die nichts miteinander gemein hatten außer ihrem gemeinsamen Unglück, konnten sich dem reinen Atavismus des Instinktes, seiner Gewohnheit, seinem unglückseligen Befehl, welcher der Schwerkraft gleicht, nicht entziehen. Ohne es gewollt zu haben, hielten sie sich sogleich in den Armen. Aber ihre müden und verbrauchten Körper rieben sich einander in einer weniger als rein tierischen Trägheit, aus der jede Spur der Wollust geschwunden war.

Auf einmal begann die schaukelnde Bewegung von neuem, aber dieses Mal nicht mit den Armen, sondern mit dem Bein. Er fühlte, wie es an seinem Leib auf und ab glitt, in einer langsamen, rhythmischen Bewegung, die sofort aufhörte, als er seine Hand ausstreckte, um den Grund zu erforschen.

»Was machst du da?« – fragte er von neuem mit unruhiger, ärgerlicher Stimme. Sie blieb unbeweglich und schweigsam. Nicht einmal ihr Atem war zu hören. Der Mann streckte die Hand nach seiner Kleidung aus, die er auf den Stuhl neben dem Bett gelegt hatte. Sie wußte sofort, was geschehen würde. Erregt, mit überstürzten Worten bat sie ihn:

»Bitte ... mach kein Licht. Kein Licht ... bitte ...«

Aber er hatte die Streichholzschachtel bereits aus der Jackentasche gezogen. Mit jäher Bewegung riß er ein Streichholz an und sah etwas Unerwartetes: in der Ecke der Hütte hing eine kleine Hängematte aus Zellstoff, in der ein Kind schlief. Das war das gespannte Seil, das er beim Hereinkommen berührt hatte. Schüchtern, als wolle sie sich entschuldigen, murmelte die Frau:

»Ich habe ihn gewiegt, damit er nicht aufwacht und dich im besten Augenblick stört. Es ist mein Sohn, weißt du? Ich wollte nicht, daß du ihn siehst. Ihr Männer seid so dumm. Aber ... nun ist es schon geschehen. Es ist nicht wichtig. Wenn du willst, können wir weitermachen ...«

Er hielt das Streichholz in die Höhe und betrachtete den Fuß der Frau: an ihrem großen Zeh hatte sie die Schnur befestigt, mit der sie die Hängematte schaukelte. Er richtete sich im Bett auf und löste langsam den Knoten.

Die Stimme, mit der sie die Worte »es ist mein Sohn« aussprach, machten einen lebhaften Eindruck auf den Mann, als hätte er sie schon einmal woanders, vor langer Zeit, gehört. Er hielt das schon fast abgebrannte Streichholz über ihr Gesicht. Und da kam zu dem Unerwarteten noch das hinzu, was sonst nicht hätte geschehen können: die sterbende kleine Flamme des Streichholzes beleuchtete einen flüchtigen Augenblick lang das Gesicht ... Rosas. Gealtert, zerstört, aber mit dem gleichen Ausdruck der verzweifelten, wenngleich jetzt empfindungslosen Ehrbarkeit, den er schon einmal, im Halbdunkel unter den Mangobäumen, gesehen hatte. Fünfzehn Jahre umfaßte dieser flüchtige Augenblick, in dem das Streichholz zwischen den Fingern des Mannes erlosch.

Da erwachte das Kind und begann zu weinen, als ob in der Welt zum erstenmal ein Kind weinte. Von neuem hielt er sich die Ohren zu. Sicherlich hörte er es trotzdem. Er erhob sich vom Bett, zog sich wie ein Automat an. Er durchwühlte seine Taschen mit wütender Unbeholfenheit, als ob er schon nicht mehr Herr seiner selbst wäre. Er holte alles heraus, was er hatte, und ließ es auf den Stuhl fallen. Wie ein Blinder stolperte er hinaus, dem dunstigen Licht des Morgengrauens entgegen, das durch die Ritzen der Hütte zu dringen begann. Die Frau war so erschöpft, daß sie all dies wie im Traum wahrnahm, ohne es zu begreifen. Sie ließ sich auf das Lager gleiten und fiel in einen totenähnlichen Schlaf. Nur das Kind weinte noch. Nach und nach wurde das Weinen schwächer, bis es schließlich ganz verstummte. Danach blieb die Hütte in eine von rosigem Licht durchtränkte Stille gehüllt.

7

Einige Tage später fand man den Leichnam eines Mannes, der in der dicklichen, übelriechenden Brühe des Abzuggrabens schwamm. Niemand wußte, wer es war. Rosa wurde gerufen, um Auskunft zu geben, aber nicht einmal sie konnte ihn erkennen. Sicherlich war es irgendein betrunkener Nachtbummler, der ausgerutscht und in den Graben gefallen war.

Man ließ sie schneller frei, als sie selbst angenommen hatte. Froh, sich die Sache so schnell vom Leibe geschafft zu haben, kehrte sie zu ihrem gewohnten Leben zurück.

El Caruguá

Langsam ritten wir im Schritt unserer Pferde voran. Der Klepper des Siedlers hinkte stark. Er hatte am Kniegelenk ein eitriges Geschwür, um das eine grüne Fliege summte.

Vor drei Stunden waren wir aufgebrochen. Gleichmütig ritt der polnische Siedler dahin. Wenn ich versuchte, ihn in ein Gespräch zu ziehen, sagte er zwar einige Worte, aber es war ihm sichtlich lieber zu schweigen. Er machte den Eindruck, als wäre er völlig mit seiner Umgebung verschmolzen. Schon seit langem hatte er aufgehört, ein Fremder zu sein. Nur die seidigen, platinfarbenen Haarsträhnen, die unter seinem schmutzigen Hut aus Caranday hervorsahen, und seine blauen, pfiffigen kleinen Augen, die einem inneren Traumbild zugewandt schienen, verrieten, daß er kein Eingeborener war. Abgesehen davon gehörte er schon hierher, zu diesem Land. Die Passivität des Alten glich einer Art unbewußter, primitiver Glückseligkeit: einem teilnahmslosen und doch ekstatischen Zustand, der die Erinnerungen zunichte macht und den von der widerspenstigen Erde entkräfteten Menschen daran hindert, sich ihr entgegenzustellen.

In diesem Augenblick zum Beispiel schien die Aufmerksamkeit des Alten sich völlig auf den Mamangá zu konzentrieren, der die Kniekehle seines Kleppers umkreiste. Aber diese Sorge war nur ein Ausdruck seines beschaulichen, müßigen Gebarens; ein momentanes Aufblitzen der aufgehaltenen Zeit, das ihm flüchtig anhaftete.

Unvermutet erklang hinter uns das Zirpen einer Zikade. Mit einem scharfen, metallischen Pfiff flog ein Rebhuhn über unseren Weg. Aber unversehens hörten Pfiff und Zirpen wieder auf. Sie hinterließen den Eindruck, daß die Mittagsstille gespannter und elastischer zugleich geworden sei. Um mich ihrem Einfluß zu entziehen, fragte ich:

»Sind wir bald am Ziel?«

Mein Begleiter schien mich nicht zu hören. Seine Aufmerksamkeit gehörte immer noch der Fliege, die versuchte, sich am Eitergeschwür festzusetzen. Er bückte sich und schwenkte seinen Strohhut, um sie zu verscheuchen. Die grüne Fliege beschrieb eine schillernde Spirale und begleitete uns weiterhin mit ihrem kreisenden Gesumm.

Automatisch fragte ich noch einmal:

»Brauchen wir noch lange, Señor Miscowsky?«

»Wenn wir uns nicht beeilen«, antwortete er mir und deutete auf das verletzte Bein seiner Mähre. »Wir steigen bereits zum Caruguá hinab.«

Nach und nach wechselte die Vegetation ihre Farben. An dem lebhafteren, dunkleren Grün, das man in der Ferne sah, konnte man erkennen, wo das Sumpfland begann. Die typischen Morastdünste kamen auf mich zu: ein scharfer, saurer Geruch, wie von Myriaden zermalmter Insekten, der Nase und Kehle kratzte und mir anfänglich Schwindel und Übelkeit verursachte.

Unerbittlich herrschte dort die zerstörende und schöpferische Feuchtigkeit, die ständig den Tod in Leben und das Leben in Tod verwandelt. Phantastische Wirbel aus Farnkraut und dornigem Gestrüpp, die sich in der schwarzen Gallerte des Morastes verdichteten und einem anderen geologischen Zeitalter anzugehören schienen; ein chaotisches, vibrierendes Reich von gefräßigem Getier, von Schlangen und Raubvögeln. Unvorstellbar, daß Menschen hier existieren sollten.

Der Caruguá von Yvyrá-Caigüé genoß in der ganzen

Zone einen geheimnisumwitterten, bösen Ruhm. Allein die Erwähnung seines Namens gab den Gesprächen einen anderen Tonfall. Wenn die Dörfler mit einem Neuankömmling sprachen und das Thema berührten, wurde ihre Stimme auf einmal boshaft. Und wenn der Fremde es hören wollte, erzählten sie ihm die Geschichte von Sergio Miscowsky und seiner Nichte. Jeder erzählte sie auf seine Weise, aber alle sprachen sie in dem gleichen Ton verräterischer Zweideutigkeit über diese beiden und mit abergläubischer Furcht über den Caruguá. Es war das Übliche. Ohne den Ort zu kennen, erriet man, daß diese beiden Geschichten, die im Grunde eine einzige waren, viel von dem vergifteten Atem des Sumpflandes hatten.

Im Wirtshaus der Bahnstation hörte ich sie beide. Es war die wirre, mit Groll und Bosheit vermischte Erzählung der Wirtin, die mich dazu veranlaßte, Sergio Miscowsky zu bitten, er möge mich zu seiner Pflanzung führen.

Sergio Miscowsky, der letzte und unbekannte Nachkomme eines polnischen Technikers, den Marschall López kurz vor dem Dreibund-Kriege für das Arsenal von Asunción in seinen Dienst genommen hatte, war jetzt der einzige Reispflanzer des Sumpflandes von Yvyrá-Caigüé. Sein Besitz war nicht groß, aber sein Reis der beste der Zone. Kein anderer Ansiedler hatte es gewagt, seinem Beispiel in dieser verlassenen und ungesunden Gegend zu folgen.

Sergio Miscowsky hatte bereits mit seiner Schwester dort gelebt, noch bevor das Drama des Caruguá begann. Niemand erinnerte sich, wie und wann sie gekommen waren. Man sprach nur von der außerordentlichen Schönheit des polnischen Bauernmädchens. Die Wirtsfrau sagte nichts davon, aber ihre schändlichen Beschuldigungen und ihr geheimer Groll waren der beste Beweis, daß die Schwester Sergio Miscowskys ihr gerade wegen ihrer Schönheit verhaßt gewesen war.

»Es war alles das Werk des Teufels«, sagte mir meine

dicke Gastgeberin und spuckte einen Klumpen schwarzen Kautabak gegen die Wand. »Die Polin kam mit ihrem Bruder ins Dorf, als die Geschichte in Yvyrá-Caigüé unangenehm wurde. Sie war schwanger und starb bei der Geburt des Kindes, fast zur gleichen Zeit, als all das im Sumpfland passierte. Ein Jahr später ging der Gringo wieder ins Tiefland und nahm das Kind mit. Seitdem lebt er dort, der schamlose Kerl, als ob nichts geschehen wäre.«

Darum also mochte man ihn nicht; weil er ein Fremder war und weil er mit friedlicher Beharrlichkeit sich seit vielen Jahren dem tragischen Tabú des Dorfes widersetzte und dort seinen Reis pflanzte.

Aber es gab noch einen anderen triftigen Grund, weshalb der Ansiedler von Yvyrá-Caigüé im Dorf scheel angesehen wurde: seine Nichte Isabel Miscowsky. Mit diesem Namen hatte man sie bei ihrer Geburt auf dem Standesamt des Dorfes eingetragen.

»Als guter Ketzer hat der Gringo seine Nichte natürlich niemals taufen lassen. Niemand wußte, wer der Vater war. Wir haben es auch nie erfahren können . . .«

Die Giftdämpfe des Sumpfes quollen aus dem Mund der Frau. Sie rollte ihren Kautabak von einer Backe in die andere und senkte die Stimme, so daß ihre Worte mit einem seltsam pfeifenden Ton herauskamen. Mit tückischem Gesichtsausdruck beugte sie sich zu meinem Ohr:

»Aber ich weiß es!« – ein triumphierendes Lächeln, fast unschuldig durch die Gewohnheit, verzerrte ihre aufgeschwemmten Wangen. Sie versenkte den Daumen zwischen ihren gewaltigen Brüsten und fuhr mit einer kurzen, aber kategorischen Kopfbewegung fort:

»Der Vater der Mitacuña ist natürlich der Onkel. Früher oder später kommt alles ans Licht, che caraí. Und wenn das wenigstens alles wäre. Aber nein! Dieser Ketzer sündigt noch immer weiter dort im Caruguá. Dieses Sumpfland ist verwünscht. Paí Gonzalez sagt es immer in der Kirche.«

»Er sündigt immer weiter?« Mehr als die Neugier trieb mich der Wunsch zu sehen, wozu der rundliche Basilisk fähig war. Diese stereotype, durch hundertfache Wiederholung ihrer Sprüche schon unschädliche Bosheit bereitete mir ein bitteres Vergnügen. Die Stimme dieser Frau gab wie eine Schallplatte die Gesinnung der Dorfbewohner wieder. Dort, an Ort und Stelle, hörte man sie schon nicht mehr. Nur jemand von draußen konnte die ganze düstere Armseligkeit dieser bedauernswerten Menschen wahrnehmen, die das trostlose Leben dieses Ortes zu dumpf dahinvegetierenden Wesen gemacht hatte.

»Jhee!« zischte die Frau. Ihre Gebärde wurde grotesk. Kleine rote Äderchen überzogen das Weiße ihrer plötzlich hervorstehenden Augen. Der Tabakklumpen prallte von der von Speichel befleckten Wand ab.

»Nicht genug damit, daß vorher der Bruder mit der Schwester geschlafen hat. Jetzt leben auch noch Vater und Tochter zusammen. Das schreit zum Himmel!«

»Aña memby! Zum Teufel!« stammelte Sergio Miscowsky neben mir. Mühsam verscheuchte ich aus meinen Gedanken das Bild der Wirtsfrau, das zwischen zwei Pfiffen eines Güterzuges fixiert war. Blitzartig wurde es vor meinen Augen vom strohfarbenen Hut des Polen überdeckt und zerfloß im Widerschein der mittäglichen Sonne. Ich war nicht im Wirtshaus neben der Bahnstation, sondern im Tiefland, in der Nähe der Sümpfe des Caruguá. Die grüne Fliege hatte es erreicht, in das Eitergeschwür einzudringen. Miscowsky hob den mit Eiter beschmierten Hut auf und setzte ihn wieder auf den Kopf.

»Mberuäí tepotí«, murmelte er, gewann aber sofort wieder seinen Gleichmut. »Jetzt hat sie mir die Eier in die Wunde des Pferdes gelegt, und das Geschwür wird bald von Maden wimmeln.«

Die Landschaft, die Dinge, die Tatsachen berührten schon kaum mehr die Seele Sergio Miscowskys. Sie lagen tief in seinem Inneren verankert, und er war unwiederbringlich der Außenwelt zugekehrt. Unter der gebräunten, runzeligen Haut lag eine Welt, die ebenso unveränderlich war wie die rauhe, elementare Welt, die uns umgab. Diese Haarsträhne von der Platinfarbe der Steppen, diese fahlen, blauen Augen waren etwas Unverhofftes, etwa wie Schmetterlinge eines fremden Landes, die nach einem phantastischen Wanderzug durch den Gestank des Sumpfes flogen. Und dort ebenfalls unveränderlich verharrten.

Ich dachte an Isabel Miscowsky. Wie mochte sie sein? Die Wirtsfrau hatte sie mir nicht zu beschreiben gewußt, ebensowenig, wie sie ihre Mutter hatte beschreiben können. Ihr rätselhaftes und schönes Gesicht, dem der Mutter gleich, schwebte mir – über die boshaften Andeutungen der Wirtsfrau, über die fremden blauen und platinfarbenen Schmetterlinge der Augen und Schläfen von Sergio Miscowsky hinweg – wie eine bevorstehende Offenbarung entgegen.

Niemand kannte sie. Sie war niemals ins Dorf gekommen. In den fünfzehn Jahren hatte sie nicht ein einziges Mal den Rancho aus Lehm und Brettern verlassen, den Sergio Miscowsky auf einer Anhöhe in einer Lichtung des Tieflandes gebaut hatte.

Ihre unsichtbare Gegenwart lag in der Luft des Caruguá, wie die Geschichte und die schattenhafte Gegenwart des seltsamen Messias, aus der sie erstanden und deren lebendiger Beweis sie war; eine unbefleckte Blume auf dem ausgedehnten Moor, das sie wie ein Tempel, aber auch wie ein Grab umgab.

Dem menschlichen Grammophon des Wirtshauses waren einige schlichte und rührende Daten entgangen. Sergio Miscowsky ging zuweilen ins Dorf, um die Geschäfte mit dem Aufkäufer abzuschließen. Bei diesen Gelegenheiten versorgte er sich mit dem Proviant, den er dann in einem Sack auf der Kruppe seiner Mähre nach Hause brachte. Manchmal erstand er auch Stoffe und sogar Schmuck für das Mädchen. Neugierig beobachteten die alten Weiber das unbegreifliche Tun des Siedlers. Im Wirtshaus des Bahnhofes wußte man genau, wieviel Kattun, wieviel Bindfaden, wieviel Spitze, wieviel von diesem und jenem der Alte während seines Besuches gekauft hatte. Und es waren die Angaben des fetten Grammophons, die mir Isabel Miscowsky näher brachten. Der Kattun, die Spitzen, der Bindfaden, der Schmuck machten die geheimnisvolle Figur des jungen Mädchens vom Sumpfland in gewisser Weise greifbar.

Ich entsann mich eines Gespräches mit dem Aufkäufer, den ich um Rat gefragt hatte, bevor ich Sergio Miscowsky bat, mir seine Pflanzung zu zeigen.

»Glauben Sie, er wird einwilligen?«

»Ich weiß nicht; es scheint mir sehr fraglich. Einige haben es versucht, aber er hat sich immer geweigert. Er ist außerordentlich mißtrauisch. Bitten Sie ihn, aber bieten Sie ihm kein Geld. Damit hat bisher noch niemand Erfolg gehabt. Vielleicht haben Sie mehr Glück als die anderen. Aber ich kann Ihnen schon im voraus sagen, daß Sie das Mädchen nicht zu Gesicht bekommen werden. Wenn es das ist, was Sie nach Yvyrá-Caigüé zieht, schlagen Sie es sich schon jetzt aus dem Kopf. Niemand hat sie jemals gesehen.«

»Aber arbeitet sie denn nicht auf der Pflanzung?«

»Bewahre! Sie lebt anscheinend eingeschlossen im Rancho, oder sie geht aus, wenn niemand sie sieht. Außerdem leben auf der Pflanzung nur noch die taubstummen Alten, die für den Polen arbeiten.«

»Und die Stoffe und der Schmuck, die der Alte ihr bringt?«

Der Aufkäufer hob in einer komischen Geste der Unwissenheit die Schultern bis zu den Ohren hinauf.

»Werden Sie aus den Dingen klug, Chamigo, die diese Gringos tun!«

Am Morgen darauf traf ich ihn im Büro des Aufkäufers. Leicht schwankend, mit schlurfenden Schritten kam er herein. Er nahm den Hut ab, und eine Strähne der platinfarbenen Haare, die ich anfangs für weiß gehalten hatte, fiel über seine Stirn. Der Alte gefiel mir vom ersten Augenblick an. Der giftige Qualm der Wirtsfrau umschwebte ihn, ohne ihn zu berühren.

Fast unvermittelt sagte ich ihm:

»Da Ihre Ladung noch nicht fertig ist, werde ich ein paar Tage warten müssen. Wollen Sie mir während dieser Zeit nicht Ihre Pflanzung zeigen? Es würde mich interessieren, Yvyrá-Caigüé kennenzulernen.«

Sein verschlossenes, stolzes Gesicht wandte sich mir zu. Die Legende des Caruguá hatte ihm einen düsteren Ausdruck verliehen. Er suchte meine Gedanken zu erraten. Es wurde mir sofort klar, daß es nicht leicht war, diese scharfen kleinen Augen zu täuschen, die sein Gegenüber mit einem forschenden, bläulichen Blitz durchbohrten. Dann drehte er sich um und sagte, als ob er in die Luft spräche:

»Gut; besorgen Sie sich ein Pferd, dann können wir aufbrechen.«

So stiegen wir nun im lahmen Schritt der Mähre des Siedlers zum Caruguá hinab. Hier und dort waren Gruppen von magerem Vieh wie Tupfen im üppigen Grün der Landschaft. In gemächlichem Flug, auf den Wind und die Zeit gestützt, schwebten über ihnen die Geier, die von Aas träumten. Das Gras der Felder war gelblich, trocken und versengt von der sommerlichen Dürre. So mangelte es den Geiern nicht an Nahrung. Einige schwächliche Gujavabäume, Reste ehemaliger Pflanzungen, erhoben sich am Rande des Weges, von dem der Staub aufstieg wie der Rauch von einem unterirdischen Brand.

Weiter unten, an einer Wegbiegung, begegneten wir

einem mit Reissäcken beladenen Karren. Es war ein Teil der Ladung des Siedlers, die ins Dorf gebracht wurde. Miscowsky grüßte seine Leute mit einer Geste. Sie schienen so zu sein, wie der Aufkäufer sie mir beschrieben und die Wirtin selbst es mir bestätigt hatte:

»Der Gringo weiß, was er tut. Niemals hat er andere Leute als diese taubstummen Alten auf seinem Reisfeld arbeiten lassen. Und alle, die bei ihm arbeiten, sterben dort. Sie sind dem Gringo fanatisch ergeben und dienen ihm mit Leib und Seele.«

Unversehens gerieten wir in einen Staubwirbel, der mich zwang, die Augen zu schließen. Als ich sie wieder öffnete, sah ich, daß Miscowsky nur ein wenig die Nase gekräuselt hatte. Sogar die Elemente schienen den Alten zu respektieren.

Es war sonderbar: je mehr wir uns dem geheimnisvollen Zufluchtsort des Caruguá näherten, um so unverwundbarer schien der Siedler meiner Mißbilligung oder meiner Kritik gegenüber zu werden. Sein einzigartiger Glaube, dunkel und nackt, aber undurchdringlich, gehörte gewissermaßen zu dem sonderbaren Licht dieser Landschaft. Er drängte sich mir von außen her auf und bewog mich von vornherein zu einer stillschweigenden Anerkennung von allem, was sich auf den Siedler und das Mädchen bezog. Was immer der Grund oder das Ergebnis dessen sein mochte, was Sergio Miscowsky tat, er diente einem Zweck, der wichtiger war als sein eigenes Leben. Das war es, was ich zu verstehen begann und was mich zwang, ihn zu respektieren. Er mochte sich irren, aber sein Irrtum war für ihn die höchste Wahrheit. Und dem Kult dieser Wahrheit hatte er alles untergeordnet. Hatte er vielleicht auch in mir die seelische Bereitschaft erkannt und mich eben deswegen auserwählt, um mir zu bieten, was er niemandem geboten hatte und niemandem sonst bieten würde? In diesem Augenblick dachte ich nicht daran. Ebensowenig dachte ich daran, daß der

Alte, mit einem Scharfsinn und einem Feingefühl, die mir hinterher verblüffend erschienen, mich in sein Vorhaben verwickelt haben könnte, indem er mich zu dem scheinbar zufälligen und spontanen Zeugen seines Geheimnisses machte; freilich nicht des ganzen Geheimnisses, sondern nur des Teiles davon, den er lüften wollte. Indem ich dies sage, entstelle ich jedoch meine eigenen Gedanken. Ich glaube nicht, daß irgendeine Berechnung in der Handlungsweise des Alten lag. Er hatte nur mit unbewußter Schlauheit genommen, was sich ihm bot. Denn er nahm alles auf diese Weise und benutzte es für seine Zwecke, so etwa, wie das Chlorophyll *unbewußt* die Elemente seiner grünen Substanz auswählt und aufnimmt.

Wir näherten uns bereits der hufeisenförmigen Fläche des Caruguá. Der Sumpf stößt weit in das Buschland, in die niedrigen Teile des Geländes vor und lauert dort unter seiner Hülle von Zweigen und riesigen Blättern. Niemand kennt die Tiefe dieser Sümpfe aus schwarzem, stinkendem Schlamm.

In dieses dickflüssige Grab aus Erdpech hatten sich vor fünfzehn Jahren zwanzig oder dreißig Familien gestürzt – mehr als einhundert Männer, Frauen und Kinder – die dem Mann gefolgt waren, der sie mit dem Glanz seines sonderbaren Wahnsinns betört und irregemacht hatte. Zu jener Zeit war Yvyrá-Caigüé ein kleines Nest, primitiv und elend. Ich versuchte mir vorzustellen, wo die Ranchos gestanden haben mochten; es war nicht leicht zu sagen. Keinerlei Spuren waren zurückgeblieben. Flora und Fauna hatten alles geschluckt und verdaut, und der Regen hatte die Überreste hinweggespült. So war Yvyrá-Caigüé auf natürlichem Wege in seinen ursprünglichen Zustand zurückgekehrt. Die einzigen Überlebenden waren jetzt Sergio und Isabel Miscowsky.

Als ich den Schauplatz des Dramas erblickte, bemächtigte sich die Geschichte des Messias vom Caruguá meiner Phantasie. Die verworrene Erzählung der Wirtsfrau nahm langsam Gestalt an und wurde lebendig. Ich vermeinte, zwischen den baumartigen Farnkräutern die hagere, aber magnetische Gestalt von Aparicio Ojeda zu sehen, der gleich einem irrsinnigen Vampir nicht nur das Blut, sondern auch die Seele der unglückseligen Bewohner aussaugte, bis er ihre leeren Hüllen in den nassen, schwarzen Tod des Caruguá trieb.

»In seinen Augen stand der Wahnsinn, tatá resaicha voí – es war ein Blick des Feuers«, hatte mir die Wirtsfrau gesagt. »Unter seinem Teufelsblick sanken die Menschen zu Boden. Er war groß und mager, hatte die Stimme eines Affen. Aber er konnte das Gekreisch des Suindá nachmachen. Bevor er ganz und gar den Verstand verlor, kam er noch ein paarmal ins Dorf. Er quartierte sich hier bei uns ein und wollte, daß ich ihn persönlich bediente. Er mißtraute allen und jedem...« Sie unterbrach sich, um einen Klumpen Tabak auszuspucken.

»Er kam, um neue Leute zu holen«, fuhr sie fort und biß mit den Zähnen ein neues Stück von der schwarzen Tabakschnur ab. »Aber der einzige, der mit ihm ging, war Pánfila Nuñe, ein junger Mann, der noch nicht einmal seinen Militärdienst absolviert hatte. Das letzte Mal kam er, um das Dorf mit seinen Pferdedieben und Straßenräubern, seinem Heer, wie er es nannte, anzugreifen. Eines der wenigen Häuser, die er verschonte, war das meinige. Er haßte das Dorf wie die Pest.«

»Aber – stammte er denn nicht von hier?«

»Ja; Aparicio Ojeda ist hier im Dorf geboren worden. Sehen Sie pa jhina den Bergrücken?« – durch das Fenster deutete sie auf eine von Bäumen umringte Anhöhe. »Das ist San Miguel-I'la. Dort wurde Aparicio Ojeda geboren. Aber als er verrückt aus dem Chaco-Krieg heimkehrte, mit seiner teuflischen Wahnidee, da hat das Dorf ihm den Rücken gekehrt, mbegüé-catú. Am Anfang nicht; am Anfang haben wir ihn angehört. Er kam auf den Marktplatz, stieg auf einen Stuhl und fing an zu predigen. Er sagte, er sei im Chaco gestorben. Und das stimmte gewissermaßen, denn erst drei Tage nach einer Schlacht haben sie ihn zufällig aus einem Leichenhaufen gezogen, der in einem Massengrab lag. Ein kleiner Sanitätssoldat hörte ihn stöhnen und rettete ihn. Darum hat Aparicio Ojeda sicherlich behauptet, er sei gestorben. Er sagte, er sei für drei Tage in den Himmel aufgestiegen, und dort habe Gott ihm befohlen, die Welt zu retten. Darum habe Er ihn wie Jesus Christus von den Toten auferstehen lassen. Er erzählte uns mit allen Einzelheiten, wie es im Paradies aussieht. Nach seinen Erzählungen liegt es auf dem Mond auf dem Gipfel eines Hügels aus Gold und Silber. Anfangs hörten wir ihm mit Verwunderung zu. Er sagte, der Ewige Vater trage keinen Bart, wie es im Katechismus steht, sondern Er sei ein fast ebenso junger Mann wie Jesus Christus, ein ›Mann genau wie ich‹, sagte er, indem er die Augen schloß und das Gesicht mit ausgestreckten Armen gen Himmel wandte. Dann seufzte er ein paarmal tief. So blieb er eine Zeitlang stehen, während wir beteten. Er sagte auch, die Jungfrau Maria habe ihm ein Stück ihres Schutzmantels geschenkt und der Gekreuzigte einen Dorn seiner Krone. Er zog aus seiner Jackentasche das Stück des Mantels jhovy, und darin eingewikkelt lag der lange und schwarze Dorn der Krone. Mit gekreuzten Armen hielt er die Reliquien in die Höhe. Aber wir wollten sie vor Angst kaum ansehen. Dann verfluchte und bedrohte er uns wegen unserer Schlechtigkeit, wegen unserer Gleichgültigkeit Gott gegenüber. Viele, die ihn reden hörten, weinten verzweifelt.«

»Sie auch, nicht wahr?« – fragte ich mit Nachdruck.

»Ja«, sagte die Wirtsfrau, ohne darauf zu achten. »Denn anfangs glaubte ich ihm auch. Aparicio Ojeda hätte jeden verrückt machen können. Er sagte, Gott habe ihn beauftragt, einen Fehler im ursprünglichen Plan wiedergutzumachen. ›Bei der Schöpfung der Welt‹, sagte Aparicio Ojeda, ›hat Gott nur an die Glückseligkeit der Menschen im Himmel gedacht. Jetzt will Er nicht, daß die Menschen so lange warten müssen. Er will, daß sie schon hier, im Tränental, glücklich sein sollen. Er hat mir ein vollständiges politisches System gegeben, um euer Glück zu erreichen. Und darum bin ich nicht nur ein religiöser Erlöser, sondern auch euer politischer Retter. Ihr müßt mich alle anhören und mir folgen, wenn ihr nicht wollt, daß ein schreckliches Strafgericht über dieses Dorf und über die ganze Erde hereinbricht. Ich bringe euch die Erlösung, aber ich bringe euch auch die Strafe . . .‹ Aparicio Ojeda versengte uns mit seinen Blicken. Er ließ sich schon Ñandeyara'í nennen.«

»Caramba! Und wie habt ihr es dann gewagt, ihm nicht zu gehorchen?«

»Nach und nach gewöhnte sich das Dorf an seine Reden. Aber sie hätten weiter auf ihn gehört, wenn nicht etwas geschehen wäre, was seinem Ruf geschadet hat.«

»Was ist geschehen? Ist er bei einer seiner Reden vom Stuhl gefallen?«

»Nein; etwas viel Schlimmeres. Ein hergelaufener Bursche, ein Karussellbesitzer namens Mano Cruel, der durchs Dorf kam, legte ihm ein Wespennest unter seinen Stuhl. Wie er das fertiggebracht hat, werden wir nie erfahren. Aber in dem Augenblick, als Aparicio Ojeda uns wie immer mit einer schrecklichen Strafe drohte, wenn wir nicht auf ihn hörten, begannen die Wespen ihn anzugreifen, klebten an seinem Körper fest, wie ein Regen von geschmolzenem Wachs, der in umgekehrter Richtung, von unten, heraufkam. Der Auferstandene sprang wie ein Affe davon, schrie verzweifelt um Hilfe, zerknittert und verkrümmt von

Wespenstichen und Wut. Wir konnten vor Angst nicht einmal lachen. Zuerst begriffen wir gar nicht, was geschehen war.«

»Der Arme, was für ein Ende!«

»Seitdem wollte ihm niemand mehr glauben. Wir liefen weg, oder wir lachten ihn aus. Er verkroch sich in sein Haus. Kurz danach zog er ins Sumpfland von Yvyrá-Caigüé.«

Die Wirtsfrau ließ einen Wind fahren, der erstickt unter ihrer Kleidung hervortönte. Verlegen rutschte sie auf dem Stuhl hin und her, scharrte mit den Füßen auf dem Boden, um das Geräusch zu vertuschen. Der Gestank breitete sich im Zimmer aus, als wäre der üble Geruch des Sumpfes hereingedrungen, um die Erzählung noch anschaulicher zu machen.

Von diesem Augenblick an wurde der Bericht noch unklarer und verworrener. Ich versuchte, mir auf meine Art das Leben Aparicio Ojedas im Caruguá vorzustellen.

Augenscheinlich hatte sein ausgeprägter Mystizismus ihn nicht daran gehindert, ein praktischer und findiger Idealist zu sein. Er stand mit einem Fuß im Himmel, mit dem anderen auf der Erde, und das gab ihm eine schreckliche Kraft. Er war ein Prophet und ein geborener Staatsmann, besonders im Sinne der modernen Auffassung von Religion und Politik. Seine religiösen Mängel waren kaum zu bemerken. Seine politischen Fehler lagen vielleicht nur in einem Übermaß von Aufrichtigkeit und einem Mangel an Nachgiebigkeit begründet. Diese beiden Dinge brachten ihn zu Fall, aber sie gestatteten ihm dafür, während seines kurzen Gastspieles gewisse Methoden wieder aufleben zu lassen, die ungerechterweise im Arsenal der politischen und religiösen Ideen seiner Zeit dahinwelkten.

Voll des Zornes auf die Dorfbewohner, welche die göttliche Wesenheit in ihm verspottet hatten, floh Aparicio Ojeda mitsamt seinem Glauben in den kotigen Tempel des Caruguá und bereitete sich nicht nur auf die Rache vor, mit der er Gott sühnen wollte, sondern auch auf die Erfüllung der praktischen Aufgabe, die Er ihm gestellt hatte.

Er organisierte eine Miliz, deren Angehörigen er eine energische Überzeugung seiner Sache einprägte. Die Viehdiebstähle, die bewaffneten Überfälle, Schändungen und andere, kleinere Vergehen nahmen zu. Das Siegel des Propheten war unverkennbar. Er hatte ungeheuerliche Strafen angekündigt und begann, seine Ankündigungen wahrzumachen. Binnen kurzem war das kleine Polizeikommissariat des Dorfes nicht mehr fähig, seinen wilden, blitzartigen Rachezügen Einhalt zu gebieten. Sein rasender Zorn nahm zu: während des letzten Überfalls beschoß der rachsüchtige Apostel des Caruguá an der Spitze seiner Jünger die Polizeistation und setzte sie in Flammen, tötete oder verwundete sämtliche Polizisten, bemächtigte sich ihrer Waffen und fuhr fort, den größten Teil des Dorfes zu beschießen und in Brand zu stecken, bis er schließlich müde wurde.

»Eines der wenigen Häuser, die er verschonte, war das meinige«, hatte die Wirtsfrau mir berichtet.

Aber nicht alles war Gewalt im Sitz der eigenwilligen Lehre. Gewisse Anspielungen der Wirtsfrau hatten mich verstehen lassen, daß der hagere, aber blutvolle Prophet trotz seines göttlichen Hasses die menschliche Liebe nicht verschmähte. Im Gegenteil, sein Prophetentum verpflichtete ihn zu den intimen Verrichtungen des Geschlechts, ließ ihn sogar über den natürlichen Grenzen stehen. Er wünschte, daß nicht nur die Frauen, sondern auch die Männer seiner Schar an dem Gnadenbeweis teilhaben sollten, den nur er erteilen konnte. Außer dem Reigen der Jungfrauen (die nach und nach durch neue ersetzt wurden, wenn sie nicht mehr als solche betrachtet werden konnten) bildete er ferner eine auserlesene Gruppe von jungen Aposteln.

»Jeweils einer, und das dreimal in der Woche«, lautete der sibyllinische Bericht der Wirtsfrau, »stieg mit ihm zum ›schwarzen Loch des Mondes‹ hinauf.«

Diejenigen, die sich dieser ›Annäherung der Göttlichkeit‹ widersetzten, verschwanden im Sumpf oder wurden zu einer Ruhekur im ›Gefängnis‹ des Caruguá verurteilt. Aparicio Ojeda war unerbittlich seinen Anhängern gegenüber.

Besonders mit zweien von ihnen: mit dem Gringo Sergio Miscowsky und dem Mulatten Eusebio Zumé. Er beschuldigte sie der Ketzerei und der Rebellion und bestrafte sie erbarmungslos, als warnendes Beispiel für die anderen. Sie wurden zu langer, läuternder Gefangenschaft in dem schrecklichen Lehmkäfig verurteilt, der einem großen Backofen glich und dem Propheten als Gefängnis diente. Aus diesem Käfig wurde man nur befreit, um lebendig in das flüssige Grab des Sumpfes geworfen zu werden.

Unter Mithilfe seiner Schwester gelang es Sergio Miscowsky, aus dem Gefängnis zu entweichen und mit ihr ins Dorf zu fliehen. Der Mulatte Zumé konnte oder wollte nicht entkommen und blieb dort bis zum Ende.

Und das Ende kam, als Aparicio Ojeda eines Tages gewahr wurde, daß ein Heeresregiment den Caruguá mit Maschinengewehren und Mörsern belagerte. Die Ironie des Schicksals wollte es, daß es ausgerechnet dasselbe Regiment war, bei dem er während des Chaco-Krieges gedient hatte. Sofort – und doch ein wenig zu spät, in Anbetracht der Tatsache, daß er ja ein Prophet war – erkannte Aparicio Ojeda, daß sein flüchtiger irdischer Ruhm beendet war. Während die Truppen sich zum Angriff schickten, versammelte er seine Getreuen am Caruguá. Er übermittelte ihnen die letzte Botschaft Gottes und sagte ihnen, der schwarze Schlamm sei die Himmelspforte, sei nur von außen schwarz, aber strahlend im Inneren. Dann reichten sie sich die Hände und verschwanden – Aparicio Ojeda an der Spitze – zwischen den großen Blättern, gleich einer Riesenschlange, die sich aufrollte und langsam im Sumpf versank.

»Die ersten Truppen kamen in die ausgestorbene Siedlung und fanden alle Hütten leer. Aus dem Schlamm stiegen noch hin und wieder große Luftblasen auf. Sie fanden nur den Mulatten Zumé im Gefängnis. Als sie ihm die Fesseln aus Ysypó lösten, begann Zumé laut zu lachen...« Die Wirtsfrau hielt inne, um die Wand neuerlich mit ihrem Kügelchen aus Tabak und Spucke zu bombardieren.

»Der Arme«, sagte sie zu seiner Verteidigung, »er schien glücklich über seine unerwartete Befreiung.«

»Die Soldaten glaubten anfangs, er wäre froh. Aber bald merkten sie, daß auch der arme Zumé übergeschnappt war. Er wiederholte die Worte des Ñandeyara-í, mit der gleichen Stimme, im gleichen Ton und sagte, er sei der Erlöser der Menschheit. Es war wie ein Wunder: die Seele und die Stimme von Aparicio Ojeda waren in den Körper des Mulatten gedrungen, der nur noch aus Knochen bestand, mit einer dünnen Haut wie schmutzige Leinwand. Die Worte von Aparicio Ojeda kamen aus seinem geifernden Maul. Es war wie ein Wunder!«

Die Schwere der düsteren Landschaft offenbarte mir mit ihrer ganzen unmenschlichen Gewalt die Geschichte des Messias vom Caruguá. Sie schien mir fern, unwirklich, wie ein Alptraum angesicht einer mondbeschienenen Sumpflandschaft. Und doch ritt an meiner Seite, lebendig und gleichmütig, auf dem Rücken seines lahmen Gaules, eine der wichtigsten Figuren jenes Dramas, welches nicht dort begonnen hatte, das aber auch noch nicht beendet war. Im Wirtshaus hatte ich der Erzählung mit ironischem Lächeln lauschen können. Jetzt aber war es etwas anderes.

Wir näherten uns dem Ziel. Unwillkürlich griff ich nach der Feldflasche mit Schnaps, die ich im Schultergehänge trug. Mit einer Geste bot ich sie meinem Begleiter an. Kopfschüttelnd wies er sie zurück:

»Ich trinke nicht.«

»Ich schon«, antwortete ich, »bei gewissen Gelegenheiten.« Und ich nahm einen kräftigen Schluck.

Sergio Miscowskys Gaul hinkte stark.

»Der Arme, ich werde ihn verarzten müssen –« die Stimme des Alten zeugte von keinerlei Gemütsbewegung. Mit unpersönlicher Leidenschaft nahm er die Dinge des Lebens und des Todes, die großen und die kleinen Probleme hin. Nur so konnte man verstehen, daß er ein siebzehnjähriges Mädchen fast seit ihrer Geburt in dem Rancho aus Brettern und Lehm gefangen hielt. Für ihn zählte nichts als der Anfang; ein Ende gab es nicht. Die Zeit war jetzt für ihn eine unbegrenzte Verlängerung, eine unbewegliche Folge, oder höchstens eine Folge, die sich um einen Punkt drehte, die von keinem der Dinge gekennzeichnet wurde, die geschehen und mit rasender Geschwindigkeit zurückgleiten: ein Gruß, eine Musik, die zu Ende geht, Menschen, die sich kennen und wieder trennen; Worte wie ›Polen‹ und ›Paraguay‹.

Das Dasein selbst von Sergio und Isabel Miscowsky war nichts weiter als zwei Bilder im schwarzen Spiegel des Sumpfes. Von ihm hatten sie ihre Unbeweglichkeit übernommen, ihre geheimnisvoll glückliche Stagnation, deren Tiefe unergründlich war. In diesem Augenblick fühlte ich die Gewißheit, daß Isabel Miscowsky glücklich war in ihrer Gefangenschaft und sie für nichts in der Welt eintauschen wollte oder *konnte.* Die bunten Kattune, die Spitzen, die kleinen Glasperlen waren die harmlosen Säuren, die der Alte benutzte, um dieses Entsagen zu fördern. Er hätte nicht ein einziges Reiskorn für etwas Überflüssiges verkauft. Aber er lebte so intensiv für das Seinige, daß das Leben um ihn herum zweifellos immer unbedeutender werden mußte – bis zum nicht mehr Menschlichen, bis zum Gespenstischen, bis es nichts weiter war, als ein Schatten des Traums dieses über den Sumpf gebeugten Alten.

Als wir an einem Wäldchen von Akazien und Pakuríes vorüberritten, sah ich den Rancho; oder, besser gesagt, ich sah das Dach des Ranchos, der auf der entgegengesetzten Seite der Anhöhe lag. Eine merkwürdige Erregung bemächtigte sich meiner. Bald würde ich das seltsame Mädchen zu Gesicht bekommen. Der Alte merkte sofort, was mit mir geschah. Ich sagte schon, daß das rohe, nackte Licht dieser Landschaft gewissermaßen sein Gedanke war. So konnte kein fremder Schatten sie trüben, ohne daß der Alte seiner sofort gewahr wurde. Er stieg vom Gaul und näherte sich mir. Ich brachte mein Pferd zum Stehen. Seine Hand legte sich auf meinen Arm, und ich fühlte den leichten Druck seiner stahlharten Finger. Seine kleinen blauen Augen, die fahler denn je, fast ausdruckslos waren, blickten mich starr an, als er sagte:

»Sie sind gekommen, um etwas zu erfahren, nicht wahr?« Sein Blick war nicht feindlich; im Gegenteil, er war sanft geworden wie die Rückseite eines trockenen Blumenblattes.

»Ja, ich bin gekommen, um zu wissen.«

»Gut; aber auch Sie werden sie nicht sehen können. Kein Mensch wird sie sehen, nicht einmal nach ihrem Tod.«

In seinem Tonfall lag eine Sicherheit, die unerbittlich und gleichzeitig sanft und verständnisvoll war. Der sonderbare Ton, mit dem er die Worte ›nicht einmal nach ihrem Tod‹ aussprach, weckte in mir das Gefühl, daß auch der Alte auf seine Art die Zukunft kennen oder zumindest ahnen mochte. Seine Stimme schien von weither zu kommen, als er hinzusetzte:

»Sie ist *geweiht*. Sie wird keinen Menschen sehen. Kein Mensch wird sie sehen, weil sie geweiht ist.«

»Geweiht ...?« fragte ich, bemüht, den Sinn seiner Worte zu erfassen.

Das Antlitz Sergio Miscowskys war ernst und schattenlos. Er sprach gelassen.

»Ja; meine Nichte Isabel ist die Tochter von Aparicio Ojeda, dem Gesandten Gottes. Meine Schwester liebte ihn noch, als sie starb. Nur um mich zu retten, verließ sie ihn. Ich haßte ihn; aber nachdem ich mit seiner Tochter hierher gekommen war, wußte ich, wer er gewesen ist, und da begann auch ich, Aparicio Ojeda zu lieben und zu verehren. Verstehen Sie es jetzt? Ich bin nur der Wächter seiner Tochter. Reicua'á ma pa coänga? . . .«

Überwältigt ließ ich mich auf einen Tacurú fallen. Das Dach des Ranchos entschwand aus meinem Blickfeld. Versponnen und fern drang von neuem die Stimme Miscowskys an mein Ohr. Aber ich mochte ihn nicht mehr ansehen.

»Als sie noch klein war, taufte ich sie im schwarzen Gewässer des Caruguá, durch das ihr Vater zu Gott zurückgekehrt ist. In den Mondnächten gehen wir dorthin, und dann kommt er, um mit seiner Tochter zu sprechen.«

Ich hob die Augen zum fahlen Sommerhimmel empor. Ich stellte mir Isabel Miscowsky vor, wie sie beim Lichte des Mondes im Sumpf nach den schwarzen Augen ihres Vaters spähte, sie mit irgendeinem Stern verwechselte, der sich in der schwarzen, schimmernden Brühe spiegelte. Ich stellte sie mir vor, eingehüllt von den ekelhaften Ausdünstungen, wie ein gespenstisches Wesen, das eines Nachts ebenfalls in dieses bodenlose Grab sinken würde. Aber ich wollte nicht weiter denken, denn in diesem Augenblick erklang in meinem Inneren von neuem das Gemurmel der bösen Lästerzunge aus dem Wirtshaus, und ich sah wiederum den gräßlichen Mund, der seine Tabakkügelchen gegen ein unerreichbares Ziel schleuderte.

In dieser Nacht teilte ich mit den fanatischen, taubstummen Tagelöhnern ihren verpesteten Stall am Rande des Moores. Einer nach dem anderen standen sie abwechselnd zwei Stunden Wache an der Tür der Hütte. Ich sah den Wächter, wie er, quer vor der Tür liegend, ruhig und gleichgültig seine Zigarre rauchte. Grau mischte sich der Zigarrenrauch mit dem dunklen, summenden Rauch der Mücken und Mbariguíes. Drohend blitzte die lange Klinge des Buschmessers am Gurt des Wächters im Mondschein. Beim ersten Versuch, aus der Hütte zu entweichen, hätten die vier Männer mich erbarmungslos zerstückelt. In irgendeiner mir unverständlichen Weise hatte der Alte ihnen diesen Befehl erteilt. Er wußte, daß eine verzweifelte Neugier mich zum Ufer des Caruguá ziehen würde. Und er konnte seinen Kult nicht unterbrechen, nur weil es einem Fremden eingefallen war, unbedingt die ›Wahrheit wissen zu wollen‹. Die Tür lag auf der vom Moor abgewandten Seite der Hütte. Durch sie sah man nur die unendliche und tiefe, in weißes Mondlicht gehüllte Nacht.

Sergio Miscowsky war schlau. Er hatte meine Neugier vorausgesehen und hatte sich gegen sie gefeit, indem er mich seinen treuen menschlichen Hunden anvertraute. Nur zwei Kleinigkeiten waren ihm entgangen: meine große, mit Schnaps gefüllte Feldflasche und der Durst meiner Wächter.

Es kostete mich einige Überredung, sie zum ersten Schluck zu bewegen. Aber sehr bald war die Flasche leer, und meine taubstummen Gendarmen begannen, die Wirkung des starken Gebräus, das ›einen Stier umwerfen konnte‹, zu spüren. Die Nachtwache wurde unterbrochen. Die schlaflose Zigarre rauchte nicht mehr an der Hüttentür. Der Schimmer des Buschmessers neben dem betrunkenen, schnarchenden Wächter war nun harmlos geworden. Wie über einen unschuldigen Spiegel konnte ich nun über ihn hinwegspringen. Ich sprang und schlich mich vorsichtig zum Caruguá.

Aber Sergio Miscowsky war viel gerissener, als ich gedacht hatte. Augenscheinlich hatte er selbst die entfernte Möglichkeit in Betracht gezogen, daß ich – in der Verzweiflung meiner Neugier – einen Weg finden würde, meinen Wächtern zu entkommen.

In dieser Nacht war Isabel nicht am Caruguá. Am Rande des schwarzen Schlammes stand nur der Alte. Tief gebeugt, von seinem leuchtenden, platinfarbenen Haar gekrönt, glich er dem Schatten eines Betenden.

Pirulí

»Pirulíí ...!« schreit die Frau zur Hütte hin, während sie die Zähne der Mühle mit Stücken von Zuckerrohr füttert, die sie von einem Stapel nimmt. Wenn sie sich bückt, vermischt sich der Rauch ihrer Zigarre mit dem Dunst des Morgentaus.

»Pirulííí ..., Pirulííí ...! Eyú pueee ...!« Von neuem ruft Eleuteria nach jemandem, der immer noch nicht erscheint. Mit schlängelnden Handbewegungen schiebt sie zwischen die zylinderförmigen Mühlsteine die dicken, kurzen Rohre, die auf der anderen Seite als gepreßte, beinahe trockene Trester herausfallen. Dickflüssig und duftend tropft der Saft aus den hölzernen Zylindern, die bei jeder Drehung des von einem ausgemergelten, hinkenden Gaul gezogenen Göpels mit dem rhythmischen und schläfrigen Geräusch einer Wagenachse ächzen.

Im rosigen Schaum der Morgendämmerung, die am Rande der kleinen, bewaldeten Insel noch Reste der Nacht enthält, bewegen sich Frau und Pferd wie die Figuren eines Traumes, die nach und nach deutlichere Gestalt annehmen. Unter der Schalldecke von Gemurmel, Gezirp und Gebrüll, welche die Hähne mit ihrem langsam verklingenden Schrei verbinden, steigt und fällt das Gekreische der Zuckermühle wie ein abgenagter Knochen. Der unsichtbare Horizont beginnt das Licht zu mahlen, so, wie die Mühle von Eleuteria in der kleinen häuslichen Produktion das Zuckerrohr der letzten Ernte mahlt.

Langsam füllen sich die schwarzen Töpfe. Gierig und berauscht summen die Lechiguanas im süßlichen Geruch der grünen, schaumigen Brühe. Von den Töpfen oder den Trestern schwirren sie auf den Rücken des kleinen Gaules, dessen räudige, von Uras und Zecken zerfressene Haut unter der Berührung der kleinen, geflügelten Trompeten erzittert.

Most und Insektenlarven, Eiter und Honig, Rauch, Licht und Dampf, Bewegungen, Erinnerungen und Töne vermischen sich zu dem dickflüssigen Saft des Morgens, der – mehr als der Tabak – die Kehle Eleuterias, der Witwe Crisanto Alvarengas, reizt.

»Pirulííí ...! Mita'í tepotíí ...« ruft sie von neuem mit heiserer Stimme, aus der mehr Glück als Ärger über den kleinen Langschläfer klingt.

»Ich komme schon, Mamaíta ...!

Das dunkelhäutige Gesicht Eleuterias verzieht sich zu einem verstohlenen Lächeln. In der Tür der Hütte erscheint endlich ein magerer und nackter Mita'í mit wirrem Kräuselhaar und einem verschlafenen Ausdruck auf den Zügen. Unter der Schicht des Schlafes, die sich langsam zu lösen beginnt, ist das kleine Wieselgesicht Pirulís schön und schrecklich zugleich. Seine Glieder haben die biegsame Nervosität der Mohngewächse. Wie ein Sonnenstrahl auf einem reinen und kupferfarbenen Bachkieselstein, beginnt aus seinem mutwilligen Mund ein Lächeln zu quellen. Unter der dunklen Haut erwacht bereits der kleine Teufel der Orangenhaine.

»Ajhátama, Mamaíta!«

Eleuteria dreht sich nicht um. Sie weiß, daß ihr Sohn sich in der Tür der Hütte fertig anzieht. Zuerst ist er in seine geflickte Hose gestiegen. Er knotet den Gürtel aus geflochtenem Leder, an dem die kleine Schleuder aus Gummi und Guavirá baumelt. Dann zieht er das Hemd über den Kopf. Es ist ihm viel zu groß, denn es stammt von dem Verstorbenen. Eleuteria hat ein wenig an den Nähten abgenommen, aber sie hat die Ärmel vergessen. Pirulí krempelt sie hoch. Während seine Finger sich mit dem schmutzigen, fadenscheinigen Stoff abplagen, singen in seinen Taschen die Glasmurmeln und – in einem etwas tieferen Ton – die an der Sonne getrockneten Kugeln aus rotem Lehm. Jede von ihnen wird – treffsicher von Pirulís Schleuder abgeschossen – einem Chochí oder einem Jhavia-Corochiré den Tod bringen. Jawohl, che caraí-cuera! Das ist mein Kleiner, so, wie Sie ihn da sehen, starrköpfig, aber schön, wie eine Wachsfigur des mbá'é pochy, das lebendige kleine Abbild meines armen Crisanto, Gott hab ihn selig! Wie viele graue Haare läßt er ihr wachsen. Fliegen aus Asche im dunklen Haar. Fortwährend plagt er sie bis auf die Seele, aber sie liebt ihn, liebt ihn mehr als ihr Leben, denn auf dieser Welt liebt man nur das, was man mit Tränen bezahlt.

»Guá, Mamaíta!«

Von dem zärtlichen Stoß des Kleinen überrascht, hätte Eleuteria um ein Haar die Hand in die Zuckermühle gesteckt.

»Mita'í tepotí! Schon wieder hast du mich erschreckt, du böser Teufel ...«

»E'á, Mamaíta. Guá! Ich hab nur Spaß gemacht. Du erschrickst auch immer gleich.«

»Gut; bleib hier und bediene die Mühle. Ich hol Holz, um den Eíra zu machen.«

»Ja, Mamaíta.«

Eleuteria nimmt das Buschmesser und geht in das Wäldchen, die scharfe Klinge ein heller Schimmer im Widerschein des Lichts, dunkel sie selbst, mit dem geblümten Kopftuch, der Körper abgemagert, noch jung, zur Keuschheit verurteilt durch die Abwesenheit des Gefährten, den ein verräterischer Dolchstoß getötet hat, der aber doch nicht ganz tot ist, denn er lebt und wächst von neuem in diesem rebellischen Kind, das ihm so ähnlich ist, das seine unwiderstehliche Neigung geerbt hat, mit wildem, lächelndem Mut allem zu trotzen und alle zum besten zu haben.

Pirulí schiebt ein Rohr nach dem anderen in die Mühle. Er sieht den grünen Most heruntertropfen und trinkt ein paar Schluck aus seiner hohlen Hand. Er sieht die weißen Trester auf der anderen Seite herausfallen. Er sieht die satten Lechiguanas mit ihren kleinen Leibern aus schwarzer Seide, die zum Zerspringen mit Zucker gefüllt sind. Der kreisende, hinkende Gang des an den Pfahl des Göpels gebundenen Gaules läßt ihn schläfrig werden. Er gähnt. Er langweilt sich. Um irgend etwas zu tun, hebt er einen dicken Knüppel vom Boden auf und steckt ihn anstelle des Zuckerrohres in die Mühle. Das blinde, ausgemergelte kleine Pferd krümmt den Rücken und versucht angestrengt, weiterzugehen. Aber es kann nicht. Die Mühle wiegt jetzt schwerer als das Honigfaß, das es auf dem kleinen Wagen ins Dorf zieht, sie wiegt schwerer als der Pflug, sie ist so schwer geworden wie die Welt. Die Rollen werden vom Knüppel gehemmt. Es ist unmöglich, auch nur einen Schritt weiterzugehen oder auch nur die Hälfte eines halben Schrittes. Pirulí lächelt zufrieden und zieht den Knüppel aus dem Mühlwerk. Mit eingesunkenen, zitternden Flanken bleibt das ermüdete Pferd stehen. Eine schleimige, blutige Diarrhoe strömt aus seinem Körper.

»Neike, du Teufelstier! Looos, weiter ...!«

Der kleine Gaul hört nicht, rührt sich nicht vom Fleck. Da löst Pirulí seine Schleuder vom Gürtel und schießt zwei Lehmkugeln ab, die auf dem Hinterteil des geduldigen Tieres explodieren. Der Rücken krümmt sich von neuem, und der Gaul setzt seinen lahmen, erschöpften Rundgang fort. Wiederum vernimmt man das Wehklagen der Mühle. Um seine Treffsicherheit zu verbessern, gibt Pirulí noch zwei weitere Schüsse ab; dieses Mal bersten die Kugeln mit rotem Staub an den Ohren des Pferdes, deren Ränder zur Freude der Bremsen zu bluten beginnen. Das Tier wendet den Kopf zu dem Knaben, der neben der Zuckermühle hockt.

»Warum, Pirulí? Warum?« scheinen seine toten, feuchten Augen zu fragen.

»Jhooo…, Jho'oooo…, los…, weiter!« schreit Pirulí als einzige Antwort.

Der kreisförmige Trott setzt sich fort. Das taktmäßige Wehklagen der Mühle setzt sich fort. Es ist ein Karren, der auf der Stelle läuft, während er in der herrlich reinen Morgenluft das Zuckerrohr zerstampft, den Most in die schwarzen Töpfe fließen läßt.

Die Vögel zwitschern. Pirulí langweilt sich. Er möchte Pombero sein, Pora, Luisón, irgendein Monstrum, vor dem alle davonlaufen würden. Er möchte irgend etwas Schreckliches tun, das diesen verschwommenen Traum rechtfertigen würde. Aber die Sonne beginnt zu scheinen. Das kindlich unheilvolle Herz des Jungen zieht sich in seiner Brust, im Halbdunkel seiner ungebändigten zwölf Jahre zusammen.

Pirulí erinnert sich seiner Abenteuer. Verächtlich analysiert er jedes einzelne. Fast alle erscheinen ihm dumm, kindisch.

»Mita'í rembiapó, verlorene Liebesmüh . . .«, denkt er unzufrieden.

Ein einziges Abenteuer bereitet ihm eine gewisse Freude: das mit der Schlange. Vor drei oder vier Monaten war es gewesen.

Er war es, der, auf der Suche nach einer Kuh, am Rand des Sumpfgebietes auf eine riesige Schlange gestoßen war, die, nachdem sie ein kleines Kalb verschlungen hatte, in einen trägen Halbschlaf gesunken war. Er wußte, daß Riesenschlangen in diesem Zustand ungefährlich sind. Pirulí war sicher, daß sich ihm nie wieder eine solche Gelegenheit bieten würde und faßte Mut. Er stieg vom Gaul. Atemlos vor Angst und Glück köpfte er die Schlange mit seinem Buschmesser. Danach rief er die anderen Mitglieder seiner

Bande, deren unbestrittener Anführer er war, zum Kriegsrat zusammen und setzte ihnen seinen Plan auseinander. Von unbeschreiblicher Erregung gepackt, willigten sie einstimmig in das Unternehmen ein.

Die Curiyú, die nicht weniger als zwanzig Ellen maß, wurde mit Stricken am Sattelgurt des Gaules befestigt. So schleiften sie die tote Schlange fast zwei Meilen weit und legten sie an der scharfen Biegung der Eisenbahnschienen, kurz hinter Corte Maciel, auf das Geleise. Das Gelände dort war waldig und abschüssig, und die Lokomotive würde nicht sofort bremsen können. Pirulí hatte alle Einzelheiten bedacht.

Der Personenzug kam am späten Nachmittag vorbei. Die große, schwarze, von Rauch gekrönte Lokomotive, welche die Kette der beleuchteten Wagen hinter sich herzog, hatte für Pirulí und seine Freunde immer eine unwiderstehliche Versuchung bedeutet. In diesem Monstrum aus Eisen, aus Feuer und aus Geräusch fuhr das Geheimnis, das Unbekannte, das Verbotene, all das, was sie niemals kennenlernen würden. An den beleuchteten Fenstern, die, eines nach dem anderen, wie Strahlen eines bunten Alptraums vorüberzogen, sahen sie die Gesichter von Menschen; sie sahen, wie sie lachten und sich zufrieden bewegten, als ob sie sich lustig machten über sie, die nur ihren Urwald, ihr Sumpfland, ihr Ungeziefer hatten, ihre zerlumpte und armselige Freiheit, in der sie gefangen waren.

Dieses Mal waren sie an der Reihe; sie würden sich an dem Monstrum aus Eisen rächen, dem sie ein Monstrum aus Fleisch und Blut in den Weg gelegt hatten.

Sie versteckten sich im Gebüsch, um den Kampf zu sehen. Und was sie sahen, enttäuschte ihre Hoffnungen nicht.

Als der Zug die Curiyú überfuhr, erhob sich der runde, schuppige und geriffelte Schweif, als würde er von einer Feder in die Höhe geschnellt. Gegen die Seiten der Wagen peitschend, schoß er dunkle, übelriechende Ströme durch die erleuchteten Fenster. Der Schrecken knebelte in der Kehle der Reisenden einen einzigen und langen Schrei der Angst, des Entsetzens, des Todes. Es klang nicht wie ein menschlicher Klageruf, sondern vielmehr wie das Heulen verwundeter Raubtiere. Pirulí und seine Genossen erschauerten in ihrem Versteck. Ihre Augen schimmerten zwischen den Kolbenrohren wie unbewegliche und schreckerfüllte Leuchtkäfer. Sie sahen, daß viele der Reisenden sich aus den Fenstern stürzten. Die meisten blieben gegen den Boden gepreßt liegen. Einige wenige flohen entsetzt und hinkend querfeldein, während sie heiser und gellend um Hilfe schrien. Einer ließ sich am Rand der Geleise zwischen den zerstückelten Überresten der Schlange auf die Knie sinken und begann schluchzend zu beten und sich an die Brust zu schlagen. Die Lokomotive pfiff ebenfalls verzweifelt, und ihr metallisches Geheul ließ die Szene noch grauenvoller erscheinen. Über die schleimigen Reste der Schlange hinweg rutschten die Räder den Abhang hinunter.

Pirulí und seine Kumpane sahen nichts mehr, denn sie entflohen wie Meerschweinchen, die vor dem Feuer davonlaufen. Das gesamte Dorf kam, um den Unfall zu sehen. Sie kamen nicht. Sie hatten ihn schon gesehen und waren befriedigt.

Pirulí lächelt verträumt. Wenn er doch nur einmal wieder etwas Ähnliches tun könnte!

»Jhojhojhóóó, cabayúúú . . .! Looos, vorwärts . . .!« – die Lehmkugeln zerspringen weiter wie rötliche Blasen auf dem ausgemergelten Rücken des Gaules.

Trocken kreisen die zylinderförmigen Mühlsteine. Ihr Wehklagen ist schriller geworden. Pirulí hat vergessen, die Zuckermühle zu füttern. Wie ein blutdurstiger kleiner Vogel ist seine Phantasie mit ihm in weite Fernen geflogen. Jäh wird er sich seines Vergessens, seiner Nachlässigkeit bewußt. Schon im voraus spürt er die Schläge der Mutter. Sie ist unerbittlich seinen Fehlern gegenüber. Und ihre

Peitsche aus Ysypó poí dringt bis auf die Knochen. Pirulí erinnert sich der Strafe, die ihm das Abenteuer mit der Schlange einbrachte, als Carumbe'í, von der Peitsche des Stiefvaters bedrängt, die Bande verraten hatte. Eleuteria schlug ihren Sohn, bis ihre Arme lahm wurden. Pirulí betastet die Narben, die von den Schlägen zurückgeblieben sind. Die Erinnerung an den Schmerz pocht wie die Stiche zweier wutentbrannter roter Wespen in seinen Schläfen.

Mit ihrem Holzbündel auf dem Kopf kommt Eleuteria aus dem Wäldchen. Pirulí muß schnell etwas finden, um sich zu entschuldigen, um den gerechtfertigten Zorn der Mutter, den er bereits über sich kommen fühlt, in andere Bahnen zu leiten. Er schließt die Augen und zermartert sein Gehirn. Er findet nichts, nichts! O ja, er findet etwas. Er windet sich einen Augenblick lang behende in seinem Hemd und wirft sich dann gegen die Rollen der Zuckermühle, die beginnen, einen seiner Arme zu schlucken.

»Mamááá . . ., mamááá . . .! In der Mühle eingeklemmt . . .! Mamááá . . .! Ayayáiii, mamaítaaaa . . .!«

Pirulís Schreie sind herzzerreißend. Erschreckt schwirren die Wespen umher. Der Gaul setzt seinen Rundgang am Pfahl des Göpels fort, ohne etwas zu hören. Die schrecklichen, zylinderförmigen Mühlsteine kauen weiter an Pirulís Arm. Schon haben sie ihn bis zum Ellbogen verschlungen. Eleuteria schleudert das Holzbündel fort, schleudert das Buschmesser fort und stürzt zum Pferd, um es aufzuhalten. Sie hält es auf. Das Wehklagen der Mühle wird still. Es ertönen nur noch die Schreie von Pirulí und seiner Mutter. Er schreit vor Schmerz, sie vor Entsetzen.

»Pirulí . . ., che memby . . .! Oh, mein Gott . . .! Hilfe, ihr Leute, Hilfe . . .! Die Mühle hat meinen Sohn, che memby-pe, gefaßt . . .!«

Eleuteria läßt den Gaul in entgegengesetzter Richtung gehen. Sie schleift ihn förmlich am Halfterstrick hinter sich her. Ihre Kraft ist ebenso groß wie ihre Verzweiflung.

Nach und nach geben die Rollen ihre menschliche Nahrung zurück. Der Arm von Pirulí kommt langsam aus der Mühle, bis zur Hälfte in trockene Trester verwandelt. Pirulí ist sonderbar still geworden. Er weint nicht, windet sich nicht. In nachdenklicher Haltung gewinnt er seinen Arm zurück. Man könnte sagen, er empfinde schon keinen Schmerz mehr. Die Zylinder sind beinahe trocken. Und die grüne, schaumige Brühe in den schwarzen Töpfen hat ihre Farbe nicht gewechselt.

»Che memby . . .! Mein armer kleiner Sohn . . .! Wie konntest du nur so unvorsichtig sein . . .! Und zu allem ist es der rechte Arm . . ., dein kleiner rechter Arm, mein Junge, oh, mein Gott . . .!«

Eleuterias Verzweiflung nimmt einen düsteren Ton an. In diesem kurzen, schrecklichen Augenblick umfaßt sie die Vergangenheit und die Zukunft. Sie sieht ihren Sohn für immer verkrüppelt. Sie kniet vor ihm nieder und will seinen verwundeten Arm wie etwas Geheiligtes in ihre Hände nehmen. Die arme Frau zittert am ganzen Körper. Sie ist ein Blatt, das unter dem inneren Sturm bebt, der seine Nerven zerstört. Das geblümte Tuch ist von ihrem Kopf geglitten. Ihre schwarzen Haare haben sich von einem Augenblick zum anderen mit aschgrauen Fliegen gefüllt. Glatt und steif fallen sie über ihr leichenblasses Gesicht. Gleichmütig, beinahe lächelnd, in einen Gedanken vertieft, steht Pirulí vor ihr. Eleuteria ergreift den zermalmten, trockenen Arm. Leer liegt der Ärmel in ihren Händen. Sie fühlt kein feuchtes Blut, keine Knochensplitter und keine Fleischfetzen. Nichts. Nur trockenen, leeren Stoff.

Da zieht Pirulí – fast, als wolle er sich bei ihr einschmeicheln – den völlig unverletzten Arm, den er zwischen dem Gürtel und der Haut im Hemd versteckt hatte, heraus und streckt ihn seiner Mutter hin.

»Hier ist er, Mamaíta, mein Arm. Nur um dich ein bißchen zu täuschen, hab ich es getan . . .!«

Blind, bebend, keuchend, jäh verwandelt, schreit Eleuteria, indem sie sich bückt:

»Mita'í tepotí...! Du Teufelssohn...! Añá..., añá...!« Sie hebt den Knüppel vom Boden und schmettert ihn mit voller Wucht auf Pirulís Kopf. Ohne einen Schrei sinkt er nieder und bleibt leblos zu Eleuterias Füßen liegen.

Jene dunklen Gesichter

1

Obwohl die Sonne schon vor längerer Zeit untergegangen war, knisterte die Hitze immer noch im trockenen Laub der Bäume, die das Verwaltungsgebäude auf der Anhöhe umgaben. Es klang wie das kaum wahrnehmbare Bersten von warmen Ziegeln in einem sich langsam abkühlenden Backofen.

Die Kasuarinenbäume standen still und aufrecht. Die Felder in der Ferne verschwammen in einem violetten Halbdunkel, aus dem das Licht noch nicht völlig entflohen war.

Auf der linken Seite, etwa einen Kilometer entfernt, lag das Wäldchen von Bambusrohr, Akazien und Weidenbäumen, das die Lagune umgab.

Man vernahm das ferne Gebrüll der Rinder, die bei den Trögen auf ihre Salzration warteten. Aber das Geschrei der Knechte, die um diese Stunde das Vieh zusammentreiben, die Kälber in die Gehege sperren und die Milchkühe von den Jungtieren trennen, war nirgends zu hören. Das Geplänkel einiger junger Stiere, die mit gesenkten Hörnern aufeinander losgingen, verursachte vereinzelte Tumulte und hüllte die verlassene Herde in eine Wolke von rötlichem Staub.

Rings um das strohbedachte Backsteingebäude lagen die Schuppen, in denen das Pferdegeschirr, die Werkzeuge, die Fuhrwerke, das Viehfutter aufbewahrt wurden. Hier wohnten die Knechte. Aber auch diese Schuppen lagen verlassen da. Nur in dem Rancho, der als Küche diente, regte sich etwas. Ein riesiges Negerweib, den Kopf in ein rotes, schmutziges Tuch gehüllt, füllte geschäftig den Locro aus einem großen Kochtopf in mehrere kleine Töpfe um. Es war das Abendessen für die Knechte. In der rauchgeschwärzten, niedrigen Küche, mit ihren an Drahthaken hängenden Küchengeräten, verbreitete sich ein verlockender Duft von Rauchfleisch, Mais und Gewürzen. Durch ein Versehen fiel ein Strahl der siedend heißen Suppe auf die Füße der Schwarzen. Die dicken, weißlichen Maiskörner krochen über den Boden, in ihrer Mitte ein schwarzer Klumpen Rauchfleisch mit einem Medaillon von Fett.

»Aña memby . . .!« fluchte die Alte und verdrehte die Augen – ob aus Schmerz oder aus Zorn, war nicht zu sagen.

Eine andere Stimme, gellend und rauh, ertönte in diesem Augenblick aus dem Hause.

»Martina . . ., Martina . . .! Ist die Tochter des Doktors noch nicht zurückgekehrt?«

Die Schwarze ging schwankend hinaus.

»Neira güeterí, Herrin, noch nicht.«

Eine alte, magere Frau stand im Rahmen der Haustür. Das dunkle Kleid hing lose an ihrem Körper, die Haare waren im Nacken zu einem Knoten gebunden, der von einem vergoldeten Kamm zusammengehalten wurde.

»Und Juancho, wo ist der?«

»Vor einem Augenblick ist er noch hier herumgelaufen.«

»Juanchooooo . . .!« riefen einstimmig die Herrin und die Schwarze. Ein grauenvoll unharmonischer Schrei. Aus dem Quartier der Knechte kam ein schmächtiger Jüngling, fast nur Haut und Knochen, mit den brennenden Augen der Schwindsüchtigen. Auf von Insektenstichen geschwollenen Füßen kam er dahergehumpelt.

»Juancho!«

»Befehlen Sie, Señora.«

»Hast du das Fräulein Amelia nicht gesehen?«

»Sie ist zur Lagune zum Baden gegangen.«

»Ich weiß. Was ich wissen will ist, ob sie schon zurückgekommen ist.«

»Nein, Señora.«

Die Frau blieb einen Augenblick lang nachdenklich. Man merkte, daß sie sich die Sache überlegte. Die Schwarze und der Junge warteten schweigend.

»Und die Knechte, Martina. Sind sie schon zum Essen gekommen?«

»Neira güeterí aveí – auch noch nicht, Señora.«

»Dann ist also niemand da. Nicht einmal Rosendo. Und die Tochter des Doktors . . . Mein Gott, wer weiß, was diesem verrückten Frauenzimmer geschehen sein mag?«

Der Glanz in den eingesunkenen Augen des Jungen verstärkte sich.

»Soll ich zur Lagune gehen und nachsehen, Señora?« – ohne auf eine Antwort zu warten, begann er, im stelzbeinigen Trab eines Krebses den Hang hinunterzulaufen.

»Und du, Martina, geh zu den Viehgehegen. Vielleicht ist dieses Mannweib bei den Burschen . . . Jesus, che Dio! Wann endlich wird ihr Vater sie holen, damit wir wieder Ruhe haben! Nichts als Aufregungen . . .«

Die dicken Lippen der Schwarzen murmelten einen unverständlichen Fluch. Sie versuchte, sich vor dem nutzlosen Weg zu drücken.

»Und der Locro, Señora? Der wird ganz kalt. Ich stelle ihn nochmal aufs Feuer.«

»Nachher, nachher. Zuerst müssen wir das Fräulein Amelia finden. Schnell . . . Wer weiß, was ihr passiert ist?« – sie steckte ihren spitzen kleinen Finger in den Mund. In ihrer Stimme mischten sich ehrliche Besorgnis, Verantwortung und noch etwas anderes, das der dunklen Intuition des Weibes glich; so etwas wie ein lüsternes Verlangen, das nur von ihrem Egoismus, von der intoleranten Boshaftigkeit, der zwangsweisen Enthaltsamkeit ihres welken Körpers gehemmt wurde. Bleich und verärgert kehrte sie ins Haus zurück. Der auf dem Haarknoten reitende goldene Kamm verlor sich im Dunkel.

2

Amelia war die Tochter des Abgeordneten Jerónimo Mendieta. Die Familie Alderete nannte ihn schlechthin den »Doktor«. In der ganzen Gegend war er unter diesem Namen bekannt, und so war Amelia »die Tochter des Doktors«.

Einige anfängliche Gefälligkeiten des einflußreichen Anwalts aus Asunción hatten Rosendo Alderete, den mächtigen Großgrundbesitzer der Missionen, zu einem politischen Führer, zu einem der wichtigsten Strohmänner der Partei gemacht, der Mendieta angehörte. Und daß dieser den Posten errang, den er nun unverdientermaßen innehatte, war den Bemühungen Alderetes zu verdanken.

»Ich werde Vieh schlachten, werde das Geld fließen lassen, bis der Doktor gewählt wird«, hatte Alderete versprochen. Und so geschah es. Er mußte nicht einmal sehr viele Tiere opfern, höchstens zehn Kühe (die ohnehin bei der letzten Zählung wegen Krankheit abgesondert worden waren), für die Wahlversammlungen des Bezirkes. Und zwei oder drei Demijohns Schnaps, die er aus der geheimen Brennerei eines Parteigenossen als ›Beitrag für die Partei‹ erhielt. In einem Wort, es hatte ihn kaum etwas gekostet, die auf seinen Ländereien verstreuten Chococués zu überzeugen.

Er hatte gute Arbeit geleistet. Nach einigen Amtsverhandlungen in Asunción erreichte es der Doktor dann als Belohnung, daß dem Besitztum Alderetes einige Quadratmeilen Gemeindegrund angegliedert wurden, die einen noch ungenutzten Wald mit Edelholz, einige Yerbapflanzungen aus der Zeit der Jesuitensiedlungen, reichliche Wasserquellen und ausgezeichnetes Weideland einschlossen. Es war ein einträgliches Geschäft, besonders für Alderete, der seinen Besitz auf einmal in nie erträumter Weise wachsen sah. Der Doktor verlangte lediglich die Hälfte von der Ausbeutung des Holzes und der Yerbapflanzung. In der Tat ein sehr geringer Preis. Rosendo Alderete war voll des Dankes und der grenzenlosen Bewunderung für den Doktor.

Während der Wahlen erwiesen sich einige Pächter als mißtrauisch dem Doktor gegenüber. Man verdächtigte sie sogar, für seinen Gegner gestimmt zu haben. Alderete machte ihnen das Leben so lange unmöglich, bis es ihm gelang, sie fortzujagen, was ihm noch den zusätzlichen Nutzen ihrer Ernten einbrachte.

»Ich werde doch nicht Feinde meiner Partei, Rebellen, Bauernflegel mästen«, erklärte er und schloß damit das Kapitel der Vertreibung von ungefähr einhundert armen Sklaven, die mit ihren Frauen und Kindern nackt und hungrig davonziehen mußten, zu anderen, wahrscheinlich noch ungastlicheren Besitztümern.

3

Dann und wann unternahm der Doktor kurze politische Rundreisen durch die Ortschaften seines Verwaltungsbezirkes. Rosendo Alderete ritt zur Station, um ihn auf der Durchreise zu begrüßen, um die Neuigkeiten zu erfahren, um dem »so guten, so klugen und großen Mann, dieser wahrhaften Stütze der Partei und der Regierung« die Hand zu schütteln. Aufgeblasen wie ein Pfau kam er nach Hause zurück und erzählte seiner Frau mit krächzender Stimme, was der Doktor ihm gesagt hatte.

Bei der Rückkehr von einer dieser flüchtigen Begegnungen berichtete Alderete mit großem Stolz, daß der Doktor die Absicht habe, seine Tochter während der Ferien für einige Tage zu ihnen zu bringen.

»Sie hat gerade die vierte Klasse beendet«, hatte er ihm

gesagt, »und ihre Nerven sind nicht ganz in Ordnung. Sie ist manchmal ein bißchen komisch. Die Ärzte schreiben es dem Wachstum zu. Aber ich glaube, sie ist einfach überarbeitet. Das Mädel liest zuviel. Sie soll ein bißchen Landluft haben und sich ausruhen.«

»Aber natürlich, Doktor«, hatte ihm Alderete schöntuerisch und dienstbeflissen geantwortet. »Das gnädige Fräulein wird es sehr gut bei uns haben. Es gibt eine schöne Lagune, und die Luft ist gesund. Wir werden sie sehr gut ernähren, mit viel warmer Milch, kräftigen Suppen und Kräutertee. Stark wie Eisen wird sie werden, Doktor.«

»Sie würde ungefähr Mitte Dezember kommen. Ich schicke ein Telegramm, damit Sie sie mit dem Sulky abholen. Ich selbst fahre dann weiter nach Encarnación und hole sie auf der Rückreise ab. Nur für einige Tage.«

»Aber natürlich, Doktor . . . Mit Freuden. Das gnädige Fräulein wird sich wie zu Hause fühlen. Sie werden es nicht bedauern.«

4

Sie kam mit einem großen schwarzen Koffer und dem sonderbaren, kleinen weißen Hund, der ein blaues Seidenband um den Hals trug und nach demselben Parfum roch, das auch sie benutzte. Er glich mehr einem bellenden Spielzeug als einem lebendigen Hund.

Schön und elegant entstieg sie dem Wagen. Obwohl sie noch nicht siebzehn Jahre alt war, glich sie doch schon einer vollentwickelten Frau von fünfundzwanzig. Unter dem schwarzen Haar schimmerte ihr Gesicht in der Farbe der Magnolien. Bleich, mit bläulichen Ringen unter den Augen. Zu weiß und aufgeschossen. Stolz, aber vielleicht auch nur zurückhaltend.

Als sie vom Wagen stieg, hob ein Windstoß ihren Rock empor. Die Haut ihrer geschmeidigen, fülligen Beine schimmerte wie das Holz eines Baumes, von dem man soeben die Rinde abgezogen hat. Alderete, der ihre Hand ergriffen hatte, um ihr behilflich zu sein, wandte verwirrt die Augen ab, schrie in plötzlich entflammtem Zorn irgend etwas zu Juancho hinüber. Der Junge machte sich verlegen am Wagen zu schaffen, ohne zu wissen, was er tun sollte. Dieser weiße Schimmer, der an den Leib eines Fisches erinnerte, hatte auch ihn geblendet, hatte ihm, wie der Fußtritt eines Maulesels, einen Schlag in den schwindsüchtigen Magen versetzt, seine unabwendbaren vierzehn Jahre, seine von der Krankheit gelähmte Pubertät in Aufruhr gebracht.

Es war Juancho, der den fieberhaft erregten Knechten einige Tage später die erstaunliche Nachricht brachte. Die Nasenflügel der Männer bebten vor Lüsternheit, als sie den Worten des kleinen Spions lauschten.

»Wenn der Herr und die Herrin ihren Mittagsschlaf halten, geht sie mit dem Hund ins Klo ...«

»Und was tut sie da?« – mehrere heiße Stimmen bedrängten ihn gleichzeitig.

»Sie setzt sich auf den Kasten ...« Der zitternde Knabe konnte den Satz nicht beenden. Ein Knoten verschloß ihm die Kehle, als ob sein Speichel plötzlich zu Stein geworden sei.

»Und was tut sie ...?«

»Warum sagst du nicht endlich alles?«

»Er lügt«, stichelte einer. »Er hat gar nichts gesehn.«

»Doch, ich hab's gesehen ... Der Wind hat einen Balken vom Klosettdach abgerissen. Ich bin auf den Boden geklettert und hab es gesehn ...«

»Und was hast du gesehn?«

Juancho kämpfte gegen den Stein in seiner Kehle.

»Du kleiner Scheißkerl ... Erzähl endlich, oder du bekommst einen Tritt in den Bauch!«

»Sie setzt sich auf den Kasten vom Klo ...«

Während Juancho mit seiner Erzählung fortfährt, nimmt

das Rauschen in den Schläfen der Männer zu. Es ist ein heißer Strom, der jeden Augenblick überzulaufen droht. Der Mate ist kalt geworden – niemand trinkt ihn. Sie liegen mit dem Bauch auf dem Boden, nur die Köpfe heben sich dem Knaben entgegen. Gespannt, lauernd, wie dunkle Schlangen.

»Sie hebt den Rock hoch, und der Hund ...«

Ein heiseres, geiles Stöhnen aus fünfzehn männlichen Kehlen erstickt die gedämpfte Stimme des Knaben. Sie brauchen ihn nicht mehr. Der heiße Strom ist übergelaufen. In seinem Widerschein haben sie das Bild der Tochter des Doktors gesehen, in ihrem ungeheuerlichen Idyll mit dem Hund. Zu der Stunde, in der die Herren schliefen und sie auf dem Felde waren. Zu der Stunde, in der die Mittagshitze alles versengte – das Weideland, das Blut.

»Guacha ... Und dabei sind wir hier, fünfzehn Männer ...«

»Und sie tröstet sich mit einem Hund!«

»Warum kommt sie nicht zu uns ...!«

»Warum läßt sie uns nicht ...!«

Man hörte ein Lachen, das wie Schluchzen klang. Sie hatte sie um Sinn und Verstand gebracht.

5

Seit ihrer Ankunft hatte sie sonderbare Dinge getan. Sie bat um ein Pferd und ritt am späten Nachmittag allein zur Lagune, nur mit einem roten Badeanzug bekleidet, der ihren schönen Körper so eng umschloß, daß sie fast nackt erschien. Wie ein Kokosdorn stach ihr Anblick in die Augen der Männer. Sie ritt allein mit ihrem Hund, von dem sie sich niemals trennte.

Sie war gebieterisch und launisch. Sie war ›die Tochter des Doktors‹. Alderete und seine Frau behandelte sie wie Dienstboten. Juancho war der einzige, mit dem sie zuweilen redete. Niemanden sah sie an. Sie lebte eingehüllt in ihren Willen und ihr Geheimnis wie unter der Geißel eines heimlichen Feuers. Das einzige Wesen, dem sie all ihre Zärtlichkeit widmete, war der kleine weiße Hund. Sie badete und parfümierte ihn, sang ihn mit gutturaler, melancholischer Stimme in den Schlaf. Hie und da hielt sie inne, um dem Geflüster der Kasuarinenbäume zu lauschen. Während der Mittagsruhe verschwand sie. Alderete und seine Frau waren ratlos. Ihre Sorgen waren gegenteiliger Natur, begegneten sich in nichtssagenden Phrasen:

»Der arme Doktor! Solch eine Tochter zu haben . . .«

»Vielleicht ändert sie sich noch. Es ist das Wachstum. Das geht vorüber, wenn sie erst einmal zur Frau wird.«

Aber auch Alderete selbst fühlte, wie seine Kehle trokken wurde, wenn er an die Tochter des Doktors dachte. Er sah sie des Nachmittags, wie sie halbnackt unter der brennenden Sonne in Richtung der Schleuse ritt, üppig und weißhäutig, mit ihrem enganliegenden, roten Badeanzug, den kleinen Hund vor sich auf dem Sattel, unbeweglich zwischen Arm und Leib seiner Herrin eingenistet.

Wenn er nachts neben seiner schnarchenden Frau lag, deren Körper rauh und ausgetrocknet war wie Rauchfleisch, kamen die verlockenden Träume. Scham und Verzweiflung erfüllten ihn. Er konnte das Bild des Mädchens nicht von dem des Vaters trennen. Er war es, der lächelnd und gleichmütig mit seiner dunklen Brille und seinem goldenen Spitzzahn im Mittelpunkt der berauschenden Vision stand, die rittlings auf dem Pferde vorüberzog.

Zum Erstaunen seiner Frau begann Alderete wieder mit den Knechten aufs Feld zu gehen. Frühmorgens zog er los und kam erst am späten Abend zurück. Eines Tages erklärte er, er müsse in die Ortschaft, um Geld für eine verkaufte Viehherde zu kassieren, und danach müsse er in einer Nachbarsiedlung ein paar Hengste aussuchen. Mindestens zwei Tage werde er abwesend sein.

»Wäre es nicht besser, du wartest mit der Reise, bis sie fort ist?«

»Warum?«

»Ihretwegen. Es ist eine so große Verantwortung. Wenn ihr nun etwas passiert.«

»Was soll ihr denn passieren? Paß gut auf sie auf, weiter nichts.«

»Und wie, Rosendo? Sie hört ja auf niemanden – es ist besser, du bleibst hier.«

»Nein; ich muß das Geld kassieren und die Hengste kaufen. Es wird schon nichts geschehen. Mach dir keine Sorgen.«

6

Mit dem kaum wahrnehmbaren Geraschel einer Schlange, die sich zwischen trockenen Blättern bewegt, glitt Juancho durch die Bambusrohre. Er witterte bereits den Geruch der Lagune, konnte sie aber noch nicht sehen. Die Wipfel der Weiden reichten bis auf den Boden hinunter. Eine böse Ahnung peitschte seine Seiten und seine Schläfen, benahm ihm fast den Atem. Er ließ sich zwischen das Unkraut fallen und kroch vorwärts. Als er sich der Lagune näherte, verspürte er Angst, eine immer stärker werdende Angst, eine hartnäckige Erregung, die ihn wie im Fieber erschauern ließ. Aber es zwang ihn vorwärts. Wie gebannt kroch er weiter. Plötzlich schimmerte in der Dunkelheit zwischen den Weiden das blaue Metall der Lagune. Er stieß gegen einen Caraguatástrauch. Die Dornen stachen ihm ins Gesicht, aber er verspürte keinen Schmerz, denn viel mehr schmerzte ihn jene Drohung, welche die Knechte gegen sie ausgestoßen hatten. »Ña rairö-na, los mitá ...!« Wie in der Luft schwebend kroch er weiter. Seine Hände stießen auf ein feuchtes, unbewegliches Etwas. Tastend suchte er herauszufinden, was es war. Seine Befürchtungen wurden zur Wirklichkeit. Einen Augenblick lang glaubte er, es sei der tote kleine Hund. Es war der Badeanzug der Tochter des Doktors. Er hob ihn auf. Er war aufgerissen, zerfetzt.

In der Dunkelheit wurde die glatte, bläulich schimmernde Fläche zwischen den Blättern langsam größer. Es war windstill, aber er hörte ein Gemurmel, dem er folgte. Das Gemurmel wurde stärker; es schien von erstickten Stimmen zu kommen, von heiseren Lauten, gleich dem Geheul einer Meute, die sich über ein totes Tier gestürzt hat und es verschlingt. Wo war es, wo war sie selbst? Er wußte es nicht, konnte auch noch nicht wissen, daß der kleine Hund schon seit langem auf dem Grund der Lagune lag und sie . . .

Er erhob sich und blickte hinüber. Zuerst konnte er kaum etwas erkennen, aber nach und nach sah er deutlicher. Der Spiegel der Lagune beleuchtete mit der Helle des nächtlichen Himmels das, was dort geschah.

Selbst wenn er geschrien hätte, sie hätten es nicht gemerkt. Keine Macht der Welt hätte sie dort fortreißen können. Juancho fühlte, wie sich ihm der Magen umdrehte. Er sah hinüber, und von diesem Augenblick an konnte er die Augen nicht mehr abwenden, konnte nichts tun als sehen und sehen, bis zum Ende.

Dort lag die Tochter des Doktors, wie eine Tote. Sie wehrte sich nicht einmal mehr. Nackt und weiß lag sie da, wie ein toter Fisch, der sich jedoch noch regte, der einer Frau glich, über welche die Knechte herfielen, einer nach dem anderen; sie kämpften, sie rissen einander fort, um teilzunehmen an der schrecklichen Arbeit, begleitet von krampfhaften Bewegungen, von dumpfem Echo, von erstickten Seufzern.

Das Bittgebet

1

Wie ein gesättigtes Tierchen kam sie zwischen den Bananenbäumen hervor. Eine kleine menschliche Larve, die durch die gelblichen Gehänge der Blätter schlich. Ihr Mund war von Erde, den Resten des heimlichen Festschmauses, verschmiert. Sie leckte noch die Finger ab, um die letzten Krümel zu erwischen. Die Erde war hart und trocken. Ihre Hände konnten nicht bis zu der feuchten Humuserde gelangen, wo vor der Zeit der Dürre große Mengen von Erdwürmern zu finden gewesen waren: frische und dicke, weiße Würmer, wie kleine Fettröllchen zwischen Erdklumpen, von ranzigem, süßlichem Geschmack. Poilú fand nicht einen einzigen Sevo'í. Eigentlich war sie froh darüber, denn sie hatte ein wenig Angst vor dem Gewürm. Erde allein schmeckte ihr besser; die klebrige, dunkle Erde, die unter dem Unkraut zu finden war, besonders unter Minze und Fenchel. Mit geschlossenen Augen konnte sie sie an ihrem Geruch erkennen, und sie kannte die besten Plätze im Bananenhain. Aber nun war die Erde nicht mehr klebrig, und sogar ihr Geruch hatte sich geändert. Poilú hatte jedoch wenigstens ihren Hunger gestillt. Nur der Durst schimmerte weiterhin mit heftigem, schmerzhaftem Verlangen auf dem Grunde der tabakfarbenen Augen.

Es war ein Verlangen, das sich überall bemerkbar machte; eine trockene, knisternde Klage. In der Erde, zwischen den Blättern, bei den Menschen.

Man hörte die eintönigen und klagenden Gebete in der

Kapelle; die gebrochenen, dumpfen Klänge der Glocke, die von Zeit zu Zeit geläutet wurde, als ob jemand gestorben wäre. Vom frühen Morgen an waren sie alle dort versammelt. Sie sangen und beteten zu Gott, daß es regnen möge. Sie hörten auf und begannen von neuem – unermüdlich; der kompakte Chor von bekümmerten Stimmen, der die tiefe Stimme des Priesters übertönte. Die Klage stieg empor und breitete sich in der stillen Luft aus wie das Summen eines Käfers, der sich – auf dem Rücken liegend – gegen einen Schlag zu wehren sucht.

2

Poilú war die Tochter von Anuncia, der Konkubine von Timoteo Almada, dem Viehtreiber der Familie Filártiga.

Timó Almada hatte einen Mann mit einem Messerstich verletzt. Sie waren wegen einer Wette bei den Rennen von Candeá in Streit geraten. Eine Herausforderung, ein Angriff aus dem Hinterhalt. Männergeschichten. Seit einiger Zeit schon befand er sich auf der Flucht vor der Polizei. Einige Tage nach dem Zwischenfall war der Verletzte an Wundbrand gestorben. Timó konnte nicht zurückkehren. Das Kreuz eines Aguaí machte ihn zum Geächteten. Der Polizeikommissar von Santa Clara mochte ihn nicht. Er hatte eine alte Rechnung mit ihm zu begleichen und leitete selbst die Hetzjagd.

Anuncia schlug sich durch, so gut sie konnte. Sie verdingte sich für die Mais- und Patatenernte auf den Gütern oder verkaufte Met und Chipá bei den Hahnenkämpfen in Nu-Guazú. Es war ein langer Weg, den sie zu gehen hatte, aber nach dem Zwischenfall mit Timó konnte sie nicht mehr wie früher zu den Rennen von Candeá gehen. Dem Kebsweib des ›Flüchtigen‹ kaufte niemand etwas ab.

Poilú blieb immer allein im Rancho. Anuncia hatte schon genug zu schaffen, wenn sie ihre Büchse mit Met und den schweren, mit Chipás und Gebäck beladenen Korb kilometerweit tragen mußte.

Nach sechs Monaten Dürre gab es keinen Mais und keine Pataten, gab es keine Hahnenkämpfe und Pferderennen mehr. Es gab nichts mehr. Sie konnten nur noch beten und hoffen. Wer nicht warten konnte, mußte sterben.

Nicht einmal das Unkraut sproß. Aber Angst und Verzweiflung hatten den Gottesglauben der Bevölkerung von neuem erblühen lassen. Die Kapelle war zu klein, um das plötzliche Erwachen des religiösen Geistes zu fassen. Seitdem Pa'í Benítez zum Bittgebet gerufen hatte, waren auch die schwärzesten Schafe zur Herde zurückgekehrt. Im Augenblick der Prüfung wollte jeder sich mit Gott versöhnen.

»Wir sind Auserwählte Gottes«, schrie Paí Benítez mit starker Stimme und wenig Überzeugung. »Wir müssen die Strafe auf uns nehmen und versuchen, uns zu bessern, um die Vergebung zu verdienen.« Ein zaghafter Hauch der Buße ging mit seinen Worten über die Gemeinde nieder.

Unter den ›Auserwählten‹ befanden sich Pferdediebe, die jeder kannte, und sogar eingefleischte Verbrecher, von denen einige bereits drei Todeszeichen auf den Griffen ihrer Messer hatten, deren Vergehen jedoch als uneinlösbare Rechnungen verjährt waren. Die Augen Gottes machten keinen Unterschied.

Hunger und Durst verliehen den Gebeten und Gesängen eine seltsame Intonation. Vor fünf Tagen hatte das Bittgebet begonnen, und es würde nicht enden, bevor der Himmel sich nicht der Bewohner von Santa Clara erbarmte.

Im wurmstichigen, hölzernen Glockenturm zog Quincho, der lahme und taube Glöckner, mit krampfhaften Armbewegungen das Seil. Die altersschwache Hündin aus Bronze sandte ihr heiseres, asthmatisches Gebell gen Himmel.

Bei Sonnenaufgang fing es an, wurde mittags eine Weile unterbrochen, um am Nachmittag, nach der Mittagsruhe des Priesters, von neuem zu beginnen. Bis Sonnenuntergang.

»Poilú, du bleibst schön hier! Geh nicht zu nah an den Brunnen! Daß du mir nicht in den Bananenhain gehst! Und wehe, wenn ich dich wieder dabei erwische, daß du Erde ißt . . .«

Anuncia verriegelte den Rancho und begab sich zum Gebet. Eine Weile danach ließ Poilú sich durch das Fenster hinunter und schlich zu ihrer einsamen Erdmahlzeit.

Aber im ganzen Dorf gab es kaum etwas anderes zu essen. Nicht nur Anuncia, sondern auch viele andere Frauen ertappten ihre Kinder dabei, daß sie Erde aßen. Es war eine alte Tradition unter den Kindern von Santa Clara. Der Hunger hatte sie nur wieder aufleben lassen, sie gewissermaßen für gültig erklärt. Der Widerstand der Mütter wurde immer schwächer.

Inmitten des Gebetes hatte Evarista mit leiser Stimme zu Anuncia gesagt:

»Ay, Jesús, Comadre, was mir passiert! Mba'é tema nico, che Dios! Mein Juancito hat schon wieder angefangen, Erde zu essen . . . Was soll man nur tun . . .«

»E'á, Comadre, Poilú ißt sie auch . . . Die Kinder haben solchen Hunger . . . Es gibt ja nichts anderes . . . Wir können gar nichts machen . . . Gegrüßet seist du, Maria, voll der Gnaden . . .«

3

Poilú ging um den Rancho herum zum Brunnen. Prall schien die Sonne auf die nackte und groteske kleine Figur, die aus Wachs geformt zu sein schien. Der große Kopf auf dem skrofulösen Hals; der zum Bersten geschwollene Leib mit der straffen und grünlichen, von weißen Flecken übersäten Haut. Die Fliegen verfolgten sie, setzten sich in ihr krauses Haar, um zu den Pusteln auf ihrer Kopfhaut zu gelangen. Poilú tat nichts, um sie fortzuscheuchen. Die Sonne, die Fliegen, der Hunger waren Bestandteile ihrer Welt; sie empfand sie nicht als Feinde. Aber der Durst war etwas Neues für sie. Niemals hatte es in Santa Clara an Wasser gemangelt. Und jetzt waren alle Brunnen ausgetrocknet. Sogar der Bach, der am Rande des Dorfes in einem engen und tiefen Bett aus Stein zu fließen pflegte.

Überall, selbst unter der Erde, hatte die Dürre sich eingenistet. In der Vorstellung Poilús war sie ein bösartiges Tier, denn so hatte ihr Freund Felipe es ihr erklärt, der närrische Alte, der in einer kleinen Grotte am Bach wohnte.

Aber Felipe Tavy hatte eine sonderbare Art, die Dinge zu erklären. Außerdem sagte er jeden Tag etwas anderes. Poilú war verwirrt. Zuerst hatte er ihr gesagt:

»Die Dürre, Poilú, ist ein großer Vogel, der etwas von einer Eidechse und einer Schlange hat und der jetzt über Santa Clara schwebt.«

»Wieso kann man dann die Sonne sehen, Celipe?«

»Weil sie aus dem Schleier der Jungfrau gemacht ist . . .«

Aber wenn sie ihn am folgenden Tag wiederum fragte, sagte er zu ihr:

»Die Dürre, Poilú?«

»Ja, Celipe. Warum gibt es kein Wasser?«

»Weil es auf dem Cerro Curuzú einen blauen Tiger gibt, der das ganze Wasser ausgetrunken hat. Bevor der Tiger nicht pißt, bekommen wir kein Wasser.«

»Und wann wird der Tiger pissen?«

»Wenn auf dem Boden des Baches ein Yasi-mörötí blüht.«

»Aber da gibt es Steine, viele ité, überall. Wie soll da eine Blume blühen?«

Felipe blickte um sich, zwinkerte mit den Augen und sagte mit hohler Stimme:

»Es gibt ein Loch im Gestein, genau gegenüber von meiner Höhle. Dort wird die Wasserblume blühen.«

»Und warum gehst du nicht zur Kapelle, um mit den anderen zu beten?«

»Nein . . . ich bin nicht verrückt wie die anderen . . . Das ist nicht der Platz, wo man die Blase des Tigers ausdrükken muß . . . Gott ist nicht in der Kapelle . . .Dort ist nur der böse Atem der alten Hexe . . .«

»Und wo ist dann der liebe Gott, Celipe?«

Wiederum machte er seine Stimme hohl und zwinkerte mit den Augen:

»Gott ist bei mir am Bach . . . Er erzählte mir alles . . .«

Und Felipe Tavy, halbnackt und spindeldürr, nur mit einem zerlumpten Hemd bekleidet, das ihm bis zu den Knien reichte, seine weißen Haare und sein Bart schmutzig, aschfarben, setzte seinen Weg fort, auf seinen Bambusstecken gestützt, von einer Wolke aschgrauen Staubes umhüllt. Wie ein Buckel schaukelte auf seinem Rücken das Bündel seiner spärlichen Besitztümer.

Während er sich entfernte, drehte er noch einmal das Gesicht zurück und sagte über die Schulter zu Poilú:

»Wenn es regnet, bringe ich dir die Blume des Yasy-Möröti vom Bach, eingeschlagen in Nordwind-und-niemals-siehst-du-sie-wenn-du-sie-anblickst . . .«

Poilú wußte nicht, was sie davon halten sollte. Felipe und ihre Mutter kämpften in dem kleinen Gehirn, das noch nicht völlig von der Kopfwassersucht überschwemmt war. So fragte sie eines Tages ihre Mutter, als diese aus der Kapelle zurückkehrte:

»Warum hast du in der Kapelle gebetet, Mamaíta?«

»Damit Gott uns Regen sendet.«

»Felipe sagt, das ist nicht der Platz, wo man dem Tiger die Blase ausdrücken muß.«

Die von bläulichen Schatten umränderten Augen Anuncias wurden dunkel vor Ärger.

»Carai-tuyá tavy!

»Er sagt, dort sei nur der böse Atem der Hexe«, fuhr Poilú vorurteilslos und unschuldig fort.

Anuncia versetzte ihr eine Ohrfeige. Furchtsam wich die kleine Wachsfigur ein paar Schritte zurück und lehnte sich schluchzend gegen die rissige Wand des Ranchos. Scheu und leise weinend, mit einem dumpfen Schluckauf, der im Halse erstarb, rieb sie sich die Backe. Die Mutter schrie:

»Wehe dir, wenn du noch einmal mit dem verrückten Alten sprichst!«

»Celipe Tavy ist gut, Mamaíta . . .«, flüsterte die kleine Wachsfigur.

Der aufgeblähte Leib erzitterte bei jedem Schluchzer, und zwischen einem und dem anderen wagte die Stimme des Kindes sich von neuem hervor. Sie schien eine Wand zu durchstoßen, als sie sagte:

»Celipe Tavy ist der einzige, der mir Geschichten erzählt. Und wenn es regnet, wird er mir vom Bach die Blume bringen . . .« Sie zog den Nasenschleim hoch und wiederholte auf ihre Art das ungereimte Geschwätz des närrischen Alten vom Bach.

Anuncia war nicht besänftigt. Das Bittgebet hatte eine andere Frau in ihr geweckt; eine harte, unerbittliche, unpersönliche Frau. Ihre Stimme hatte den hochtrabenden Ton des Priesters angenommen; eine Stimme, in der die kleinen Erinnerungen sich wie ein Niesen in Myriaden von schillernden Partikeln auflösten.

»Daß du mir nicht mehr mit Celipe Tavy sprichst!«

»Warum, Mamaíta?«

»Weil er dir Würmer in die Ohren setzt, wenn er mit dir spricht. Die Würmer werden sich in deinem dicken Kopf vermehren und aus deiner Nase und deinen Ohren herauskommen. Hast du mich gehört?«

Poilú sträubte sich. Sie hielt den Atem an.

»Wenn ich dich erwische, daß du mit ihm sprichst, zerschlage ich dir den Schädel mit dem Abatí-socá. Aber auch wenn ich dich nicht sehe, wird Gott dich sehen, und dann wird Er dir deinen Kopf zermalmen, wie einen reifen Kürbis, der von einem Wagenrad zerquetscht wird. Hast du mich gehört?«

Poilús Mut schien unerschöpflich. Welche heimlichen Heiligtümer verteidigte sie in diesem Augenblick in ihrem Inneren? Sie antwortete nicht auf die dringende Mahnung. Sie weigerte sich zu antworten. Aber ein neuerlicher Schlag, der schwer, wütend, schallend auf ihren großen Kopf niederging, entriß ihr das Versprechen:

»Ja, Mamaíta ... Ich werde nicht mehr mit Celipe Tavy sprechen ...«

4

Diese Dinge waren es, die Poilú Sorge bereiteten. Ihre krummen Beinchen brachten sie dem Brunnen näher. Mit dem Geräusch einer verfaulten Frucht, die vom Baum fällt, klopften ihre Füße auf die staubige Erde. Sie stieg auf die wurmstichigen Bretter, die den Brunnenrand bedeckten. In der Mitte hatte man mit rohen Axtschlägen eine viereckige Öffnung gehauen. Aus den Fugen der Bretter ragten Büschel von vertrockneten Farnkräutern. Das Moos, das früher an den Brettern gehaftet hatte, war ebenfalls zu Staub geworden; aber zu einem teigigen Staub, der nicht davonflog.

Poilú blickte durch die Öffnung hinunter. Während draußen die Mittagssonne brannte, herrschte dort unten die frische, friedliche Nacht des Brunnens.

Der Durst machte Poilú schwindlig. Er kratzte in ihrem Hals, in ihrer Brust, in ihrem Magen. Er schmerzte mehr als die Schläge des vorhergehenden Tages. Sie blickte ein paarmal auf ihre Füße und Beine; es war ihr, als fühle sie Ameisen an ihnen heraufkrabbeln, und jede dieser Ameisen schien sie zu stechen. Wenn es doch ein wenig Wasser im Brunnen gäbe!

Nein, sie wußte, daß es keines gab, keines geben konnte. Alles war ausgetrocknet. Selbst der Krug war zersprungen, als sei er vor Durst gestorben. Der Porongokürbis glich dem aufgeblähten Bauch einer auf dem Felde verendeten Kuh, nur war er leer, trocken, nutzlos.

Sie wußte, daß es nirgends Wasser geben konnte, bis Felipe Tavy ihr nicht die große Neuigkeit brachte; unter den Brettern, auf denen sie stand, während die unsichtbaren Ameisen langsam an ihrem Körper emporstiegen, gab es nur die kleine und runde, geheimnisvolle Nacht des Brunnens. Kühl, aber ohne Wasser. Nur noch unerbittlicher, weil sie sanft und trügerisch war. Durch die Öffnung fiel, schon beinahe senkrecht, ein vergoldeter und durchsichtiger Schaft, der sein leuchtendes Viereck auf den tiefen Grund warf. Poilú blickte wie gebannt.

5

»Chake, Poilú!«

Die sanften und kleinen Triefaugen von Felipe sahen sie ein wenig erschreckt von der Lehmwand her an. Er war eben erst stehengeblieben. Der Staub umgab ihn noch.

Das Herz des Kindes begann heftig zu pochen.

»Was machst du da? Steckst du vielleicht der Großmutter im Brunnen die Zunge heraus?«

Langsam näherte sich Poilú der Lehmwand. Die Stelle an ihrem Kopf, wo sie den Schlag der Mutter empfangen hatte, erinnerte sie schmerzlich an das Verbot. Sie mußte auf irgendeine Weise beginnen.

»Celipe, ich kann nicht mehr mir dir sprechen. Geh lieber fort ...«

Ihre Stimme war tränenerstickt.

»Warum, Poilú?«

»Mamaíta will es nicht ...«

»Warum, frag ich dich?«

»Wegen der Würmer, die sich in meinem Kopf vermehren werden.«

»Jheee, ja, sie hat recht. Man muß vorsichtig damit sein ...«

»Darum geh lieber fort, bevor sie zurückkommt und uns erwischt. Sei ganz vorsichtig mit ihr, Celipe.«

»Schade, Poilú. Und ich war gerade gekommen, um dir zu sagen, daß die Blume des Yasy-mörötí schon zu keimen beginnt.«

Über Poilús Gesicht verbreitete sich ein Schimmer, der einem Lächeln glich. Es war die Schönheit einer Wolke, die sich in einer dunklen Pfütze spiegelt. In irgendeinem Teil des Weltalls war Poilú in diesem Augenblick schön wie eine Blume, deren Vollkommenheit darin lag, daß sie noch nicht geschaffen war.

»Sieht man sie schon . . .?« Die Sehnsucht war wie eine frische Welle in ihrer Kehle.

»Sie wächst in dem Loch. In diesem Augenblick schaut sicherlich schon die Spitze hervor. Aber wenn die Blume herauskommt, werde ich dich nun nicht mehr mitnehmen können, Poilú.«

»Doch, Celipe . . . Icatú-ta, denn dann hat es schon geregnet und Mamaíta ist wieder gut. Dann können wir wieder sprechen. Immer ... Immer ...«

Endlich hatte Felipe jemanden gefunden, der weiser war als er. Die verzweifelte Logik des Kindes verwirrte ihn.

»Vorsicht, Poilú! Komm runter . . . Ich gehe jetzt . . . Ich muß dem Tiger die Blase ausdrücken.«

Felipe Tavy setzt seinen Rundgang fort. Sein Freund, der Staub, begleitet ihn. Wie ein beweglicher Buckel bebt das schmutzige Bündel auf seinem Rücken. Man weiß nicht, ob der Bambusstecken ihm immer ein wenig vorausgeht, oder ob er es ist, der immer ein wenig zurückbleibt. Er dreht sich um, wie es seine Gewohnheit ist. Er will etwas sagen, aber der phantasievolle Zungenbrecher erstirbt ihm auf den Lippen. Er sieht, daß Poilú in Richtung des Baches geht. In Richtung der Blumenspitze, die aus dem steinigen Loch ragt. Wie vor kurzem zwischen den gelben Blättern der Bananenbäume, so schleicht sie jetzt durch den Staub voran. Eine kleine, menschliche Larve, von den Fliegen verfolgt. Der Alte geht ihr nach, ruft sie. Seine Augen sind trübe wie der trockene, fleckige Sommerhimmel:

»Poilú ...! Poilú ...!«

Aber Poilú hört ihn nicht. Niemals mehr wird sie etwas hören. Vielleicht hört sie in diesem Augenblick den fernen Lärm des Regens, das unterirdische Geprassel der Blume, die zwischen den Steinen wächst.

Der Abstand zwischen dem Kind und dem Alten verringert sich nicht. Der Alte möchte laufen, möchte Poilú einholen. Aber er kann es nicht. Ein lautes, irres Lachen dringt aus seiner Kehle. Und die Erschütterung des Lachens hemmt seinen zögernden Schritt noch mehr.

In der milchigen Helle des Mittags liegt das Dorf wie ausgestorben da. In allen Ranchos herrscht Stille, eine schwere, hartnäckige Stille. Nur aus der Richtung der Kapelle ertönt weiterhin das Summen des großen menschlichen Käfers, der sich, auf dem Rücken liegend, gegen die Dürre wehrt. Immer ferner. Die krampfhaften Bewegungen des Glöckners, der wie ein toter Frosch in der Luft hängt, lassen weiterhin die altersschwache Hündin gen Himmel bellen. Zwischen der Bewegung des Armes und dem Ton liegt eine Zeitspanne, die den Gott der Kapelle wohl mit Verzweiflung erfüllt. In dieser lahmen und tauben Zeitspanne kann kein Wunder geschehen.

Inmitten des rosafarbenen und befleckten Lichtes geht die Verfolgung weiter. Poilú steigt bereits zum Bach hinab.

Der Alte ist weit zurückgeblieben. Die Larve kriecht durch die hohen Gräser und verschwindet.

»Poilú ..., Poilú ...!«

Felipe Tavy erreicht den Uferrand zur rechten Zeit, um die wunderbare Geburt zu beobachten. Zwischen den scharfkantigen Steinen rollt die wunderliche Wachspuppe, rollt auf der Suche nach dem Grund. Hie und da hält eine Spitze sie einen Augenblick auf. Dann rollt sie zwischen den anderen Spitzen weiter, von einer zur anderen. Bis sie schließlich liegen bleibt.

6

Poilú ...! Poilú ...! Poilú ...!«

Seit drei Stunden ruft Anuncia ihren Namen. Zuerst war sie es allein, mit kurz aufkommender, mit erstickter Reue. Im Bananenwald, vor den frischen Spuren des Mittagsmahles. Dort waren noch die Abdrücke der kleinen hungrigen Krallen, die – in ungeheuerlicher Verdrehung der von der Natur bestimmten Reihenfolge – die Erde zuerst verschlungen hatten. Dann neben dem Brunnen und den unberührten Brettern. Und zuletzt gegenüber der Möglichkeit, die sie selbst mit überschäumender Wut in Bewegung bringt:

»Comadre Evarita ... Es muß Celipe Tavy gewesen sein ... dieser verrückte Alte vom Bach ... Er hat schuld ... Immer war er hinter Poilú her, dieser gierige Alte. Wer weiß, was meiner Tochter zugestoßen ist ... Wer weiß, was er ihr getan hat ...«

Und die emsige Nachbarin entfacht im Dorf mit perversem Geschwätz die sadistische Lunte der Masse:

»Celipe Tavy hat die Tochter der Anuncia vergewaltigt ...! Man muß hingehen ... muß ihn bestrafen ... muß das arme, unschuldige Kind retten ...!«

Die Menge, die sich vor dem Rancho von Anuncia befindet, ist die gleiche, die dem Bittgebet beigewohnt hat. Nur der Priester fehlt. Sicherlich ist er gerade damit beschäftigt, sein Brathuhn zu verzehren. Auch der Kommissar und die Polizisten fehlen. Sie suchen den Vater Poilús, um ihn mit ihren Waffen zur Strecke zu bringen.

Sie alle – Frauen, Männer, Alte, Viehtreiber mit drei Todeszeichen am Messergriff – sind in diesem Augenblick eine einzige geschwätzige, erregte Comadre.

Der riesige Käfer hat sich auf die Füße gestellt und benötigt seine stinkende Nahrung.

»Poilú . . . Poilú!«

»Tecové tavy!«

»Yajhá catú ña jhundí . . .!«

Der riesige Käfer hat sich in Bewegung gesetzt. Unter seinem Deckflügel schlägt ein Herz, das hart ist wie der Klöppel der zerbrochenen Glocke. Die Männer halten ihre Buschmesser bereit. Die keuchenden Weiber treiben die Männer mit ihren Schreien, ihren Fäusten voran. Einige von ihnen urinieren auf den Staub, ohne auch nur den Saum ihrer zerlumpten Röcke zu heben. Es ist das einzige Wasser, das die durstende Erde befeuchtet. Alle sammeln Steine und Stöcke und machen sich auf den Weg zum Bach. Der Staub verhüllt die Ranchos und begleitet die Menge. In langsamem, der Betäubung gleichendem Fluge ziehen Schwärme von Taguatós über das verdorrte Feld. Aber man weiß, daß ihre Augen, ihre Schnäbel und ihre Krallen die vergiftete Klarheit, die scharfe Genauigkeit des Hungers haben. Sie sind die schwarzen, wilden Blumen des Himmels, welche die Knochenhaufen nähren.

Auf halbem Weg hält die Prozession inne. Die Schreie verstummen. Die klopfende Stille zieht sich in sich selbst zurück. Den Weg herauf kommt Felipe Tavy. Er trägt etwas auf den Armen. Ein kleines, dunkles Bündel. Langsam, aber mit sicheren Schritten kommt er heran. Sein Bambusstecken prüft wie immer das Gelände ein wenig in der

Zukunft, oder er läßt seinen Besitzer ein wenig in der Vergangenheit. Als die Stille vollkommen wird, hört man sein Lachen. Ein reines, fast vergessenes Lachen.

Der Schrei von Anuncia, die auf den aschfarbenen Alten zuläuft, gibt dem Käfer seine tödliche Unruhe zurück. Er krümmt sich, er schwillt an, und der Lärm erwacht von neuem. Die Fäuste schließen sich über den Stöcken, über den Buschmessern, über den Steinen.

Felipe Tavy übergibt der Mutter den schlaffen Körper von Poilú. Der Kopf des Kindes ist von roten Streifen überzogen. Der Alte versucht, der Mutter etwas zu erklären, aber sie hört ihn nicht an. Sie spuckt ihm ins Gesicht und schlägt mit der freien Faust auf ihn ein. Felipe Tavy lacht, mit dem reinen Lachen des Baches. Er weiß sein seltsames Glücksgefühl nicht anders auszudrücken.

Erst als Anuncia zu den anderen zurückgekehrt ist, fällt der erste Stein auf ihn. Dann prasseln sie – einer nach dem anderen – wie eine Flut auf den Alten, mit dem gleichen Geräusch, mit dem sie auf den Staub fallen. Ein dumpfer, erstickter Laut. Zwischen dem weichen Rauschen der niederhagelnden Steine scheint noch das sanfte Lachen zu ertönen. Aber es ist nur eine Erinnerung.

So mühsam ist die barmherzige Operation, daß sich alle den Schweiß von der Stirn wischen. Dicke Tropfen. Dicke, rinnende Tropfen. Und so hingerissen sind sie, daß sie nicht auf den Himmel im Westen geachtet haben. Sie merken nicht, daß auf den Schweiß, der von innen kommt, von ihrem Haß, von ihrer morddurstigen Arbeit, die ersten Tropfen eines warmen Platzregens fallen. Schwarze, dicke Wolken ziehen über den Himmel und verdunkeln ihn. Der Platzregen bringt den langen Regen. Mit dem ersten Windstoß kommt sein naher Duft, kommt seine Frische. Die ganze Nacht wird es regnen. Vielleicht tagelang.

Danach wird man in der Kapelle von Santa Clara ein Dankgebet verrichten.

Der Gefangene

In ungleichen Abständen tönten die Schüsse durch die kalte Winternacht. Sie bildeten eine unbestimmte, schwankende Linie um den Rancho herum, näherten sich und wichen zurück, wie die Fäden eines Netzes, das sich behutsam, aber unerbittlich über den Wald und das an den Fluß grenzende Sumpfland legte. Das Echo der Schüsse durchbrach die akustischen Schichten. An seiner Dauer konnte man den Durchmesser der Einkreisung berechnen, wenn man den Rancho als Mittelpunkt nahm; es waren etwa vierzig bis fünfzig Kilometer. Aber dieses in allen Richtungen durchjagte und umzingelte Gelände hatte praktisch keine Grenzen. Überall spielte sich das gleiche ab.

Die Rebellion der Bevölkerung ließ sich nicht leicht niederschlagen. Sie wußte nicht, daß man sie des Triumphes beraubt hatte. In den Sümpfen, in den Wäldern, in den zerstörten Dörfern setzte sie zäh und mutig ihren vergeblichen Kleinkrieg fort.

Mehr noch als während des Aufstandes selbst, trieb der Haß nach Beendigung des Gefechts sein grausames Spiel. Der Kampf der Parteien artete in eine tierische Vergeltungsorgie aus. Das Schicksal ganzer Familien wurde durch die Farbe des Parteiabzeichens des Vaters oder eines Bruders besiegelt. Der unheilvolle Sturm vernichtete, was immer er auf seinem Wege fand. Es war der stets wiederkehrende Ritus der Rasse. Die blutrünstigen Gottheiten der Ureinwohner blickten von neuem mit feurigen Augen durch das Laub; die Menschen spiegelten sich in ihnen wie Schatten eines in der Urzeit verwurzelten Traums. Und die Kinnbacken aus grünem Stein zermalmten diese fliehenden Schatten. Ein Schrei in der Nacht, das Krächzen eines in den Bäumen verborgenen Kauzes, das Zischen einer Schlange im Grase errichtete Mauern, welche die Flüchtlinge nicht zu durchdringen wagten. Sie waren in eine unheilvolle Falle geraten; gefangen zwischen Maschinenpistolen in ihrem Rücken und dem ungreifbaren, sie blendenden Schrecken, der ihre Flucht zu belauern schien. Manche von ihnen zogen es vor, sich den Regierungstruppen zu stellen, um der Qual ein Ende zu machen.

Der glimmende Rancho inmitten des Buschwerks war eine angemessene Szenerie für das, was geschah: er vermittelte zu gleicher Zeit den Eindruck der Trostlosigkeit und des Friedens. Ein Bühnenbild, dessen stärkster Effekt in seiner nur teilweise zerstörten Unberührtheit lag. Die Gewaltsamkeit hatte ihr Werk nicht vollendet. Ein paar kleine Einzelheiten, in denen die Erinnerung an bessere Zeiten noch fortlebte, waren ihr entgangen. Zwischen den zerbröckelten Lehmwänden deuteten die halbverbrannten Stützbalken unbeweglich gen Himmel. Das Mondlicht warf einen milchig-weißen Schimmer auf die vier verkohlten Stummel. Aber das war nicht das Wesentlichste. Auf dem Fensterbrett, im hinteren Teil des Ranchos, war zum Beispiel ein winziger Blumentopf erhalten geblieben: eine verrostete Konservenbüchse, aus welcher der Stengel einer von den Flammen ausgedörrten Nelke ragte; aller Gewalt zum Trotz war sie erhalten geblieben, gleich einer vergessenen Erinnerung, eingehüllt in das zeitlose Licht des Mondes; die Geschehnisse waren an ihr vorübergegangen wie an der Pupille eines blinden Kindes, das dem Verbrechen beigewohnt hat, ohne es zu sehen.

Der Rancho stand auf einem strategisch günstigen Platz. Von ihm aus beherrschte man den einzigen Ausgang aus dem sumpfigen Ufergelände, in dem sich die Menschenjagd abspielte. Man vermutete, daß sich dort der Schlupfwinkel der letzten Guerillakämpfer dieser Zone befand. So war der Rancho eine Art Operationsbasis für die Regierungstruppen.

Aus dem ehemaligen einzigen Zimmer war ein Waffenlager geworden. Zwischen Gewehren und Kisten mit Munition stand eine alte, zersplitterte Bank, auf der ein Soldat schlief, die Mütze über die Augen gezogen. Die Ränder der Bank, geglättet von langen Jahren bäuerlicher Arbeit und des Schweißes, schimmerten im schwachen Widerschein des Feuers, das die Soldaten – dem strengen Verbot des Offiziers zum Trotz – angezündet hatten, um sich vor der Kälte zu schützen. In dem Mauerrest befand sich eine völlig unversehrte Nische mit einer schwarzen, talgbetropften Flasche, aus deren Hals eine halb abgebrannte Kerze ragte. Hinter dem Rancho, an den Stamm eines Orangenbaumes gelehnt, stand ein kleiner eiserner Pflug mit matt schimmernder Pflugschar. Er schien auf das frühmorgendliche Ochsengespann zu warten, auf die runzeligen und sanften Fäuste an seinem Pflugsterz, Fäuste, die nun wohl in irgendeiner Furche der Erde der Verwesung anheimfielen. Diese Spuren vermittelten die Erinnerung an das Leben. Die Soldaten, die Gewehre, die Munition, die Gewaltsamkeit – sie alle hatten keine Bedeutung. Nur diese Beweise des entschwundenen Zaubers waren wesentlich.

An ihnen konnte man das Unsichtbare erkennen, in ihrem heimlichen Gewebe den Pulsschlag des Unvergänglichen spüren. Inmitten der Schüsse, die ihrerseits das Echo anderer, fernerer Schüsse zu sein schienen, stützte sich der Rancho auf seine kleinen Reliquien. Die verrostete Konservenbüchse mit ihrer verdorrten Nelke war mit einem Paar Augen, einem Paar Händen verbunden. Und diese Augen, diese Hände waren nicht vollkommen versunken; sie waren da, sie dauerten fort als unauslöschliche Ausstrahlung des kleinen Hauses und des Lebens, das in ihm verweilt hatte. Die alte, vom Gebrauch abgewetzte Bank, der nutzlose Pflug am Fuß des Orangenbaumes, die schwarze Flasche mit der halbverbrannten Kerze und den Talgtropfen, diese Einzelheiten übten eine eindringlichere und natürlichere Wirkung aus, als die halbzerstörte Hütte selbst. Einer der verkohlten Stützbalken schwelte noch leicht. Die dünne Rauchwolke gewann an Höhe, löste sich in bläuliche, wattegleiche Wolken auf, um die sich die Windstöße stritten. Sie war wie der Atem des harten Holzes, das noch tagelang weiterglimmen würde. Ebenso wie gegen die Axt und den Lauf der Zeit, sträubt sich das Herz des Timbó auch gegen das Feuer. Aber nun war es dem Feuer anheimgefallen, würde es in einer leicht rosafarbenen Asche vergehen.

Auf dem Lehmboden der Hütte sitzend, wärmten sich die übrigen drei Soldaten der Ersatztruppe an dem kümmerlichen Feuer. Mit unzusammenhängendem, von Gähnen unterbrochenem Geschwätz kämpften sie gegen die Müdigkeit an, die sie zu übermannen drohte. Seit drei Nächten hatten sie nicht geschlafen. Vom Augenblick der Ankunft an hatte der befehlshabende Offizier sie nicht zur Ruhe kommen lassen.

Ein Pfiff aus der Richtung des Waldes schreckte sie auf. Es war das verabredete Zeichen. Sie umklammerten ihre Gewehre; zwei von ihnen löschten eilig das Feuer mit den Gewehrkolben, der dritte weckte den Schlafenden mit energischem Schütteln:

»Aufstehen ..., Saldívar! Epac-pue ... Oúma jhina, der Leutnant ... Er wird dir was pfeifen, cangüé-aky ...«

Saldívar erhob sich und rieb sich die Augen, während die anderen sich auf ihre Posten in der kalten Winternacht begaben.

Einer der Wachthabenden antwortete auf den vereinbarten Pfiff, der sich jetzt in größerer Nähe wiederholte. Man hörte Schritte, und einen Augenblick später erschien der

Spähtrupp. An den Reitstiefeln, der Mütze und der Lederjacke erkannte man den Offizier, der – den anderen voran – sich zwischen den Kokospalmen näherte. Das von einem leichten Wolkenschleier getrübte Mondlicht beleuchtete seine kurze, vierschrötige Figur. Drei von den fünf Soldaten, die ihm folgten, schleppten in ihrer Mitte den Körper eines Mannes. Wahrscheinlich wieder eine Geisel, dachte Saldívar, wie der alte Bauer in der vergangenen Nacht, den der Offizier gefoltert hatte, um ihm Angaben über das Versteck der Rebellen zu entreißen. Der Alte war gestorben, ohne etwas sagen zu können. Es war grauenvoll gewesen. Auf einmal, inmitten der Schläge, hatte der Alte angefangen, mit zusammengepreßten Zähnen zu singen. Die Melodie war nicht zu erkennen, aber es klang wie eine Polka, lebhaft und schwermütig zugleich. Der Mann schien den Verstand verloren zu haben. Saldívar schauderte bei der Erinnerung.

Allem Anschein nach war die Menschenjagd noch lange nicht beendet. Peralta war verärgert, besessen von diesem gespenstigen Rebellentrupp, der sich irgendwo im Sumpfgelände eingenistet hatte und ihm immer wieder durch die Lappen ging.

Hartnäckig und fanatisch, war Leutnant Peralta das geeignete Element für die Säuberungsaktion, die jetzt vorgenommen wurde. Er hatte als Offizier der Militärpolizei im Chaco-Krieg gedient und war bereits pensioniert, als die Revolte ausbrach. Ohne zu zögern, nahm er den Dienst wieder auf. Während der Kämpfe wurde sein Name niemals erwähnt. Als man jedoch erfahrene und unerbittliche Leute für die Verfolgung der Rebellen benötigte, begann er sich hervorzutun. Diesem Umstand war auch seine Anwesenheit am Brennpunkt der Rebellion zuzuschreiben. Er wollte ihn so schnell wie möglich ausmerzen, in die Hauptstadt zurückkehren und seinen Ruhm bei den Siegesfeiern auskosten.

Offenbar hatte Peralta bei seiner Suche eine Spur gefunden und bereitete sich nun vor, den Rebellen den Gnadenstoß zu versetzen. In seiner Benommenheit hörte Saldívar wie aus weiter Ferne die Stimme Peraltas, die Befehle erteilte. Er erkannte verschwommen, daß seine Kameraden zwei schwere Maschinengewehre aufluden und in der von Peralta angegebenen Richtung verschwanden. Er hörte, daß die Guerillakämpfer auf einer kleinen, waldigen Insel im Sumpfland eingeschlossen seien, und vernahm, wie von weither, daß Peralta ihm befahl:

»Sie, Saldívar, bleiben allein hier. Wir werden diese Banditen im Sumpfland einfangen. Sie sind mir für den Gefangenen und die Waffen verantwortlich.«

Unter schmerzhafter Anstrengung versuchte Saldívar zu verstehen, was sein Vorgesetzter von ihm verlangte. Er begriff nur, einen Augenblick später, daß die anderen bereits abgezogen waren. Die Nacht war sehr dunkel geworden. Zwischen den Kokospalmen, die den Rancho halbkreisförmig umgaben, heulte der Wind. Auf dem Boden lag der reglose Körper des Gefangenen. Wahrscheinlich schlief er, oder er war tot; für Saldívar machte es keinen Unterschied. Seine Gedanken wurden von Minute zu Minute wirrer, und die Müdigkeit betäubte nach und nach seinen Willen. Sie legte sich wie eine klebrige Gummischicht über seine Glieder. Er hatte nur den Wunsch zu schlafen, war sich aber undeutlich bewußt, daß er nicht schlafen durfte. Er fühlte eine Luftblase im Nacken; seine Zunge war teigig, und er hatte den Eindruck, als würde sie langsam anschwellen und ihm schließlich den Atem abschneiden. Er versuchte, um den Gefangenen herumzugehen, aber er taumelte wie ein Betrunkener – seine Füße gehorchten ihm nicht. Er versuchte, an etwas Bestimmtes zu denken, aber seine Gedanken wurden zu einem schweren, häutigen Gewirr, das unklar und schwerelos in seinem Kopfe schwamm. In einem klaren Moment dachte Saldívar an seine Mutter, seinen

Bruder. Diese Erinnerung war wie ein schmerzender Blutstreifen in der weichen, schwammigen Geschwulst. Die Müdigkeit schien schon nicht mehr in ihm selbst zu liegen; sie war etwas, das von außen kam, ein Naturelement, das aus der Nacht, aus der Zeit, aus der Gewalttätigkeit, aus der Beschwerlichkeit der Dinge auf ihn zukam und ihn zwang, nachzugeben, nachzugeben ...

Der Körper des Jungen bebte – nicht so sehr vor Kälte als vor Müdigkeit, dieser Müdigkeit, die sich lähmend über seine Glieder legte. Aber noch hielt er sich aufrecht. Die Erde lockte ihn, der unbewegliche Körper des Gefangenen auf dem Lehmboden lockte ihn mit seinem stummen und bequemen Beispiel, aber er widersetzte sich bebend, gleich einem jungen Vogel auf einem elastischen Seil.

Hugo Saldívar war mit seinen achtzehn Jahren einer der vielen Rekruten aus Asunción, die der Ausbruch des Bürgerkrieges während ihrer Dienstzeit überrascht hatte. Die mörderische Verkettung von Umständen, die ihn manchen Wechselfällen ausgesetzt hatte, hielt ihn nun unsinnigerweise hier, im Sumpfland des Paraná, bei dem Trupp der Menschenjäger unter Peraltas Kommando.

Er war der einzige Jüngling der Gruppe; ein wahrer Eindringling im Kreis dieser Männer aus verschiedenen ländlichen Gegenden, vereint in der Ausführung eines blutigen Vorhabens, das sich wie ein Krebsgeschwür von seiner eigenen Substanz nährte. Hugo Saldívar hatte mehrmals daran gedacht, zu desertieren, zu entfliehen. Aber schließlich wurde er sich klar, daß es sinnlos wäre, denn die Gewalttätigkeit war ihm überlegen, war allgegenwärtig. Er war nichts weiter als ein zarter Sprößling, eine schwache, von Büchern und Schule genährte Knospe an dem verfaulten Baum, der dem Untergang geweiht war.

Sein Bruder Viktor hingegen hatte unerschrocken gekämpft. Aber er war stark und zäh. Er wußte um die Brüderlichkeit der Menschen und die Opfer, die man bringen mußte, um sie zu verwirklichen. Hugo fühlte seine Worte auf der Haut, aber er hätte gewünscht, sie wären in sein Herz geschnitten:

»Wir alle müssen uns verbinden, Hugo, um diesen Zuständen ein Ende zu bereiten und an ihrer Stelle eine Gesellschaftsordnung zu schaffen, in der wir alle leben können, ohne uns als Feinde zu fühlen. Eine Ordnung, in der es das natürliche Ziel aller Menschen ist, wie Freunde zu leben ...«

Viktor hatte im Chaco-Krieg gekämpft und von dort diesen wilden, aber gleichzeitig methodischen Drang mitgebracht, etwas für seine Mitmenschen zu tun. Die Wandlung des großen Bruders war wie ein Wunder für den Zehnjährigen, der nun acht Jahre älter und schon alt war. Aus dem riesigen Feuerbrand, den das Erdöl des Chaco entfacht hatte, war Viktor mit einer tiefen Narbe auf der Stirn zurückgekehrt. Aber hinter der rötlichen Furche des Geschosses verbarg sich eine kluge und großzügige Überzeugung. Er hatte sich eine Welt aufgebaut, in der es – statt bitterer Erinnerungen und Haß – einen festen, vertrauensvollen Glauben gab zu den Dingen, die man erreichen konnte.

Für Viktors Welt müßte es gut sein zu sterben, dachte der Knabe oft – bewegt, aber sich selbst entfernt. Später sah er vieles und verstand vieles. Die Worte des Bruders drangen langsam von seiner Haut bis in sein Herz. Wenn sie sich wiedertrafen, würde alles anders sein. Aber das lag noch in weiter Ferne.

Er wußte nicht einmal, wo Viktor in diesem Augenblick sein mochte. Er hatte jedoch die unklare Vorstellung, sein Bruder sei gen Süden gezogen, zu den Yerbapflanzungen, um die Mensúes zu gewinnen. Und wenn Viktor sich nun unter diesen letzten Guerillakämpfern befand, die von Peralta durch die Sümpfe verfolgt wurden? Diese Wahnidee war ihm schon öfter gekommen. Entsetzt versuchte er, sie zu verwerfen. Nein; sein Bruder mußte leben, mußte leben ... Er brauchte ihn.

Die gebieterische Forderung des Schlafes rieb weiterhin an seiner Haut, an seinen Knochen; sie umzingelte ihn wie eine schleimige, unerbittliche Riesenschlange, die ihn langsam zu erwürgen drohte. Er würde schlafen, aber da war der Gefangene, der entfliehen konnte, und wenn das geschah, würde Peralta dem nachlässigen Wächter gegenüber keine Gnade kennen. Das hatte er schon bei anderen Gelegenheiten bewiesen.

Schwerfällig in seiner klebrigen Gummischicht tastete sich Saldívar durch die Dunkelheit, auf der Suche nach einem Stück Draht oder Seil, um den Gefangenen zu fesseln. Es mochte ein Leichnam sein, aber vielleicht stellte er sich nur tot, um bei der ersten Gelegenheit zu entwischen. Vergeblich durchstöberten Saldívars Hände die Winkel der halbverkohlten Hütte. Schließlich fand er ein Stück trokkenes Binsengras, aber es war zu kurz, es taugte nicht. In einem letzten und verzweifelten Geistesblitz fiel Hugo Saldívar ein, daß sich vor der Hütte eine tiefe Grube befand, die vielleicht für einen neuen Stützbalken ausgehoben worden war, der nun nie mehr errichtet werden würde. Die Grube würde einen aufrecht stehenden Mann fassen, ihm bis zur Brust reichen. Um das Loch herum lag noch die ausgehobene Erde. Hugo Saldívar lehnte sein Gewehr an eine halb abgebrannte Mauer und schleifte den Gefangenen zur Grube. Mit beinahe übermenschlicher Anstrengung brachte er es fertig, ihn in das schwarze Loch zu befördern, das wie nach Maß gemacht schien. Der Gefangene stand aufrecht im Schacht. Nur Kopf und Schultern ragten heraus. Mit seinen Händen und Stiefeln schob Saldívar Erde in das Loch, bis alle Lücken um den Mann herum einigermaßen ausgefüllt waren. Der Gefangene wehrte sich nicht; er schien das Tun seines Wächters mit völliger Gleichgültigkeit hinzunehmen. Hugo Saldívar nahm kaum Notiz davon. Für einige Augenblicke hatte ihn die Anstrengung künstlich aufgemuntert. Er fand sogar noch Kraft, die Erde um den Gefangenen herum mit seinem Gewehrkolben festzustampfen. Dann fiel er wie ein Stein auf die Bank, während sich in der sumpfigen Ebene das Geknatter der Maschinengewehre verstärkte.

Gegen Mittag kehrte Leutnant Peralta mit seinen Leuten zurück. Die Menschenjagd war beendet. Ein teuflisches Grinsen erleuchtete das dunkle, raubtierähnliche Gesicht. Unter Schimpfreden und obszönen Beleidigungen trieben die Soldaten zwei oder drei blutüberströmte Gefangene mit Kolbenstößen vor sich her. Es waren noch weitere Mensúes vom oberen Paraná. Aber nur ihre Körper waren besiegt. Aus ihren Augen strahlte der Schimmer einer unerklärlichen Glückseligkeit. Dieser Schimmer kam schon aus dem Jenseits. Nur körperlich waren sie noch eine Weile länger auf der empfindungslosen, gierigen Erde verblieben.

Peralta rief mit lauter Stimme:

»Saldívar!«

Die Gefangenen blinzelten mit einem Rest von schmerzlichem Erstaunen. Wütend rief Peralta von neuem:

»Saldívar!«

Niemand antwortete. Dann erblickte er den Kopf des Gefangenen, der aus der Grube herausragte. Er glich einer aus bemoostem Holz geschnittenen Büste; einer Büste, die vor langer Zeit dort vergessen worden war. Eine Kolonne Ameisen kroch über das verlassene Gesicht bis zur Stirn hinauf, gleich einer dunklen Schnur, der die Sonne keinerlei Reflexe zu entlocken vermochte. Wie ein bleicher Halbmond zog sich über die Stirn der Büste eine tiefe, weiße Narbe.

Die Augen der Gefangenen starrten wie gebannt auf die sonderbare Skulptur. Hinter der grünlichen, von Ameisen durchfurchten Maske hatten sie den in der vergangenen Nacht gefangenen Kameraden entdeckt. Sie hielten den Schrei Peraltas, der den Toten mit seinem wahren Namen rief, für den höchsten Triumphschrei des in der Lederjacke steckenden Menschenjägers.

Das Gewehr Hugo Saldívars lag auf dem Boden der Hütte, als letzte Spur seiner verzweiflungsvollen Flucht. Hinter seiner Stirn erwog Peralta bereits grausame Strafen für den Fahnenflüchtigen. Er konnte nicht ahnen, daß Hugo Saldívar beim Morgengrauen wie ein Wahnsinniger entflohen war, verfolgt von dem kupferfarbenen Antlitz seines Bruders, den er selbst wie einen Baumstamm im Loch vergraben hatte.

Kreuz und quer zogen die Ameisen über das Gesicht Viktor Saldívars, des toten Guerillakämpfers.

Am nächsten Tag fanden die Soldaten Peraltas den Leichnam von Hugo Saldívar in den schlammigen Gewässern des Sumpflandes. Seine Haare waren schlohweiß geworden, und von seinem Gesicht war jeglicher menschliche Ausdruck geschwunden.

Das lebende Grab

Nicht in dem Augenblick, da Fulvio Morel, zu dem Wipfel des Baumes aufblickend, erbleichte, sondern erst viel später begann ich zu verstehen, daß gewisse Wandlungen der Zeit nicht der Willkür des Zufalls entspringen.

Damals wußten wir noch nichts von dem Geheimnis des Guapo'y, in dessen Schatten wir uns zur Mittagsruhe niedergelassen hatten. Wir wußten daher auch nicht, daß dieser riesige Feigenbaum einen anderen Baum verschlungen hatte. Wir wußten noch nicht, daß der Kardinalsvogel, der sich mit dem scheinbar schlaftrunkenen und doch zugleich schwindelerregenden Fluge des Kolibri in das Laub des Baumes geflüchtet hatte, vom Zufall dazu ausersehen war, die Stelle mit dem Feuermal seines wippenden Federbusches zu markieren. Wir wußten noch nichts von dem Geheimnis, das über fünfzehn Jahre lang verborgen geblieben war. In einem Wort, wir wußten noch nichts von der ganzen Geschichte.

Für die Gäste Fulvio Morels hatte sich bis zu diesem Augenblick alles auf einige unwichtige Tatsachen beschränkt: die ermüdende und ziemlich ereignislose Treibjagd durch die Wälder des ausgedehnten Besitztums, die erdrückende Schwüle, die unter den Bäumen lastete, der brennende Durst, das kleine Reh, um die Mittagszeit erlegt und sogleich dem Bratspieß geopfert; und danach die Mittagsruhe im Schatten des Guapo'y, das Geschrei und Geschwätz der Leute, das nach und nach unter der lähmenden Hitze und Müdigkeit verstummte. Dann sah jemand – ein Knabe – den Kardinal, wie er von Ast zu Ast hüpfte und sich schließlich auf einem trockenen weißen Ast niederließ, jenem Ast, der einem Knochen glich. Und in diesem Augenblick rief der Knabe:

»Seht ... seht *das* da, dort oben! Ist es nicht ein ...?« er bemühte sich zu deuten, was er den anderen mit großer Erregung zu zeigen suchte.

Wir sahen nichts als den roten Schopf des Kardinals zwischen den Blättern. Aber Fulvio Morel hatte sich bereits aufgerichtet und starrte hinauf, wie unter dem Bann einer Halluzination.

Auf den unabänderlichen und geheimen Wegen, die vom Blei zum Gold, vom Regen zum Schlamm, von der Tugend zur Verdorbenheit, von der Schuld zur Sühne, von der Gleichgültigkeit zur Verzweiflung führen, auf diesen Wegen ist sicherlich jeder Augenblick – selbst der scheinbar ganz alltägliche – vorherbestimmt.

Dieser Augenblick bildete offenbar keine Ausnahme. Aber dessen wurde ich mir erst später bewußt, denn der nun folgende Wirbel der Ereignisse machte ihre Deutung unmöglich. Später jedoch wurde mir alles klar. Und warum es Fulvio Morel war und nicht sein Vater, der die tiefe Erschütterung dieses einzigen, unerbittlichen Augenblicks erleben mußte, auch das verstand ich erst später. Oder zumindest glaubte ich, es zu verstehen. Und es war die Erinnerung an das Bild dieses Baumes, an den Eindruck seiner gefräßigen Gier, die mich später zu diesen Grübeleien anregte. Der Baum hatte einen anderen Baum verschlungen. Seine knorrigen Fangarme, gestrafft unter der Last ihres Geheimnisses, umschlossen den trockenen, toten Baum. Der Wind und die Vögel, der unaufhaltsame Lauf der Zeit hatten ihn nun von der dünnen Korkschicht, die ihn gleich einem Leichentuch umhüllte, befreit.

Wie im starken und gefräßigen Guapo'y dieser Baum, so

verbarg sich in Fulvio Morel sein Vater – lebendig und unverändert, dieser Vater, der schon vor Jahren gestorben war, ein spanischer Großgrundbesitzer mit der Seele und den Händen eines Sklavenhalters, gierig und grausam. Der Tod seiner Frau, später das geheimnisvolle Verschwinden seiner Tochter und schließlich das haßerfüllte Einsiedlerdasein auf seinem Besitz hatten ihn schon lange vor seinem Tode in eine Mumie verwandelt, in einen toten Baum. Das Leben seines einzigen Erben rankte sich um seinen Stamm, nährte sich von seiner Substanz.

Fulvio Morel *war* sein Vater, er war der alte Baum mit einigen neuen, grünen Schichten, seinen eigenen Fangarmen, der düsteren Last der Familiengeheimnisse, seiner Gier, seiner groben Herrschsucht, seiner Indifferenz.

Ich glaubte, Fulvio Morel recht gut zu kennen. Gemeinsam hatten wir unsere Studien an der juristischen Fakultät begonnen, und gemeinsam beendeten wir sie im Jahre 1931, als der bevorstehende Chaco-Krieg die träge Atmosphäre von Asunción in Aufruhr zu versetzen begann.

Auf eine Art, die mir heute noch unerklärlich erscheint, hatte es mein despotischer, reicher und selbstsüchtiger Studiengenosse fertiggebracht, mich zum Sklaven seiner Launen zu machen. So rührte nicht nur mein eigener, soeben erworbener Anwaltstitel, sondern auch der seinige zum Teil von meinen mühseligen Studien her. Den Rest verdankte er der Einschüchterung und der Bestechung.

Er besaß ein unglaubliches Gedächtnis. Was er einmal gehört hatte, blieb ihm für immer eingeprägt. Bei der Heimkehr von seinen nächtlichen Gelagen, oder während ich ihm morgens seinen Mate braute, mußte ich ihm zusammenfassend wiederholen, was ich gelesen hatte, oder aber ihm ganze Kapitel von neuem vorlesen. Ich war mir vollkommen klar darüber, daß ich das mit der gleichen Dienstfertigkeit tat, mit der ein Diener die Kleidung seines Herrn reinigt oder seine Schuhe putzt. Aber ich konnte es nicht ändern. Das Haus, die Bücher, der Wille zu herrschen, alles gehörte Fulvio Morel. Sein einziges Zugeständnis war, daß er mich zu Rate zog, auf welche Weise wir die Beendigung unserer Studien feiern wollten.

»Wir können entweder hier bleiben und ein paar Feste feiern, oder wir können aufs Land gehen und jagen.«

Den ausgedehnten Landsitz von Caapucú, unweit des Ypoá-Sees gelegen und von Urwald und Lagunen gesäumt, nannte er schlechthin ›das Land‹.

Sonderbarerweise übte dieses Besitztum mit seinem alten, halbzerfallenen Haus inmitten eines hundertjährigen Orangenwäldchens eine unwiderstehliche Anziehungskraft auf mich aus. So erwiderte ich ohne Zögern:

»Lieber aufs Land, Fulvio. Das Leben hier muß dir doch schon langweilig sein.«

»Allerdings, viel Neues gibt es nicht.«

»Ein paar Tage gesunden Landlebens können dir nur gut tun.«

»Das schon; aber auf jeden Fall müssen ein paar Frauen mit. Ich habe es schon satt, immer allein zu trinken. Das ist, als ob ich mein eigenes Blut sauge. Der Anblick einer betrunkenen Frau ist das einzige, was mir das Leben noch einigermaßen lebenswert macht.«

Und Fulvio Morel feierte seinen groben Witz mit einem heiseren, schwermütigen Lachen. Es dauerte eine Weile, bis er fortfuhr:

»Oder besser noch ... ja. Vielleicht ...« Er erwog einen plötzlichen Einfall, während meine Gedanken zu den Marmorpfeilern des zerfallenen Hauses wanderten, in dem der alte Gutsherr seine letzten bitteren und einsamen Jahre verbracht hatte, zu der großen Apfelsinenpflanzung, zu dem ganzen Besitztum, das mich aus der Ferne mit einem beunruhigenden Zauber erfüllte.

»Ja, ich finde, das wäre die beste Gelegenheit«, erklärte er, »diese widerspenstige Kleine, die Hebe Corvalán, gefügig zu machen. Wir laden sie mit ihrer Mutter ein – die Alte kommt bestimmt. Sie hat es schon seit einiger Zeit auf mich abgesehen. Und wenn sie erst mal da sind – da kann viel passieren. Glaubst du nicht?«

»Ich ... ich weiß nicht ...« Während ich ihm zögernd antwortete, erwog ich besorgt die plötzliche Wendung des Planes. Vor meinem geistigen Auge erstand das zarte und bezaubernde Bild Hebe Corvaláns mit ihren knapp siebzehn Jahren, von der seidigen Anmut eines Jasmins. Ich sah sie das alte Haus und den Park durchstreifen, belauert von den begehrlichen Blicken Fulvio Morels.

Ihr Vater – ein ehemaliger Minister – war von unbekannten Attentätern erschossen worden. Er hatte seiner Tochter als einziges Erbe einen verschuldeten Besitz hinterlassen. Ohne weiteren Schutz und Halt als den ihrer Mutter, einer treuherzigen und sanften Frau, die ängstlich bemüht war, ihre Tochter irgendwie unter die Haube zu bringen, war Hebe Corvalán eine leichte Beute für Fulvio Morel. Hatte er sie einmal in seiner Gewalt, würde er vor nichts zurückschrecken, würde sie bedenkenlos der Eingebung eines Augenblicks opfern, um sie dann hinterher fallen zu lassen, mit der gleichen, gedankenlosen Geste, mit der er seine leeren, zerbeulten Zigarettenschachteln über die Schulter zu werfen pflegte, mit verschleiertem, gleichgültigem Blick, um die Lippen jenen fast unmerkbaren, verächtlichen und grausamen Zug, der ein Spiegel seiner Persönlichkeit zu sein schien.

Es war unvermeidlich – es mußte geschehen. Und so geschah es am zweiten Tage nach unserer Ankunft auf dem Gut. Wie ein Besessener hatte ich mich bemüht, es zu verhindern, aber dieser Umstand, dieses unschuldige Opfer, waren zweifellos ebenfalls vorherbestimmt.

In der Nacht vor unserem Aufbruch zur Jagd führte

Fulvio Morel sein Vorhaben aus. Niemand erfuhr es, niemand schöpfte Verdacht. Ich selbst sollte es erst viel später erfahren, als nach einigen Jahren der unerforschliche Zufall es wollte, daß Hebe Corvalán meine Frau wurde. In einem Augenblick der Schwäche – der für uns beide zu einem Augenblick der Bestätigung und unverbrüchlichen Bindung wurde – erzählte sie mir von jener Nacht des Schmerzes, der Demütigung und Schmach. Zu dieser Zeit war Fulvio Morel nur noch ein düsterer Schatten in unserer Erinnerung, während seine Knochen sich in irgendeiner verborgenen Schlucht des Chaco in Staub auflösten. Der Krieg hatte ihn dorthin verschlagen, hatte ihn zerstört und gleichzeitig auf wahrhaft rätselhafte Weise erlöst.

Als ich später alle diese Dinge noch einmal im Geiste aufleben ließ, erstaunte es mich daher nicht, daß jener Kardinalvogel fünfzehn Jahre gewartet hatte, um die Stelle mit seinem winzigen roten Federbusch zu markieren; daß er diese ganze Zeit auf Fulvio Morel gewartet hatte, um ihm den Beweis zu erbringen, in Gegenwart all dieser Menschen, die ihm mit lächelndem Haß gegenüberstanden, von ihm selbst als Zeugen auserwählt worden waren. Zweifellos jedoch hätte Fulvio Morel sehr viel darum gegeben, diesen Geschehnissen bis zu seinem Lebensende nie auf den Grund gehen zu müssen.

Es erstaunte mich auch nicht, daß Hebe Corvalán, von plötzlichem Unwohlsein befallen, mit ihrer Mutter im Haus zurückgeblieben war.

Schmerzerfüllt und voll des verzweifelten, tiefen Zornes über die in der vorhergegangenen Nacht erlittene Schmach, muß es für sie eine ihr unbegreifliche, von einem höheren Wesen ersonnene Rache bedeutet haben, Fulvio Morel am Nachmittag so kommen zu sehen, wie er kam; ihn vom Fenster aus zu beobachten, als er die zerfallenen Marmorpfeiler kreuzte, mit dem Gesicht eines Menschen, der sich an Blättern zu Tode gefressen hat und wieder auferstanden ist – so bleich und grün war er, als er vom Pferde stieg und in das verborgenste Zimmer des baufälligen Hauses flüchtete; es mag dasselbe Zimmer gewesen sein, in dem sein Vater gestorben war, den Blick auf die Wände gerichtet, in deren Rissen jetzt Moos und Unkraut wucherten.

Es erstaunte mich nicht, daß es ein Knabe war, der den Kardinal entdeckte und daß er – nach wenigen Sekunden des Zögerns – den begonnenen Satz beendete:

»Seht . . . seht *das* da, dort oben! Ist es nicht ein Skelett?«

Fulvio Morel war aufgesprungen, blickte hinauf und erbleichte. Seine Blässe schien zuzunehmen, als der Knabe den Baum hinaufkletterte. Der Feuerschopf des Kardinals verschwand zwischen den Blättern. Schließlich erreichte der Knabe den Wipfel des Baumes. Sein fast freudiger Schrei fiel auf die erwartungsvollen Gesichter hinunter:

»Ja . . ., es ist ein Skelett! Das Skelett eines Kindes!«

Seine Hände wühlten zwischen den Blättern. Gleich darauf schrie er von neuem:

»Eine kleine Kette hängt um den Hals!«

In der brennenden, fiebrigen Stille fuhr der Knabe fort, das Geheimnis preiszugeben, das in dem Leichentuch aus Kork verborgen lag.

»Ein Kreuz und ein herzförmiges Medaillon hängen an der Kette!«

Er versuchte mühsam, etwas zu entziffern.

»Auf dem Medaillon steht ein Name. Es ist . . ., es ist . . .«

Fulvio Morel stürzte auf den Baum zu. Wir glaubten, er würde ebenfalls den dicken, hohlen Stamm erklettern, um den sich die faserigen, gestrafften Fangarme des Guapo'y rankten. Aber die Stimme des Knaben, die den Namen aussprach, lähmte ihn jäh, als habe man ihm einen Stein gegen den Kopf geschleudert.

»Es ist . . .Alicia!« schrie der Knabe. Gleich einem dumpfen Echo antwortete ihm von unten das erstickte Stöhnen Fulvio Morels.

Nach fünfzehn Jahren war er auf die Überreste seiner kleinen Schwester Alicia gestoßen. Sie war auf geheimnisvolle Weise verschwunden, entführt von einem Monstrum, halb Mensch, halb Mythos, als sie knapp zwölf Jahre alt war und er ein Jahr jünger.

Nicht das ferne Grauen dieser Tat, die schon zu einer Legende seiner Kindheit geworden war, sondern die Umstände der Entdeckung mögen ihm das Stöhnen entrungen haben. Der Augenblick, die vorhergegangenen Geschehnisse.

Dort, im Stamm des alten Baumes, befand sich das lebende Grab seiner Schwester. Aber die Geschichte, die damit verbunden war, ging viel weiter zurück.

Sie begann, als die armen, auf den Reisfeldern des Besitztums arbeitenden Sklaven – etwa fünfzig Männer und Frauen, die wie kupferne Gespenster aussahen – zu Don Francisco Morel y Santillán kamen, um ihm von dem geheimnisvollen Verschwinden dreier Kinder zu berichten. In weniger als einem Monat waren sie spurlos verschwunden, fast jede Woche eines. Es war den Leuten aufgefallen, daß das Verschwinden der Kinder – alle im Alter von acht bis zwölf Jahren – genau am Tage des neuen Mondes begonnen hatte.

»Und was wollt ihr, daß ich für euch tun soll?« hatte ihnen der mürrische Tyrann aus dem weißen Haus erwidert. Er saß auf der Veranda, die Füße auf einen der weißen Marmorpfeiler gestützt. »Verlangt ihr jetzt vielleicht, daß ich Kindermädchen für eure Bälger spiele, während ihr auf den Reisfeldern faulenzt, anstatt zu arbeiten? Wenn ihr nicht selber auf sie aufpaßt, warum beklagt ihr euch, daß eure Kinder verschwinden? Vielleicht sind sie in der Lagune ertrunken ... was weiß ich!«

»Nein, Caraí Don Francisco«, schluchzte eine der Frauen. »Wir haben überall gesucht. Sie sind nicht da ... jemand hat unsere ore memby, unsere Kleinen geraubt.«

»Dann paßt doch besser auf, zum Teufel! Ihr glaubt ja wohl nicht, daß ich es war, der sie geraubt hat.«

»Nein, Caraí Don Francisco. Aber wenn man irgend etwas tun könnte ... für diese armen, unschuldigen ...«

»Genug habe ich schon mit euch zu schaffen, ihr Faulenzer, die ihr mir ohne Erbarmen meine Habe stehlt! Schert euch an die Arbeit und laßt mich in Ruhe!«

Mit nervösem Händeklatschen scheuchte er sie fort wie Tiere, die ins Haus zu dringen drohten. Still und bedrückt kehrten die kupfernen Gespenster in das malariaverseuchte Sumpfgebiet der Reisfelder zurück. Sie waren gekommen, um Recht und Schutz zu suchen. Sie fanden nichts als Schmähungen, die jedoch nur der natürliche Ausdruck der grimmigen Allmächtigkeit des alten Hauses und seines Besitzers waren, des Caraí-roga, wie die Bewohner des Gutes ihren Herrn mit furchtsamem Respekt zu nennen pflegten.

Zwei kindliche Augen von der zartblauen Tönung der Glockenblumen blickten durch ein Fenster dem dunkelhäutigen, zerlumpten Zug nach, der zwischen den Orangenbäumen verschwand. Es waren die Augen der kleinen Alicia Morel, die den Klagen der Leute zugehört hatte. Tief erschüttert kam sie einen Augenblick später auf die Veranda.

»Was wollten diese Leute, Papito?«

»Nichts, nichts, mein Kind. Die ewig gleichen Beschwerden. Heute das, morgen das ...!«

»Sie sprachen von Kindern, die verschwunden sind.«

»Ach, Unsinn! Und du, wann wirst du endlich gehorchen lernen? Ich habe dir gesagt, du sollst nicht hinter Türen und Fenstern lauschen.«

»Sie haben so laut gesprochen, Papito. Ich mußte es hören.«

»Na gut, geh' hinein. Wo ist Fulvio?«

»In der Speisekammer. Er jagt mit einem Angelhaken nach Ratten.«

»Ein schöner Nichtsnutz. Sag' ihm, ich befehle ihm, den Unsinn bleiben zu lassen. Hörst du?«

»Ja, Papito. Ich werde es ihm sagen. Aber ich bin sicher, daß er nicht auf uns hören wird.«

Immer mehr Kinder verschwanden. Bald griff das Unheil auch auf die Baumwoll- und Maispflanzer über. In weniger als vier Monaten waren schon acht Kinder verschwunden. Beinahe jede Woche verschwand eines an einem anderen Ort. Dann machte der unheimliche Entführer einen Monat Pause. Genau am ersten Tage des neuen Mondes begann er abermals mit seiner Ernte.

Die Leute waren verzweifelt über diese wahrhaft teuflische Plage. Ein abergläubisches Entsetzen erfaßte sie, ein unheilverkündendes Grauen, in dem ungeheuerliche und fürchterliche Gestalten ihr Spiel trieben: der schwarze Atem der Mythologie.

»Mein Gott, vielleicht ist es der Luisón!«

»Oder der Pombero!«

»Vielleicht der Pyta-Yovai!«

»Oder der Mboi-yaguá ...!«

Die ganze mythologische Fauna begann nachts um die Herdfeuer der elenden Hütten zu tanzen.

Ein Alter brachte ein wenig Licht in das übernatürliche Dickicht, als er sagte:

»Vielleicht ist es irgendein Aussätziger, der die Kinder raubt, um sich in ihrem Blute zu baden. In Tavapy gab es einen. Er hängte die Mitaí an den Beinen am Baum auf. Dann stellte er sich darunter und schlug ihnen den Kopf ab, um den heißen Blutstrom über seine Wunden fließen zu lassen. Sie haben ihn dabei erwischt und verbrannt.«

Diese Lesart war nicht weniger grauenhaft. Von den beiden Übeln zogen manche in der Tiefe ihres Herzens sicherlich die übernatürliche Auslegung vor. Dagegen gab es kein Mittel. Aber sie konnten sich nicht vorstellen, daß das Monstrum ein menschliches Wesen sei.

»Hilf uns, mein Gott!«

Ganz unerwartet tauchte eines Tages eine Spur, ein Anzeichen auf. Während der Mittagspause sah irgend jemand einen buckeligen, behaarten Zwerg mit einem langen Bart und zottigen, rötlichen Haaren, der durch das Maisfeld in Richtung des Waldes lief. Der riesige Buckel glich einem zusätzlichen Kopf auf dem Rücken, nur war er glatt und kahl. Der Mann verfolgte ihn lange und hartnäckig. Als er ihn jedoch beinahe eingeholt hatte, verschwand der scheußliche Zwerg – oder was immer es gewesen sein mochte – urplötzlich in der Erde. Er wurde noch ein paarmal gesehen, und jedesmal versank er wiederum blitzschnell im Boden.

Diese flüchtigen Erscheinungen fielen stets mit dem neuerlichen Raub von Kindern zusammen, so daß man wenigstens wußte, wem man die Untat zuzuschreiben hatte. Die Lesart von einem Yasi-Yataré – einem Kinderfresser - verdrängte die anderen mythologischen Bestien und verbreitete sich überall mit der Gewalt eines bösen Traums, dessen Spuren jedoch tatsächlich vorhanden waren: die unförmigen Fußstapfen des Ungeheuers in der weichen Erde der Pflanzungen.

Die sporadischen Alpträume wurden schließlich zu dauernder Wirklichkeit. Der Buckel des Zwerges, sein rötliches Fell, sein eidechsenartiger Lauf, sein geheimnisvolles, unterirdisches Verschwinden waren ihnen anfangs nur in dem berauschenden Fieber der Feste in den Maisfeldern in unheilverkündender Weise erschienen. Nun aber sahen sie ihn ständig und überall: eine schwarze, buckelige Sonne, welche die Netzhaut ihrer Augen und ihre Phantasie wie ein fliehender Feuerbrand versengte.

Der Alte, der die Geschichte des Aussätzigen von Tavapy erzählt hatte, wollte sich der ohnmächtigen Benommenheit der anderen nicht ergeben. Er beharrte weiter:

»Vielleicht ist es gar kein Yasi-Yataré. Vielleicht ist es doch wieder ein Lazarus. Vielleicht können wir ihn mit ein paar guten Hunden und einem Gewehr zur Strecke bringen...«

Sie schenkten ihm erst Gehör, als der von einem Leoparden verwundete Carpinchero, der bei ihnen vorüberzog, von den Geschehnissen erfuhr und bemerkte:

»Mag sein. Ein Zwerg wie der, den ihr beschreibt, ist vor einiger Zeit von der Isla Yacaré verschwunden. Er hatte einen Buckel, lebte allein im Wald, am Ufer des Sees. Er schien krank zu sein. Aber niemals haben wir sein Gesicht gesehen. Einmal spießten wir ihn fast mit der Lanze auf, weil wir geglaubt hatten, es sei ein Carpincho. Er war im Wasser zwischen den Camalotes. Danach haben wir ihn nie wieder gesehen.«

Aber die Insel Yacaré war weit entfernt. Es konnte nicht sein. Und so nährte die Vision des teuflischen Yasi-Yataré weiterhin die abergläubische Furcht der Sumpfbewohner.

Von dem Alten angespornt, erbaten sie jedoch neuerdings die Gnade ihres Caraí vom großen Haus. Auf seiner Veranda verschanzt, die Füße auf den weißen Marmorpfeiler gestützt, seine vierschrötige Gestalt leicht verschwommen in der rötlichen Abenddämmerung, hörte er sie gleichgültig an. Sie baten ihn dieses Mal nur, ihnen ein Gewehr und eine Wurfleine zu leihen, denn sie wollten versuchen, den Unhold einzufangen. Der Alte erklärte:

»Wenn es kein Yasi-Yataré ist, können wir ihn sicher fangen ... Wir haben eines unserer Kinder mit Weihwasser benetzt und dem Tecové vaí entgegengeschickt, um ihn zu bannen. Aber er hat es trotzdem geraubt. Vielleicht haben wir vergessen, ihm ein Kreuz von pindo cara'í um den Hals zu binden ... Jetzt wollen wir es mit der Gewalt versuchen. Vielleicht können wir ihn fangen ...«

Zwei bekümmerte blaue Augen spähten durch das Fenster. Es war die kleine Alicia Morel. Sie war tief betroffen von der phantastischen Erzählung, die, von verschiedenen Lippen zugleich, in einem heiseren Dialekt – halb Guaraní, halb Spanisch – aus den Orangenwäldern drang.

»Ein Kreuz um den Hals ...« Alicia prägte sich diese Einzelheit ein. An ihrer Kette um den Hals trug sie, zusammen mit dem Medaillon, das goldene Kreuz, das ihrer Mutter gehört hatte. Vielleicht brauchte sie ihm also nur entgegenzutreten und ihn zu bitten, er solle fortgehen. Wenn sie nicht solche Angst hätte, würde sie es vielleicht wagen. Seit sie die Geschichte gehört hatte, konnte sie die acht Kinder mit ihren abgeschlagenen, dunklen Köpfen nicht mehr vergessen; die blutigen kleinen Arme zerrten an ihr, seit sie das heisere Wehklagen der Eltern vernommen hatte.

Vielleicht sollte sie doch den Mut aufbringen. Das Monstrum würde das goldene Kreuz sehen, würde wutschnaubend mitsamt seinem Dämon entfliehen. Diese Armen hatten kein goldenes Kreuz, um sich ihm entgegenzustellen. Vielleicht genügte das Kreuz aus Pindo nicht. Es war zu armselig. Darum fuhr der Yasi-Yataré fort, ihre Kinder zu rauben und zu verschlingen.

Wiederum erscholl im Halbdunkel der Veranda das nervöse Händeklatschen, das sie verscheuchte.

»Wenn es so ist, wie ihr sagt, erreicht ihr nichts mit Hunden oder Gewehren. Betet und haltet durch. Sicherlich straft der Herrgott euch nicht umsonst, ihr elenden Faulenzer. Macht, daß ihr wegkommt, und laßt mich in Frieden, ihr Dummköpfe!«

Unter keinerlei Vorwand hätte Don Francisco Morel y Santillán diesen Sumpfbewohnern auch nur eine einzige Nadel in die Hand gegeben. Man wußte bei ihnen nie, woran man war. Es war besser, sie ausgesaugt und wehrlos am Boden zu halten. Und was die verschwundenen Kinder betraf, so kümmerte ihn das herzlich wenig,

»Was heißt Kinder! Nagetiere sind es, die einen vom Tage ihrer Geburt an aussaugen!«

Das wütende Händeklatschen trieb die skelettartigen Schatten in die grüne Nacht der Orangenpflanzung. Der süße Duft der Blüten erfüllte die Luft zwischen den weißen Marmorpfeilern.

Alicia suchte ihren Bruder und erzählte ihm unter dem Siegel der Verschwiegenheit von ihrer Absicht, dem Yasi-Yataré mit dem goldenen Kreuz entgegenzutreten.

»Natürlich, du mußt es tun, Alicia«, ermutigte er sie heimtückisch. »Es ist ganz einfach. Vater schläft nach dem Mittagessen. Das Ungeheuer erscheint nur um diese Zeit. Wir sagen niemandem etwas. Wenn du dann zurückkommst, werden wir ihnen etwas erzählen können. Ich begleite dich bis zum Maisfeld.«

Am folgenden Tage verschwand die kleine Alicia auf geheimnisvolle Weise.

Don Francisco erhob sich von seinem Mittagsschlaf. Er rief nach Alicia, aber sie antwortete ihm nicht. Nie mehr in seinem Leben würde sie ihm antworten.

»Wo ist Alicia?« schrie er, bereits in Zorn geratend.

Weder Fulvio noch die Dienstboten wußten es. Niemand wußte es. Er prügelte die Negerin, die ihre Amme gewesen war, bis sie halbtot am Boden lag. Unter Schimpfworten und Verwünschungen verprügelte er die übrigen Dienstboten. Aber er konnte nichts erfahren. Fulvio war auf einen Orangenbaum geklettert, lauschte mit einem kaum wahrnehmbaren, perversen Lächeln den Schlägen und den Schreien des Vaters. Er wußte, wohin Alicia gegangen war, aber er würde es nicht sagen, und wenn man ihm die Haut in Fetzen vom Leibe riß. Don Francisco lief wie ein Irrer durch das Maisfeld. Er zerrte am Gestrüpp, wühlte wie ein tollwütiger Hund den Boden auf. Sein Mund war voll von Schaum und Flüchen. Aber er fand nichts als die unförmigen Fußstapfen des Yasi-Yataré. Das Monstrum war bis nahe ans Haus herangekommen. Wo seine Spuren begannen, hörten die Abdrücke von Alicias kleinen Schuhen auf. Sie hatte sich ins Wunderland begeben. Don Francisco erinnerte sich des Buches mit den schönen, farbigen Abbildungen, das er ihr vor kurzem aus Asunción mitgebracht hatte. Er brach in hysterisches Lachen aus, das in Schluchzen erstarb, als er sich auf den Boden des Maisfeldes warf und das Gesicht in der Erde vergrub, als wollte er dort die für immer verschwundene Tochter suchen. Ja, für immer – obwohl er es in jenem Augenblick noch nicht wußte oder zumindest sich weigerte, es zu glauben. Er erhob sich, grimmiger denn je, inmitten des düsteren Schweigens, das ihn von nun an stets wie ein drohender Panzer umgeben sollte.

Er ließ das Besitztum von seinen Leuten durchsuchen, Tag und Nacht, von einem Ende zum anderen. Einen Monat dauerte der erbitterte, keuchende Streifzug, das Lärmen der Hunde, der Schüsse, der Schreie. Ein Mal sahen sie um die Mittagszeit im trockenen Maisfeld den fliehenden Schatten des Monstrums. Auch Don Francisco hatte es gesehen. Ein schwarzer und rötlicher Schimmer von Haaren und Buckel und höllischen Augen - dann war es verschwunden. Es war ein Strich, ein sich im Zickzack bewegendes Geräusch, weiter nichts. Als sie es gewahr wurden, war es schon wieder erloschen. Die Hunde stürmten los, das Gewehr des Herrn ertönte mehrere Male. Aber dort, wo der Schatten verschwunden war, blieb nicht einmal eine Spur von schwarzer Asche.

Irgend jemand fand unter einem Stein das Loch eines Tunnels, wahrscheinlich von einem Ameisenbär gegraben, nun jedoch stark erweitert. Leicht konnte der Zwerg dort hineingeschlüpft sein. Sie hoben ein großes Stück des unterirdischen Ganges aus. An einer Biegung, wo der Tunnel sich zu einer backofenähnlichen Höhle erweiterte, fanden sie die Überreste von neun geköpften Kindern, ihre Lumpen, ihre Knochen. Die sterbliche Hülle von Alicia, das blau-weiße Kleid, das sie am Tage der Entführung getragen hatte, ihre kleinen, schwarzen Lackschuhe tauchten jedoch nirgends auf. Don Francisco befahl, diese Grabeshöhle zu verschütten. Unter Schluchzen entfernte sich der Zug der kupfernen Gestalten mit den Überresten ihrer Kinder in Richtung des Sumpfgebietes. Don Francisco Morel y Santillán hatte nicht einmal das. Plötzlich fühlte er sich ärmer als seine armseligen und unglücklichen Sklaven.

Das Monstrum kam nicht wieder. Alicia Morel hatte das Wunder volbracht, es in die Flucht zu schlagen.

Don Francisco brachte seinen Sohn Fulvio in eine Klosterschule nach Asunción. Bei seiner Rückkehr jagte er die Plantagenarbeiter von seinem Besitztum und die Dienstboten aus dem Haus. Abgeschlossen von der Welt, lebte er dann dort in düsterer Einsamkeit bis zu seinem Ende.

Aus Asunción hatte er sich eine Wagenladung von Fangeisen mitgebracht, von der Art, wie sie für Füchse und Tiger benutzt werden. Es waren mehr als tausend. Persönlich verteilte er sie über das ganze Besitztum, tarnte sie mit der peinlichen Sorgfalt eines Besessenen.

Nach seinem Mittagsschlaf – gegen vier Uhr nachmittags – ritt er auf seinem riesigen Apfelschimmel an jeder einzelnen Falle vorbei. Er kannte die Stellen, betrachtete sie blinzelnd und entfernte sich. Aus seinen Augen leuchtete ein tödlicher, fanatischer Haß, welcher der tiefsten Wurzel seines vergifteten Lebens entsprang.

Eines Nachmittags nahm er im fernen Gebüsch an einer der Fallen eine erregte Bewegung wahr. In gestrecktem Galopp näherte er sich. Aber die Enttäuschung ließ sein leichenähnliches Antlitz finsterer denn je erscheinen. Es war nicht der Yasi-Yataré. Es war ein Erntearbeiter der Matepflanzung, der verzweifelt versuchte, seinen zerfetzten Fuß aus den Fängen der Falle zu befreien. Don Francisco schrie ihn an:

»Und du, du Gauner, du Dieb, was machst du hier? Ich habe euch gesagt, ich will euch hier nicht haben ... keinen von euch. Mach, daß du fortkommst!«

Er stieg vom Pferde – nicht, um dem Unglücklichen zu helfen, sondern nur, um die Falle freizumachen und wieder aufzustellen.

Zwei Wochen später erregte ein neuerlicher Aufruhr zwischen den Büschen seine Aufmerksamkeit. Aber dieses Mal beeilte er sich nicht. Aus der Verzweiflung der Bewegungen schloß er, daß es wieder einer dieser schwachköpfigen Ansiedler war, die das Gut noch nicht verlassen hatten. Als er ungefähr hundert Meter von der Falle entfernt war, bemerkte er, daß sich nichts mehr bewegte. Er nahm an, der in den gezähnten Eisen Gefangene – Mensch oder Tier – sei entweder entwischt oder gestorben. Er stieg ab und kam näher. Seine Augen weiteten sich vor Entsetzen, mehr aber noch vor Zorn. Von neuem hatten sein Haß, seine besessene Rachsucht nur zu einem Teil ihr Ziel erreicht: in den Fängen hing der unförmige, blutüberströmte Fuß des Monstrums. Nicht die Zähne des Eisens, sondern der Zwerg selbst hatte ihn etwas weiter oben, am Knöchelgelenk, mit einem Buschmesser amputiert, um beizeiten dem leichenhaften Mann zu entrinnen, der sich ihm auf dem Rücken seines Pferdes näherte.

Dieser behaarte Fuß war das bluttriefende Ebenbild des

Monstrums: Die Zehen wie hervorragende, einzelne Stummel; der typische Fuß eines Sohlengängers, bei dem das Abscheulichste seine Menschenähnlichkeit war. Ein breiter, schwieliger, platter Fuß, schwarz von geronnenem Blut.

Don Francisco Morel y Santillán mußte jedoch nicht mehr lange warten, bevor er seinen Feind gänzlich vernichtet sah. Einige Tage später fand er ihn tot am Rande des Baches. Der Wundbrand hatte das am Knöchel durchtrennte Bein zerfressen. Schwäche und Durst hatte ihn übermannt, als er sich zum Bach schleppte. Seine vom Aussatz geschwollenen Lippen erreichten das kristallklare Wasser nicht mehr. Es diente ihm nur noch als Spiegel, um im Sterben seinen zottigen, unförmigen Kopf zu sehen, der nach und nach in der düsteren Nacht versank, aus der er gekommen war.

In dem Zweikampf dieser beiden unseligen Wesen wußte man nicht, wer den anderen besiegt hatte. Der grimmige Herr des weißen Hauses starb kurze Zeit darauf.

Nur das unschuldige Lächeln von Alicia Morel irrte weiter über das verlassene Besitztum. Selbst damals konnten wir es noch in dem duftdurchtränkten Rauhreif wahrnehmen, den die sommerlichen Windstöße von den Orangenbäumen vor dem alten Haus niedergehen ließen.

Und ihre blauen, kindlichen Augen lebten in den blauen Glockenblumen fort, als von ihrem engelreinen Körper, der das Monstrum hochzeitlich betört hatte, schon nichts anderes mehr blieb als ihr kleines, zartes Skelett. Umhüllt von seinem dünnen Leichentuch aus Kork, stieg es langsam empor zu dem Feuermal des Kardinals, der sie fünfzehn Jahre später rächen sollte; zu der geheimen Ursache von gewissen, vorherbestimmten Wandlungen; zu den fassungslosen Blicken ihres Bruders.

Der Donner zwischen den Blättern

> Der Donner fällt hernieder und bleibt zwischen den Blättern hängen. Die Tiere verzehren die Blätter und werden gewalttätig. Die Menschen verzehren die Tiere und werden gewalttätig. Die Erde verzehrt die Menschen und beginnt wie der Donner zu dröhnen. *(Aus einer Eingeborenenlegende)*

Nach Beendigung der Zuckerrohrernte hatte man die Fabrik zur Reinigung und Ausführung von Reparaturen geschlossen. Der Gestank der Öfen erfüllte die elektrisch geladene Dezembernacht. Alles war ruhig; das Leben am Fluß schien stillzustehen. Selbst das Rauschen des Wassers und des Laubes war verstummt. Das drohende Unwetter hatte die Atmosphäre gespannt wie den schwarzen Hohlraum einer Glocke, in der die Stille mit unterdrücktem Gemurmel in unmerklichen Rissen zischt.

Plötzlich kamen vom Uferhang die Töne eines Akkordeons. Es war eine allgegenwärtige, zusammenhanglose Melodie. Sie unterbrach sich, fing an einer anderen Stelle von neuem an. Sehnsüchtig und gespenstisch tönte sie das Flußtal entlang.

»Was ist das?« – fragte ein Fremder.

»Das 'kordeon von Solano«, unterrichtete ihn ein Alter.

»Von wem?«

»Von Solano, dem blinden Fährmann.«

»Ich denke, der ist tot?«

»Er selbst schon. Aber was jetzt spielt, das ist seine Seele.«

»Aicheyarangá, armer Solano!« – murmelte eine Alte und bekreuzigte sich.

Die schwarze Masse des Fabrikgebäudes schwebte unbeweglich in der Dunkelheit. In der Ferne bellte ein Hund – es klang, als käme sein Gebell unter der Erde hervor. Ein paar nackte Kinder räkelten sich im Schoß ihrer Mütter neben dem Feuer. Eines von ihnen begann leise und erschreckt zu wimmern.

»Sei still, mein Kind. Hör zu, wie Solano spielt. Er ist ganz allein im Paso.«

Der Kontrapunkt eines Guaimingüé, welcher mit seinem Schlag die Stille des Urwaldes durchbrach, ließ die Melodie noch gespenstischer erscheinen. Die Musik des Akkordeons klang jetzt wie ein fernes, trauerndes Wehklagen.

»So klingt es in mondlosen Nächten«, sagte der Alte, während er seine Zigarre an einem Scheit entzündete, in dem ein Stück Nacht verbrannte.

»Gewiß sucht er sie immer noch.«

»Armer Solano!«

Als das Gemurmel erstarb, konnte man wahrnehmen, daß auch das gespenstische Akkordeon im Flußtal verstummt war. Nur der Guaimingüé schlug noch ein Weilchen in unbestimmbarer Ferne. Dann schwieg auch er. Die letzten Echos glitten über den Fluß, und von neuem herrschte die Stille – dicht, schwer und dunkel.

Im Westen, hinter dem Urwald, leuchteten die ersten Blitze auf. Sie waren wie flüchtige Augenlider aus gelber Haut, die mit unheimlicher Geschwindigkeit über dem riesigen Auge der Finsternis zuckten.

In dieser Nacht ertönte das Akkordeon nicht mehr im Paso.

An der Biegung des Tebicuary verbrachte Solano Rojas, der Anführer des Streikes, seine letzten Lebensjahre, nachdem er blind aus dem Gefängnis zurückgekehrt war.

Er selbst hat wahrscheinlich bei seiner Rückkehr dem Ort den Namen gegeben, unter dem man ihn heute kennt: Paso Yasy-Möröti. Die weißen Uferhänge aus Kalkstein und die Sandbank im grünen Fluß machen in der Tat den Eindruck eines knochenfarbigen Halbmondes, der in den Nächten der regenlosen Jahreszeit einen gespenstischen Schimmer verbreitet.

Aber vielleicht verdankt der Engpaß seinen Namen nicht so sehr seiner Form als vielmehr einem gewissen Bild, das sich dem Gedächtnis des Fährmannes unauslöschlich eingeprägt hatte.

Er lebte an dem waldigen Uferhang, der in der Sandfläche ausläuft. Noch heute kann man die Reste seines vom Buschwerk verschlungenen Ranchos sehen. Er stand oberhalb der stillen, tiefen Bucht, in der seine Fähre lag.

Es war nicht schwer zu erraten, warum er diesen Platz gewählt hatte. Auf dem gegenüberliegenden Uferhang standen die verkohlten Ruinen des Ogaguasú, in dem die finstere Gewaltherrschaft von Harry Way ihr Ende gefunden hatte. Dieser nordamerikanische Industrielle hatte das von Simón Bonaví, dem spanischen Kaufmann aus Asunción, begründete System der Ausbeutung fortgesetzt und vervollständigt.

Solano Rojas konnte zwar die Ruinen nicht mehr sehen und auch nicht die neue Zuckerfabrik, die auf dem Gelände der alten erstanden war, aber es mochte ihm genügen, sie dort vor sich zu haben, sie auf der toten Haut seiner Augen zu fühlen und sie Tag um Tag an seine anklagende und schweigende Gegenwart zu erinnern.

Er bekleidete eine Art Stellung, und seine Wacht hatte eine dienende Funktion: seine Arbeit als Fährmann, die so gut wie unentgeltlich und gemeinnützig war, denn niemals erlaubte er, daß man ihn mit Geld bezahlte. Er nahm nur ein bißchen Tabak oder Proviant, den seine gelegentlichen Fahrgäste ihm freiwillig gaben. Frauen und Kinder, die von den fernen Gegenden des Guairá kamen, beförderte er umsonst hin und zurück. Während der Überfahrt sprach er zu ihnen, besonders zu den Kindern.

»Vergeßt niemals kená, che ra'y-cuera, daß wir uns immer gegenseitig helfen müssen, daß wir immer einig sein müssen. Der einzige wirkliche Bruder, den ein Armer hat, ist ein anderer Armer. Und wir alle zusammen bilden die Hand, die demütige, aber starke Faust der Arbeiter ...«

Er war kein grobes, subversives Element. Als wahrhafter Mann des Volkes war er ein echter und glühender Revolutionär. Darum hatten sie ihn für immer an die Nacht der Blindheit gebunden. Aus ihr sprach er ohne Bitterkeit, ohne Groll, aber mit tiefer Überzeugung. Zweifellos war er sich seiner lebenswichtigen Aufgabe bewußt. Sein Lehrstuhl war die Fähre, die über den Fluß zog; ein paar rohe Bretter, die auf einem Wasser schwammen, das so unaufhörlich wie das Leben war. Wenn er sprach, klang etwas Religiöses, aber gleichzeitig eine reine und schlichte Menschlichkeit aus seinen Worten. Sein dunkelhäutiges, eckiges Gesicht wurde lebendig unter der Maske, die man ihm gelassen hatte; es füllte sich mit heimlicher Erregung. Seine blinden Augen schienen zu sehen. Die tiefe Narbe des Axthiebes auf der Stirn schien ebenfalls wie ein drittes, zerknittertes und trockenes Auge zu blicken. Während er ruderte, betrachteten ihn die zerlumpten Mitá'í mit einer Art verzauberter Ehrfurcht. Er war nicht älter als vierzig, aber er sah wie ein alter Mann aus. Seine einzige Bekleidung war eine zerrissene Hose aus A'ó-poí, die er bis über die Knie gekrempelt trug. Sein magerer und nackter Rumpf war mit den Narben bekleidet, die zuerst die Peitschen der Aufseher und später der Jatagan des Gefängniswärters in seine Haut gefressen hatten. Auf diesem dunklen Blatt lasen die des Lesens unkundigen Kinder die Lektion, die Solano verschwieg. Ein Ton von tapferer Angst, von bewegter Kameradschaft klang aus ihrer Stimme, wenn sie von der Fähre sprangen und ihm zuriefen:

»Ha'ta la güelta – bis zum nächsten Mal, Solano!«

»Adió manté, che ra'y-cuera!«

Eine Weile verharrte er nachdenklich am Ufer. Von der Vergangenheit her brach das rötliche Massiv der Zuckerfabrik still über ihm zusammen. Er fühlte ihr Gewicht auf seinen Schultern. Langsam machte er die Fähre los und kehrte mit dem Strom, ohne zu rudern, ohne sich zu bewegen, zu seiner Bucht zurück. Nur die Rolle des Mastes knirschte unter dem Drahseil.

Nach Sonnenuntergang holte er sein abgenutztes Akkordeon hervor und setzte sich auf eine niedrige Bank, den Rücken gegen einen Baumstamm gelehnt. Fast immer begann er mit ›Campamento Cerro-León‹. Während er spielte, ließ er seine blinden Augen zu den Trümmern des Ogaguasú auf dem Uferdamm schweifen, das vor fünfzehn Jahren vom rächenden Feuer zerstört worden war und heute nur noch den Eidechsen und Schlangen als Unterschlupf diente. Nichts als dies war von Simón Bonaví, Eulogio Penayo und Harry Way übrig geblieben.

Das war seine Art, sie daran zu erinnern, daß er noch da war, daß man ihn nur zum Teil hatte besiegen können.

Seine Gestalt zeichnete sich im Schatten ab, bedeckt von dicken Narben, gestreift von den schwankenden Lichtreflexen, als ob das Wasser sich einen Spaß daraus machte, ihm ein zitterndes, durchsichtiges Zuchthäuslergewand in spielerischer Weise an- und auszuziehen.

Die Ruinen blickten ihn ebenfalls mit blinden Augen an. Sie blickten sich gegenseitig an, ohne sich zu sehen. Zwischen ihnen lag der Fluß, lagen die Dinge, die geschehen waren, die Zeit, das vergossene Blut; all dies und noch etwas, das nur er wußte. Die Ruinen lagen still zwischen den Farnkräutern und Nesseln. Er hatte seine Musik. Ungestüm bewegten seine Hände den Faltenbalg. Aber wie die Camalotes und das schwarze Wurzelwerk im Fluß, so schwamm in dem melodiösen Brummen des Akkordeons sein Geheimnis.

Der letzte grüne Widerschein beleuchtete sein Anlitz, das er in instinktiver Erinnerung des Lichtes nach oben gekehrt hatte. Dann verdunkelte es sich, denn er beugte es über das

Instrument, wie jemand, der das Gesicht zwischen den Händen versteckt.

Nach und nach wurde die Musik schwermütig, wie in Trauer gehüllt. Ein Lied am erloschenen Feuer eines Biwaks in der Nacht des Schicksals. So erklang das Akkordeon von Solano Rojas am heimatlichen Fluß. War es nicht vielleicht ein Zwiegespräch zwischen dem dunklen Wasser und dem blinden Sohn, über die Dinge, über die gemeinsamen Erinnerungen?

In seinem Inneren, in seinem unbezähmbaren Herzen lebte ein Kämpfer, ein Rebell, der die Ungerechtigkeit haßte. Aber auch ein liebender und trauriger Mann. Solano Rojas wußte jetzt, daß Liebe Trauer bedeutet, daß sie in unvermeidlicher Weise Einsamkeit erzeugt. Er war nicht allein und doch allein.

An diesem Ort hatte er gekämpft und geliebt. Hier waren seine Wurzeln, seine Freude und sein Leid. Das alte Akkordeon sagte es in seiner Sprache aus Harz und Flügeln, mit seinem leichten Trommelschlag, der in die Steilhänge und in die Ohren der Menschen die alten, kriegerischen Worte meißelte:

Campamento Cerro-León
vierzehn, fünfzehn, sechzehn,
siebzehn, achtzehn, neunzehn Bataillon
Der Weckruf ist erklungen,
Wacht auf ...

Der Kampf war nicht umsonst gewesen. Solano Rojas konnte den Erfolg nicht sehen, aber er spürte ihn wohl. Dort war die Zuckerfabrik, die es bezeugte; die menschlichere Lebens- und Arbeitsweise, die man eingeführt hatte; die allmähliche Ausrottung der Furcht und der Demütigung der Leute, das immer stärker werdende Bewußtsein ihres Standes und ihrer Brüderlichkeit; die zerlumpten Mita'í, in die er den dunklen Samen der Zukunft legte, während er mit seinem Pflug das Wasser durchzog.

Sie kamen zum Uferhang, um seinen Rat zu holen. Der Rancho des Fährmannes von Yasy-Mörötí war die wahre Gewerkschaft der Zuckerarbeiter.

»Solano, sie haben schon wieder die Zeit gekürzt, in der wir das Zuckerrohr einbringen dürfen«, berichteten die kleinen Landwirte.

»Solano, der Tagelohn ist michií-ištereí«, beklagten sich die Schnitter.

»Solano, dies und das ...«

Er beriet und belehrte sie. Keine von Solano vorgeschlagene Lösung hatte versagt. In der Fabrik und auf den Pflanzungen merkten sie sofort, wenn eine Forderung vom Paso stammte.

»Die kommt von der kleinen Gewerkschaft«, sagten sie.

Und sie respektierten sie, denn diese Forderung wog schwer wie ein Stück Steilhang, und sie war recht und billig.

Nein; sein Opfer war nicht umsonst gewesen. Der Kampf, die Jahre im Gefängnis, seine Narben, seine Blindheit. Nichts war sinnlos gewesen. Er war froh, sich voll für seine Brüder eingesetzt zu haben.

Aber im Hintergrund seiner wachen und unabwendbaren Finsternis verlangte sein Herz auch nach ihr, nach dieser Frau, die erst jetzt wie ein Traum war, mit ihrem kupferfarbenen Körper und ihrem mondhellen Kopf. Verschönt vom Feuer und den Erinnerungen.

Sie, Yasy-Mörötí.

Sie waren nur gezählte Augenblicke zusammen gewesen, hatten kaum ein paar Worte gewechselt. Aber ihre Stimme war jetzt eingegangen in die Stimme des Flusses, in die Stimme des Windes, in die Stimme seines alten Akkordeons.

Er sah sie noch im Widerschein des Feuers, inmitten der Zerstörung und des Todes, inmitten der Ruhe, die dann folgte, wie eine Zeit, die außerhalb der Zeit verflossen war. Und noch etwas früher, als er – während seiner Rekonvaleszenz von der körperlichen Züchtigung – sie an seiner

Seite sah. Es war weniger ein starker und junger Frauenkörper als ein verschwommener Schatten auf dem unruhigen und schmerzenden Gewässer, in dem sein ganzes Ich wie ein Fetzen schwamm.

Sie war ihm gegenwärtig wie damals, und selbst wenn sie fern weilte oder gestorben wäre, er würde sie immer erwarten. Aber nein; sie war nicht tot. Nur für ihn war sie wie ein Traum. Manchmal fühlte er, wie sie auf dem Flusse vorüberzog. Aber er konnte sie nurmehr mit seinem inneren Auge sehen. Das Gefängnis hatte seine Erinnerungen unberührt gelassen, aber es hatte seine Augen gefressen.

Er war nicht allein und doch allein. Darum erklang das Akkordeon lebhaft und kriegerisch zwischen den Uferhängen des Paso Yasy-Mörötí, aber gleichzeitig traurig und sehnsüchtig, während die Nacht über seine Nacht hereinbrach.

Weißer Mond, der du von mir ziehst
Mit fernen Augen ...
Yasi-Mörötí ...

Bevor die erste Zuckerfabrik in Tebycuary-Costa errichtet wurde, lebte der größte Teil der Bewohner über die waldigen Ufer des Flusses verstreut. Sie lebten als Halbwilde von der Jagd, von der Fischerei, von ihren spärlichen Feldern, aber sie lebten wenigstens in Freiheit, von ihrer eigenen Arbeit, ohne viele Schwierigkeiten und Bedürfnisse. Sie lebten und starben, ohne es zu spüren, wie das Wild, wie die Pflanzen, wie die Jahreszeiten.

Eines Tages kam Simón Bonaví mit seinen Leuten. Sie kamen zu Pferde von San Juan de Borja, um die Flußküste zu untersuchen und den Platz zu wählen. Am Eingang des Tales, das sich vor ihnen von der Flußbiegung aus erstreckte, hielt Simón Bonaví inne.

»Hier«, sagte er, während er seine blauen Schlitzaugen über das Tal schweifen ließ. »Hier gefällt es mir.«

Er holte eine zerknitterte Landkarte aus der Tasche und

studierte sie aufmerksam. Seine lange, gebogene Nase, die der eines Raubvogels glich, machte den Eindruck, als würde sie bis auf das Papier hinuntertropfen. Von Zeit zu Zeit schnüffelte er zerstreut an seinem Daumen und Zeigefinger, rieb sie gegeneinander, als atme er Schnupftabak ein. Schweigsam und erwartungsvoll beobachteten ihn die anderen.

»Ja«, sagte Simón Bonaví, indem er den Kopf hob. »Dies gehört dem Staat. Wasser, Boden, Menschen. In rohem Zustand, aber reichlich. Das ist es, was wir brauchen. Und außerdem bekommen wir es gratis.« Er schwenkte seinen Arm mit besitzergreifender Geste; eine habgierige, aber langsame und sichere Bewegung.

Die Männer schnüffelten ebenfalls nach allen Seiten und billigten respektvoll, was ihr Chef ihnen sagte. In den stillen und blauen Augen von Simón Bonaví, ebenso wie in seinem Lächeln, das ein mürber Faden zwischen den Zähnen, zwischen den dünnen Lippen war, hatte die Habgier etwas sanftmütig Unheilverkündendes, als wäre sie der scherzhafte Überschuß seiner stahlharten und versteckten Verderbtheit.

Ein blonder Mann, anscheinend ein Deutscher, musterte den Ort mit halbgeschlossenen Augen.

»Forkel«, rief ihn Bonaví.

»Ja, Don Simón.«

»Sie können mit den Vermessungen beginnen. Wir bleiben hier.«

Sie stiegen von den Pferden. Ein schielender, riesiger Mulatte, der, eine Pistole am Gurt, immer hinter Bonaví ging, half ihm aus dem Sattel. Wie ein Kind ließ er ihn über seinen Rücken heruntergleiten.

»Danke, Penayo«, lächelte ihm sein Herr zu.

Mit einem Stahlband, das sich aufrollte und zusammenzog wie eine flache, schimmernde Schlange, machten sich die Gehilfen von Forkel daran, den Boden zu vermessen.

Simón Bonaví war klein und dickbäuchig. Im Schatten des Mulatten glich er beinahe einem krummbeinigen Zwerg. Er war der einzige, der keine Ledergamaschen trug. Sein Anzug war dunkel, und sein lächerlicher kleiner Hut, der mehr einem Barett glich, schimmerte über seinen geröteten Pausbacken in der Farbe einer toten Ratte. Hin und wieder, wie aus Versehen, steckte er seine Finger in den Hosenschlitz. Der Geruch seiner Geschlechtsteile war sein Schnupftabak. Fast unverhohlen zog er ihn zwischen Zeigefinger und Daumen dort hervor, und wenn er ihn einatmete, belebten sich seine trüben Augen und sein sanftmütiger Gesichtsausdruck.

»Was riechen Sie, Don?« hatte ihn eines Tages bei einer Geschäftsverhandlung ein neugieriger Kollege gefragt, als er sah, daß Don Simón jeden Augenblick die Hand unter den Tisch steckte.

»Den Geruch des Geldes, mein Freund«, antwortete Simón Bonaví in aller Ruhe, als er sich entdeckt sah.

In diesem Tal des Tebicuary del Guaira schien der ›Geruch des Geldes‹ zu seiner Atmosphäre zu gehören. Simón Bonaví fischte ihn mit den Fingern aus der Luft, während seine Leute die biegsame Metallschlange über das Silberrohr springen ließen.

»Die geplante Eisenbahn von Encarnación läuft einen Kilometer von hier vorbei«, bemerkte der Chef.

»Wahrscheinlich«, pflichtete der deutsche Ingenieur ihm bei. »Die Endstation liegt fünfundzwanzig Kilometer nördlich von San Juan de Borja.«

»Sie kommt hier vorbei. Ich habe es auf der Karte gesehen.«

»Ja. Das ist sehr interessant, Don Simón«, sagte der Deutsche, ohne seine Gehilfen aus den Augen zu lassen.

»Natürlich. Ohne Eisenbahn gibt es keine Fabrik.« Die rosigen Wangen waren sanftmütig. Selbst wenn er drohte, behielt Simón Bonaví sein zartes Lächeln bei.

»Ohne Eisenbahn gibt es keine Fabrik«, antwortete der andere in sklavischem Echo.

»Ich werde meinen Einfluß in Asunción geltend machen, damit der Bau der Strecke fortgeführt wird. Wir werden die Fabrik hier bauen. Die Regierung soll die Eisenbahn stellen. So dient man dem Vaterland –« Der kleine weiße Faden erschien zwischen den großen und schmutzigen Zähnen.

»So dient man dem Vaterland«, antwortete der Ingenieur.

So wurde die Zuckerfabrik geboren. Simón Bonaví nahm die Einwohner in seinen Dienst. Anfangs waren sie froh, denn sie glaubten, es biete sich ihnen damit die Gelegenheit zu fester Arbeit. Mit seiner sanften, leutseligen Art machte Simón Bonaví einen guten Eindruck auf sie. Solch ein Mann mußte gut und achtbar sein. In ganzen Scharen kamen sie herbei. Der Patron ließ sie Ziegelöfen bauen und einen Eisenbahndamm, welcher der zukünftigen Bahnstrecke entgegenlief.

Mit den rötlichen Backsteinen, die aus den Öfen kamen, bauten sie die Fabrik. Dann kamen die großen Maschinen, die eiserne Zuckermühle, die großen Kupferkessel für die Siederei. Sie mußten sie von der etwa fünfzig Kilometer entfernten Endstation der Eisenbahn auf Hebebäumen zur Fabrik transportieren.

Dann wurden die Lagerschuppen, einige Wohnhäuser, das Verwaltungsgebäude und das Proviantmagazin errichtet. Die Männer arbeiteten wie Sklaven. Aber das war erst der Anfang. Die Peseten, von denen sie geträumt hatten, bekamen sie nicht zu sehen, denn der Patron zahlte ihnen ihren Lohn in Gutscheinen.

»Inhaberaktien, Leute«, sagte er ihnen sonnabends. »Ihr könnt ganz beruhigt nach Hause gehen.«

»Cuatiá reí, Patron«, wagte einer zu widersprechen.

»Was sagt der da?« fragte er Penayo, der seinen beschützenden Schatten über ihn warf.

»Wertloses Papier«, übersetzte der Mulatte.

»Dumm, mehr als dumm«, lächelte der Patron. »Das Papier ist die Mutter des Geldes. Und dieses Papier ist stärker als der Goldpeso. Es sind Inhaberaktien. Geht zum Proviantmagazin, dann werdet ihr es sehen.«

Das mit den ›Inhaberaktien‹ klang gut, aber sie verstanden es nicht. Sie glaubten, es sei etwas Gutes für ihre Zukunft. Sie nahmen die Gutscheine und gingen zum Laden des Proviantmagazins, der ihre Löhne auffraß und ihnen dafür Lebensmittel und Kleidung zu zehn- und zwanzigfach erhöhten Preisen gab. Aber es waren Lebensmittel und Kleidungsstücke, und sie erwarben sie mit dem cuatiá reí, dem weißen Papier, das stärker war als der Goldpeso, als das harte Fünfpesetenstück.

Simón Bonaví spann sein Netz mit dem Saft der Fliegen, die er fing. Mit seinen kleinen, dicken Händen führte er die Fäden von einem Ende zum anderen, indem er, sich wie ein dickbäuchiges, gieriges und lächelndes Pendel wiegend, auf seinen krummen Beinen daherschritt. Das Pendel einer Uhr, die eine Zeit anzeigte, deren einziger Besitzer Simón Bonaví war.

Wie ein riesiges, rotes Geschwür wuchs die Fabrik vor den Augen der Einheimischen. Sie fühlten, wie es sich an ihrer Mühe, ihrem Schweiß, an ihrer Furcht mästete. Auch eine dumpfe, ohnmächtige Angst begann sich auszubreiten. Ihr schlichter Bauernverstand konnte nicht fassen, was geschah. Die Arbeit war also keineswegs etwas Gutes und Frohes. Die Arbeit war ein Fluch und mußte wie ein Fluch ertragen werden.

Noch bevor die Fabrik fertig war, hatte Simón Bonaví die Leute bereits durch Einschüchterung gefügig gemacht. Er selbst fuhr fort, sanftmütig zu lächeln und den keuschen Schnupftabak aus seinem Hosenlatz einzuatmen. Er nahm nicht persönlich an der Aufgabe der Zähmung teil. Dafür war Eulogio Penayo da, der nun stets einen langen und dicken Teyú-ruguai am Handgelenk trug.

»Chake, Ulogio . . .!« flüsterte die Angst auf dem Eisenbahndamm, in den Ziegelbrennereien, in den Pflanzungen, in den Schuppen. Und die Peitsche aus geflochtenen Lederriemen knallte auf den Boden, auf das Holz, auf die Maschinen, auf die schweißtriefenden Rücken der Sklaven. Manchmal tönten zum Zwecke der Einschüchterung die Schüsse der Pistole. Penayo wollte sie wissen lassen, daß ihm die Pistolenschüsse ebenso leicht von der Hand gingen wie die Peitschenhiebe.

Einer der Schüsse traf den Kopf von Esteban Blanco, der es gewagt hatte, die Hand gegen den Vorarbeiter zu erheben. Der Mulatte schoß ihn aus nächster Nähe nieder.

»Omanó Tebá – er ist tot! Ulogio oyucá Tebä-pe!« – die Augenzeugen verbreiteten die Nachricht.

Er war der erste Rebell und der erste Tote. Sie warfen ihn in den Fluß. In einer leichten Hülle aus Blut schwamm die Leiche auf dem grünen und wogenden Gewebe des Wassers davon.

Simón Bonaví lächelte und beschnüffelte seine Finger. Die schielenden Augen des Mulatten schweiften über die Blätter und den Staub. Der Patron war sanft. Der Mulatte war der unheilvolle Schatten des lächelnden kleinen Mannes.

Sie beide zusammen schlossen den Kreis um die Bewohner von Tebicuary del Guairá. Die einzigen, die weiterhin in Freiheit lebten, waren die Carpinchojäger. Sie wollten ihr Wanderdasein nicht an den Patron verkaufen, der mit Gutscheinen die Menschenleben erwarb.

Eine Epidemie brach aus. Viele erkrankten und starben. Einige faßten Mut und baten den Patron um einen Vorschuß, um Medikamente in San Juan de Borja zu kaufen. Mit einem sanften Lächeln erwiderte Simón Bonaví:

»Oh, wir Armen haben kein Recht, krank zu werden! Dort ist der Fluß«, sagte er, indem er mit dem Daumen über die Schulter deutete, »gebt ihnen Wasser, viel Wasser, bis sie nicht mehr wollen. Wasser ist die beste Medizin.«

Endlich wurde die Fabrik in Betrieb genommen. Ihre Eingeweide aus Eisen und Kupfer schieden den weißen Zucker aus, der weißer war als der Sand des Paso – weiß, süß und glänzend. Die dunkelhäutigen Männer, Frauen und Kinder waren überrascht, daß ihr Schweiß, der so bitter schmeckte, sich in diese kleinen Zuckerkristalle verwandelt hatte, die von Mondlicht, von zerriebenen Fischschuppen, von Tautropfen, vom süßen Speichel der Lechiguanas benetzt zu sein schienen.

»Azucá ... azucá möröti – Zucker, weißer Zucker! Ipörä itepa!« riefen sie leise im Chor.

Einige von ihnen hatten feuchte Augen. Vielleicht war es der Abglanz des Zuckers. Er war ihnen süß auf den Lippen, aber bitter in den Augen, wo er sich wieder in Saft der Tränendrüsen, in süßen, von bitteren Tränen benetzten Sand verwandelte.

Im ersten Augenblick überluden sie sich den Magen mit Zucker. Danach mußten sie ihn heimlich essen, auf die Gefahr hin, eine kleine Handvoll mit zehn Peitschenhieben des Mulatten bezahlen zu müssen.

Nach Beendigung der ersten Rohrzuckerernte kehrte Bonaví in die Hauptstadt zurück. In der Fabrik blieb der deutsche Ingenieur, im Kommissariat Eulogio Penayo.

Sie sahen ihm nach, als er von dannen ritt. Er lächelte und beschnüffelte seine Finger, als ob er beim Fortgehen den Rest des Lichts und des ländlichen Aromas schnupfte, das noch in Tebicuary del Guairá übriggeblieben war. Dann verschwand er im Schatten des Mulatten, der ihn bis zur Eisenbahn geleitete.

Danach verschärfte sich in der Fabrik die düstere Schrekkensherrschaft, deren Fundamente Simón Bonaví mit zarten Gesten und milden blauen Blicken gelegt hatte. Forkel und Penayo mußten ihm genaue Rechnung ablegen. Sie waren dortgeblieben als die rechte und die unheilvolle Hand des dickbäuchigen kleinen Mannes aus Asunción.

Aus dem Schornstein der Fabrik stieg ein schwarzer Rauch, der die reine Luft, den einstmals klaren Himmel des Tales beschmutzte. Er war wie der Atem jener unglückseligen Menschen, die in dem am Flußufer pochenden Geschwür aus Backstein und Eisen lebendig begraben waren.

Wie Irrlichter über dem Wasser zogen in diesem Jahr die Johannisfeuer flüchtig und gespenstisch den Fluß hinunter.

Solano Rojas war damals fünfzehn Jahre alt und arbeitete bereits als Tagelöhner an der Zuckerpresse. Er sah, wie Esteban Blanco sich auflehnte und starb. Sein Schrei, sein von der Revolverkugel zerschmetterter Kopf, aber vor allem seine stolze Geste der Auflehnung gegen den Gewaltmenschen, der ihn ausgepeitscht hatte, prägten sich der Seele Solanos ein.

Die Brutalität von Eulogio Penayo kannte keine Grenzen. Er fühlte sich unantastbar und allmächtig. Inzwischen war er – auf Betreiben Simón Bonavís hin – auch zum offiziellen Beauftragten der Regierung ernannt worden.

Das Kommissariat, ein weißes Haus mit Zinkdach – ebenso unheimlich wie sein Bewohner – lag der Flußbiegung gegenüber auf dem höchsten Punkt des Uferhanges. Wie ein riesiger schwarzer, von einer Aureole blutigen Ruhms bekränzter Hund überwachte der Aufseher-Kommissar von dort aus die Zuckerfabrik. Und dorthin schleppte er nachts die Frauen, die er sich als Opfer seiner schamlosen Gelüste gewählt hatte. Oft hörte man zwischen dem Gelächter und den unflätigen Worten des Mulatten die Schreie und das Jammern der Unglückseligen.

Ein Jahr, nachdem der Patron fortgegangen war, traf das Los die Mutter Solanos. Sie war eine noch junge, gutaussehende Frau. Penayo machte sie seinen Wünschen gefügig, indem er ihr drohte, ihren Sohn zu töten, falls sie sich weigerte. Solano erfuhr es erst viel später, als der Mulatte schon tot war und als eine persönliche Rache ohnedies bereits sinnlos gewesen wäre.

Aber in der Zwischenzeit tauchte unvermutet ein anderer Feind bei den Fabrikarbeitern auf.

Max Forkel ließ seine Frau aus Asunción kommen. Sie kam hoch zu Roß, in ein Amazonengewand gekleidet: schwarze Reitstiefel, blaue Jacke und Hose, mit einem dunklen Filzhut auf den gefärbten Haaren.

Vom ersten Augenblick an wußten sie, was sie von ihr zu halten hatten. Sie war ein rohes, unersättliches Frauenzimmer – das weibliche Gegenstück zu Eulogio Penayo. Unermüdlich ritt sie über die Felder und betrachtete im Vorbeiziehen die Männer. Man nannte sie »La Bringa«. Morgens und nachmittags zog der blaue Fleck ihrer Jacke durch den Wind und durch den Staub der Fabrik.

Anfangs ließ sich die ›Bringa‹ mit dem Mulatten ein. Sie gingen zusammen fort, ließen sich an irgendeiner beliebigen Stelle zu Boden fallen und kümmerten sich wenig darum, daß gelegentliche Zuschauer hinterher flüsterten:

»Schon wieder haben wir Ulogio mit der Bringa gesehen ... im Wäldchen ...«

»Sie sind wie ein Hund und eine Hündin ...«

Aber Penayo wurde dieser vierzigjährigen und wenig reizvollen Frau bald müde und kümmerte sich schließlich nicht mehr um sie. Darauf begann sie, sich ihre Gefährten unter den jungen Arbeitern zu suchen. Sie ließ sie zu sich rufen und machte sie sich mit Geschenken oder Drohungen gefügig – beinahe unter den Augen ihres Mannes und wahrscheinlich mit seiner schweigenden Einwilligung. Einige gaben dem plumpen Liebeswerben dieser von wilder Geilheit besessenen Frau nach. Und diejenigen, die sich nicht fügen wollten, wurden aus der Fabrik gejagt. Das Dilemma der Männer war entsetzlich: entweder der abstoßende Körper der Bringa oder Hunger und Verfolgung.

Die Bringa wurde zur ›Vaca Brava‹, zur Wilden Kuh.

»Vacá ñarö ..., vaca cosé ..., vaca pochy!«

Noch viermal waren die Johannisfeuer den Fluß hinuntergeglitten.

Solano Rojas war bereits ein hochgewachsener und stattlicher junger Mann. Eines Tages brachte ihm Anacleto Pacurí die gefürchtete Botschaft.

»Jetzt will sie sich mit dir zusammentun.«

»Wer?« – fragte Solano, nur um der Frage willen. Er wußte, wer gemeint war. Sein unberührtes zwanzigjähriges Mannestum lehnte sich mit düsterem und verwirrtem Ekel auf.

Sie. Vacá Ñarö«, sagte Anacleto, indem er sich den Hosenschlitz rieb. »Sie wird dich rufen lassen. Gestern abend war ich bei ihr. Neike, tapy-pi, was für ein wildes Frauenzimmer! Zehn Pesos hat sie mir gegeben. Mä'é ...« und er zog aus der Tasche einen nagelneuen Geldschein mit einem breitstirnigen Männerkopf in der Mitte.

»Du hast dich verkauft, Anacleto!« – Solano entriß ihm den Geldschein und bespuckte ihn wütend mit dem gelben Schaum seines Kautabaks. Dann schleuderte er ihn zu Boden, zermalmte ihn unter seinem Fuß wie eine tote Schlange und bedeckte ihn mit Erde.

»Ich geh jetzt zum Curandero von Cande'á, damit er mich gegen die Ansteckung schützt«, sagte Anacleto kleinlaut. »Und du, Solano, sei vorsichtig. Ich habe dich ja nun gewarnt.«

Aber ein unvorhergesehenes Ereignis bewahrte Solano vor dem Angriff der Vaca Brava.

Einen Tag nach seinem Gespräch mit Anacleto fand man den Kommissar am Morgen tot in seinem Bett, mit einem Messer im Rücken. Es war ein geheimnisvoller, unglaublicher Mord. Sie hatten keinerlei Anhaltspunkte. Das Haus des schwarzen Hundes war uneinnehmbar, und von ihm selbst sagte man, er schliefe mit einem Auge auf den Lauf seiner Pistole gerichtet. Es konnte nur eine Frau sein, vielleicht die Frau von Forkel. Man hatte sie gesehen, wie sie um das weiße Haus schlich und hinterher mit dem Mulatten über den Zaun hinweg sprach. Es konnte auch Forkel selbst gewesen sein. Das einzige, was feststand, war, daß der wütende Höllenhund Simón Bonavís tot war. Mit Recht tot. Endlich hatten die Leute eine Atempause. Die Alten beteten, die Frauen weinten vor Freude.

Simón Bonaví schickte einen neuen Vertreter und gleichzeitig einige Einwanderer. Es sollte eine Säuberung unter den Angestellten und eine allgemeine ›Kreuzung‹ der Arbeiterschaft vorgenommen werden.

»Die Mischung der Rassen besänftigt das Blut und verbessert die Geschäfte«, hatte er gesagt und dabei, wie immer, den Geruch des Geldes eingeatmet, den er unter der Knopfgarnitur seiner Hose bewahrte.

Auch Max Forkel wurde entlassen. Simón Bonaví hatte seinem Abgesandten genaue Anweisungen bezüglich des Ingenieurs gegeben.

»Er ist zu weich, versteht nicht mit den Leuten umzugehen und bekommt ein sehr hohes Gehalt. Und dann hat er dieses mannstolle Frauenzimmer. Außerdem brauchen wir ihn nicht mehr. Setzen Sie ihn einfach auf die Straße.«

Wie ein Gepäckträger mit Handkoffern beladen, zog er mit seiner Frau auf dem Eisenbahndamm von dannen.

Es hatte den Anschein, als sei die Vaca Brava endlich doch zahm geworden. Wie eine gehorsame, brave Ehefrau schritt sie sonderbar ruhig neben ihrem Mann dahin. Sie war nicht wiederzuerkennen, trug ein einfaches, geblümtes

Baumwollkleid anstatt des Amazonenanzugs, den sie die ganze Zeit über getragen hatte. Das Gewicht ihres schwarzen Handkoffers ließ sie ein wenig gebückt gehen. Sie schien älter und gleichzeitig jünger. Der breite Rand ihres zerknitterten schwarzen Hutes milderte ihr hartes Gesicht, in dem etwas Unergründliches, etwas wie ein Lächeln der Befriedigung oder der Entsagung spielte, das ihre Züge gewissermaßen veredelte. Ein einziges Mal drehte sie sich mit zurückhaltender Gemächlichkeit um, als wolle sie sich von einer Zeit verabschieden, die dort für sie gestorben war.

Ein alter Streckenwärter flüsterte einem anderen auf dem Bahndamm zu:

»Die Vaca Brava hat den Ulogio Penayo umgelegt. Es kann niemand anderes gewesen sein.«

»Jhhee, Compadre. Die kann den Teufel nicht betrügen, wenn sie auch noch so zahm tut.«

»In dem Koffer trägt sie die Seele des Mulatten.«

»Jha cuná tacú! Letzten Endes war sie doch noch zu etwas nütze...«

Aber es war, als sprächen sie von einem Wesen, das schon nicht mehr existierte, denn in diesem Augenblick hatte eine Staubwolke den schwarzen Handkoffer und das geblümte Kleid ausgelöscht.

Das ehemalige Kommissariat am weißen Kalksteinhang stand für einige Zeit verlassen da. Man sagte, daß die Seele im Fegefeuer von Eulogio Penayo dort nachts klagend durch die Räume wandle. Später zog ein anderes deutsches Ehepaar dort ein, das eine kleine Tochter hatte.

Eines Nachts, als man einen von einem Wassertiger getöteten Carpinchero ins Haus brachte, verschwand das Kind auf geheimnisvolle Weise. Es war eine Johannisnacht, und die Feuerinseln glitten durch das enge Tal des Flusses.

Die Mutter verlor den Verstand, als sie sah, daß der Leichnam des Carpinchero sich in einen Mulatten verwandelte, in einen riesigen Mulatten, der weinte und lachte und blind gegen die Wände stieß. Sie behauptete, er habe ihre Tochter geraubt. Aber das war der Wahnsinn, der aus ihr sprach. Der tote Carpinchero lag weiter unter dem Vordach des Hauses, wo sie ihn hingelegt hatten. Der rötliche Widerschein der Johannisfeuer ließ seine Gestalt erzittern.

Noch weitere vier Male glitten die Feuer von San Juan den Fluß hinunter. In der Fabrik waren die Dinge etwas erträglicher geworden. Der Nachfolger von Eulogio Penayo war mehr Bürokrat als Gewaltmensch. Er lebte zwischen seinen Papieren und hatte alles auf Grund von Zahlen, Archivkarten und planmäßiger Routine organisiert. Durch eine bessere Verteilung der Aufgaben war die Arbeit der Männer leichter geworden. Nach und nach begann sich die Unzufriedenheit zu legen. Simón Bonaví hatte einen klugen Schachzug getan. Es sollte sein letzter sein. Inzwischen brachte die Fabrik ihm jedoch viel Geld, und das System der Ausbeutung war in Wirklichkeit das gleiche geblieben. Der Bleistift des neuen Mannes erwies sich als ebenso wirksam wie der Teyú-ruguai seines Vorgängers. Natürlich wurde auch der Bleistift weiterhin von guten Gewehren und den Aufsehern unterstützt. Einzig die Tatsache, daß diese Aufseher nicht ganz so grob waren wie die früheren, erzeugte die optimistische Fata Morgana.

Unter den wenigen, die sich nicht täuschen ließen, war Solano Rojas. Er war vielleicht der Klügste und Eigenwilligste von allen. Er fühlte die Wirklichkeit und ahnte ihre Gefahren.

»Das ist weiter nichts als Papageiengeschwätz. Laßt euch nicht einschläfern, lo'mitá.«

Aber sie hörten kaum auf ihn. Die Männer waren müde und geschlagen. Sie zogen es vor, weiterzuleben wie bisher und ihren Ausbeutern keinen Vorwand für neue Gewalttätigkeiten zu geben.

Unter den Tagelöhnern, die in diesem Jahr zur Zuckerrohrernte kamen, befand sich ein Neuankömmling, der anders war als die übrigen. Er war sympathisch, redebegabt und temperamentvoll. Sein Körper zeigte Spuren der Mißhandlung, die jedoch sein Aussehen, den willensstarken Ausdruck seines hellhäutigen, von der Sonne gebräunten Gesichtes nicht zerstörten, sondern sogar noch veredelten. Er sagte, sein Name sei Gabriel.

Er berichtete, daß die Arbeiter aller Zuckerfabriken des Südens einen Generalstreik vorbereiteten, um bessere Lebens- und Arbeitsbedingungen zu erzwingen. Tebicuary-Guasú und Villarica hatten sich bereits der Bewegung angeschlossen. Er war gekommen, um die Teilnahme von Tebicuary-Costa zu erreichen.

»Unsere Stärke hängt von unserer Einigkeit ab«, wiederholte er immer wieder bei den geheimen Zusammenkünften. »Von unserer Einigkeit und von der Erkenntnis, daß wir für unsere Rechte kämpfen. Wir sind Menschen. Wir sind keine Sklaven, keine Lasttiere.«

Gebannt lauschte Solano Rojas den Worten des Neuankömmlings. Endlich war jemand gekommen, der seine Gedanken in Worte faßte, der sie zum Kampf, zur Rebellion anspornte. Gabriel merkte sofort, daß er in diesem starken und uneigennützigen Burschen seinen besten Schüler und Helfer gefunden hatte. Nachdem er ihm einige kurze Anweisungen gegeben hatte, arbeiteten sie unermüdlich. Nach und nach fingen die Leute an, sich für den Plan zu begeistern. Das Ziel, das er verfolgte, war einfach und klar, ebenso die Methoden. Es war nicht schwer, sie zu verstehen und ihnen beizustimmen, denn sie entsprachen ihren geheimen Wünschen und brachten sie klar zum Ausdruck.

Gabriel beauftragte Solano Rojas mit der Fortführung der begonnenen Arbeit und verließ Tebicuary-Costa.

Kurze Zeit darauf bemerkte der Verwalter auf seinen Listen und Kartenregistern den Schatten der Bedrohung, die sich über der Zuckerfabrik zusammenzuziehen begann. Es schien ihm angebracht, seinen Patron umgehend zu verständigen.

Der dickbäuchige kleine Mann kam und erfaßte mit einem Blick die Situation. Seine krumme Nase, an den magischen Duft seines Gliedes gewöhnt, witterte die kommenden Schwierigkeiten, den üblen Geruch des Aufstandes.

»Das wird hier langsam brenzlig«, sagte er zu seinem Verwalter. »Da soll sich ein anderer die Finger verbrennen.«

Er kehrte nach einigen Tagen in die Hauptstadt zurück und bot die Fabrik zum Verkauf an, zusammen mit dem Gelände, das er kostenlos vom Staat erhalten hatte, um ›dem Vaterland zu dienen‹. Es fiel ihm nicht schwer, Interessenten zu finden. Simón Bonaví trat in Unterhandlungen mit einem ehemaligen Baumwollpflanzer aus Virginia, der zufällig nach Paraguay gekommen war, aber ebensogut in den Urwald von Afrika hätte gehen können. Anstatt wilde Tiere zu jagen oder nach Diamanten zu graben, war er gekommen, Menschen zu jagen, in deren Fleisch die unendlich viel wertvolleren Diamanten des Schweißes vergraben waren. Er kam mit Dollars und Waffen. Bonaví, gerissen wie er war, verheimlichte ihm die Sache mit dem Streik nicht. Er vermutete, dies könne ein Ansporn für den ehemaligen Baumwollpflanzer sein. Und er irrte sich nicht.

»Das macht mir nichts aus. Im Gegenteil, es gefällt mir«, sagte der Mann aus Virginia und zahlte ihm in bar die Summe für die Transaktion, welche die Fauna, die Flora und die Menschen von Tebicuary-Costa einschloß.

Und dann kam Harry Way, der neue Besitzer. Er kam mit zwei Pistolen am Gurt. Seine langen Arme hingen lose an den khakifarbenen Breeches herunter, und eine herausfordernde, unheilverkündende Haltung sprach aus den

Horngriffen seiner Pistolen. Er war groß und stämmig und ging mit den langen, wiegenden Schritten eines Betrunkenen einher. Seine roten Reitstiefel hinterließen auf der Erde die Abdrücke seiner wuchtigen Füße. Seine Augen waren nicht zu sehen. Das viereckige Gesicht, das ständig von einem breitrandigen Hut beschattet wurde, schien wie eine Schießscharte aus Zement nach dem möglichen Ursprung eines Angriffes zu spähen oder den Platz und die Bahn für den Schuß zu bestimmen, den er würde abfeuern müssen.

Drei Leibwächter, die seiner würdig waren, umgaben ihn: ein riesiger Schwarzer mit aufgeworfenen Lippen und einem aschgrauen Messerhieb von einem Ohr zum anderen; ein Kleiner mit tierischem Gesicht, der ständig lange Strahlen schwärzlicher Spucke zwischen seiner Hasenscharte hindurchspie; hin und wieder holte er aus seiner hinteren Hosentasche ein Stück gedrehten Tabak und biß hinein. Der dritte war ein langes, dürres Individuum, das immer auf den Boden zu blicken schien, in Wirklichkeit aber unter seinem Hut hervorlauerte, den er zu diesem Zweck tief in die Stirn gedrückt trug. Jeder von ihnen hatte zwei imposante ›Smith-Wessons‹ am Gurt und eine kurze, geflochtene Peitsche am Handgelenk. Sie schienen stumm zu sein. Was ihnen jedoch an Stimme fehlte, das machten ihre Augen wett.

Sie erschienen eines Morgens wie aus der Erde gestampft – die vier und ihre Pferde. Niemand hatte sie kommen sehen.

Das erste, was Harry Way in der Zuckerfabrik tat, war, daß er die Tagelöhner und Pflanzer zusammenrief. Nicht ein einziger der Sklaven fehlte bei dieser sonderbaren Versammlung, die von dem neuen Patron einberufen worden war. Seine Stimme dröhnte, als käme sie durch ein großes Blechrohr, das gefüllt war mit Luft und mit stolzer Verachtung für die annähernd einhundert Männer, die sich angstvoll an die rötlichen Wände des Fabrikgebäudes drückten.

Sein fremdländischer Akzent ließ seine Ansprache noch unverständlicher und drohender erscheinen.

»Don Simón hat mich gewarnt, daß hier ein Streik vorbereitet wird. Ich habe diese Fabrik gekauft und bin gekommen, um dafür zu sorgen, daß hier gearbeitet wird. So wahr ich Harry Way heiße, ich lasse keinen am Leben, der an Streik oder ähnliche Dummheiten denkt.«

Mit geballten Fäusten klopfte er auf seine Brust, um seiner Drohung Nachdruck zu verleihen. Sein rotgestreiftes Hemd öffnete sich unter der Jacke, und ein Büschel rostfarbener Haare kam zum Vorschein. Dann schob er mit dem Handrücken seinen Hut in den Nacken. Das viereckige, blutrote Gesicht schien ebenfalls von Rost überzogen. Unter dem spärlichen Kranz von Haaren blickten die grauen Augen herausfordernd auf die unbeweglichen Männer.

»Wer nicht damit zufrieden ist, soll es mir gleich jetzt sagen. Ich werde ihn sofort zufriedenstellen.«

Wie eine Wolke von Weihrauch umgab ihn seine Grausamkeit. Sie war seine hervorragendste Eigenschaft. Sein mächtiger Körper schwebte in ihr wie die Spitze eines Berges in einer rötlichen Wolkendecke.

Ein erstickter Schrei erklang aus den Reihen der Arbeiter. Loreto Almirón, ein Fuhrmann, hatte ihn ausgestoßen. Er litt an Epilepsie, und seine Anfälle begannen immer auf diese Weise. Sein Gesicht war grün, und sein Unterkiefer hing kraftlos auf die Brust hinunter.

»Bringt mir den Kerl«, murmelte Harry Way seinen Aufsehern zu. Der Schwarze und der Kleine mischten sich unter die Arbeiter. Der lange Dürre stellte sich neben seinen Herrn, die Hände an den Griffen seiner Pistolen. Loreto Almirón wurde zu Harry Way geschleppt. Er glich einem Toten, den man mit Gewalt auf den Beinen hielt.

»Du hast protestiert?«

Loreto Almirón starrte ihn mit weit geöffneten Augen an und sagte nichts.

»Ich werde dich lehren zu streiken...« er holte aus und versetzte dem Fuhrmann einen Faustschlag ins Gesicht. Man hörte das Krachen der Zähne. Die Haut über den Backenknochen zersprang. Als die Männer ihn losließen, stürzte Loreto Almirón wie ein totes Bündel vor die Füße von Harry Way, der ihm noch einen Fußtritt gegen die Brust versetzte.

»Will noch jemand es versuchen?« – fragte er erregt.

Ein Zittern durchlief die Masse der dunkelhäutigen Männer, die gegen die Wand gedrückt standen. Loreto Almirón lag reglos am Boden, aber es schien, als habe sein epileptischer Anfall sie alle ergriffen.

Das Buschmesser in den Händen, stand Solano Rojas wie zum Sprung bereit. Dicke Tropfen begannen auf seine Füße zu fallen. Es waren keine Schweißtropfen. In seiner stummen, ohnmächtigen Wut hatte er eine seiner Hände um die Klinge des Messers gekrampft, die ihm bis auf die Knochen gedrungen war.

»Noch nicht... noch nicht!« – Langsam legte sich der Sturm in seiner Brust.

Der sommersprossige Dürre blickte unter seinem Hut hervor in Richtung von Solano, konnte ihn jedoch nicht sehen, denn José del Rosario und Pegro Tanimbú hatten sich vor ihn gestellt. Nur der Instinkt sagte dem Aufseher, daß dort das Blut kochte. Aber in den Adern aller Sklaven kochte das Blut bereits unter der dunklen, gepeinigten Haut. Schatten von unterdrücktem Schluchzen kratzten an den trockenen, brennenden Gaumen.

Das Lachen von Harry Way fiel wie ein Steinhagel über die Arbeiter.

»Haha... haha! Rebellen! Ich werde euch lehren, zahm wie Lämmer zu sein... Seht mal da...!«

Den Bahndamm entlang kam ein Trupp bewaffneter Männer. Es waren die neuen ›Soldaten‹ des Kommissariats, die vom Innenministerium entsandt worden waren.

Harry Way hatte ein ausgesprochenes Talent, die Dinge wirkungsvoll in Szene zu setzen. Das aufsehenerregende Erscheinen seiner Männer vollzog sich genau im richtigen Augenblick. Sie waren ungefähr zwanzig an der Zahl und waren ebenso scheußlich anzusehen wie die drei, die den Patron umringten. In dem Staub, den die Hufe ihrer Pferde aufwirbelten, näherten sie sich, als schwebten sie auf einer Wolke aus Blei: unheilverkündende Gestalten, deren hutbedeckte Gerippe in dem knöchernen Lächeln zum Vorschein kamen, das der Staub nicht auslöschen konnte. Sie kamen immer näher. Noch umhüllte sie eine wollige, schmutzige Stille, aber die Augen der Arbeiter vernahmen bereits das Klirren ihrer Waffen. Dann hörte man das Geräusch ihrer Helme und erst zuletzt ihre Stimmen und ihr Lachen, als sie im Schritt heranritten und einen Halbkreis um das Fabrikgebäude bildeten.

Harry Way lachte. Die Arbeiter zitterten. Den ›Soldaten‹ schimmerte das Skelett aus dem Munde.

In Tebicuary-Costa standen die Dinge schlimmer als zuvor. Die Bewohner waren dem Siedekessel entgangen, um dem Feuer selbst anheimzufallen.

Harry Way bezog mit seinen Männern das weiße Haus, in dem Eulogio Penayo gestorben war. Es schien, als wäre die Seele des Mulatten in einem noch grausameren und schrecklicheren Wesen wiedererstanden. Harry Way ließ die Herrschaft des Aufseher-Kommissars von Simón Bonaví in der Erinnerung fast wie eine entschwundene Wonne erscheinen.

Das weiße Haus wurde nach kurzer Zeit neu erbaut und hieß von da ab Ogaguasú. Es wurde wiederum zum Kommissariat und war nun außerdem der Wohnsitz des allmächtigen Patrons. Um das Haus herum lagen – wie ein Verteidigungswall – die Bungalows der Aufseher.

Unvorstellbare Ausmaße erreichte in kurzer Zeit die Grausamkeit des Güey-Pytá, des Roten Ochsen, wie man den ausländischen Fabrikanten Harry Way zu nennen begann. So klang sein Name in ihren Ohren. In der Tat ähnelte Harry Way einem riesigen roten Ochsen. Seine Reitstiefel, seine rotgestreiften Hemden, sein rostfarbenes Haar, das von blutigen Gedanken gefärbt schien, seine überströmende und blutrünstige Tierhaftigkeit.

Wie früher Simón Bonaví von Asunción aus, so mästete sich jetzt Harry Way in Tebicuary-Costa. Das rote Geschwür schwoll immer mehr an und wurde immer röter; es klopfte und es schlürfte grünen Saft, roten Saft, weißen Saft, schwarzen Saft, die Zuckerrohrpflanzungen, das Wasser, die Erde, den Wind, den Schweiß, die Männer, den Zuckerrohrsaft, das Blut – alles vermischt in der Melasse, die in den Kesseln gor und blütenweiß aus dem drehenden, summenden Hinterteil der Zentrifugen ausgeschieden wurde.

Der Zucker des Roten Ochsen blieb weiß. Noch weißer, noch glänzender und süßer als zuvor – ein von bitteren Tränen durchnäßter Sand mit seinen Rauhreifkristallen, die benetzt waren von Mondlicht, von Schweiß, von weißem Feuer, vom Weiß der Augen, die der weiße Schmerz des Zuckers zermalmt hatte.

Der Fabrik gegenüber wurde ein starker Pfahl aus Lapacho-Holz in die Erde gerammt. Dort peitschten sie die Nachlässigen, die Unzufriedenen, die ›Rebellen‹. Hatten sie einen gefaßt, so befahl der Rote Ochse seinen Aufsehern:

»Nehmt ihn zum ›good friend‹ und peitscht ihm die Giftstoffe heraus.«

Der ›gute Freund‹ war der Pfahl. Die Knüppelpeitschen verrichteten die Säuberungsarbeit. Und der Patient blieb an den Pfahl gebunden, der blutige Rücken den versengenden Strahlen der Sonne und einer Wolke von Fliegen und Bremsen ausgesetzt.

Der Schwarze mit dem aschgrauen Messerhieb und der Kleine mit der Hasenscharte waren Spezialisten der Knüppelpeitsche. Besonders der letztere. Sie schlossen Wetten untereinander ab:

»Fünf Pesos auf den da«, sagte der Kleine zum Schwarzen. »Mit zwanzig Hieben haben wir ihn lendenlahm.«

»Mit dreißig«, wettete der Schwarze.

Der Kleine mit der Hasenscharte spie einen Strahl schwärzlichen Speichels in die Hände, ergriff die Peitsche und machte sich an die Arbeit, wobei ein dumpfes Röcheln in seiner Brust ihm den Takt schlug. Und er gewann fast immer. Lendenlahm schlagen bedeutete bei ihnen, das Opfer bewußtlos zu schlagen. Die Peitschenhiebe klangen wie Revolverschüsse auf den Rücken der Unglückseligen, die so lange schrien, bis sie schweigsam – lendenlahm – waren.

José del Rosario kam an den Pfahl. Er war alt und hielt es nicht aus. Sie warfen seinen Leichnam in den Fluß. Pegro Tanimbú kam an den Pfahl. Er war schwindsüchtig und hielt es nicht aus. Sie warfen seinen Leichnam in den Fluß. Anacleto Pacurí kam an den Pfahl. Er war jung und stark. Er hielt es aus. Mit eigener Kraft verließ er den ›guten Freund‹. Aber am folgenden Tag lehnte er sich wiederum gegen einen der Aufseher auf. Sie erledigten ihn mit einem Schuß und warfen seinen Leichnam in den Fluß. Ein wenig früher hatten sie auch Loreto Almirón in den Fluß geworfen. Er war nicht unter der Knüppelpeitsche gestorben, sondern auf Grund des Fausthiebes, den Harry Way ihm bei seiner Ankunft versetzt hatte.

Der Fluß war ein gutes Grab – grün, bewegt und friedlich. Er empfing seine toten Söhne und trug sie ohne Murren auf den Armen des Wassers, das sie bei der Geburt gewiegt hatte. Kurze Zeit darauf brachte er Pirañas, die dafür sorgten, daß sie nicht auf langen, unnötigen Fahrten durch das Wasser verwesten.

Das Los der Frauen war nicht besser als das ihrer Männer. Früher lebte nur der tückische Mulatte in dem weißen Haus. Jetzt gab es fünfundzwanzig Ziegenböcke in dem Ogaguasú. Sie wollten sich vergnügen, und sie vergnügten sich – gutwillig oder mit Gewalt.

Der Rote Ochse bewahrte die Jungfrauen für sich und gab sie an seine Leute weiter, wenn er ihrer überdrüssig war.

Die Feste jagten einander im Ogaguasú. Die Aufseher zogen von Hütte zu Hütte, um die Mädchen zu rekrutieren. Wenn Frauenmangel herrschte, wurde eine ausgewählt, die dann die ganze Meute über sich ergehen lassen mußte, während das flüssige Feuer des Zuckerrohrschnapses und das verderbte Feuer der Wollust das Fest beleuchteten, begleitet von Schreien, Gitarrenspiel, abgerissenen Gesängen und schamlosem Gelächter.

Die Begeisterung für den Streik erlosch, als hätte eine Säure sie fortgeätzt. Die Worte Solano Rojas' verklangen ohne Widerhall. Man wollte ihm nicht einmal mehr zuhören. Angst und Schrecken hatten die Menschen gelähmt. Das Schießschartengesicht von Harry Way lugte mit Eulenaugen aus den Fenstern des Ogaguasú. Sie fühlten sich selbst in ihren Gedanken beobachtet.

»Was soll der Streik, Solano«, sagten die wenigen, die noch nicht völlig entmutigt waren. »Wir stecken lieber die Fabrik in Brand und fliehen in den Urwald.«

»Die Fabrik ist nicht unser Feind. Der Feind ist im Ogaguasú. In allen Ogaguasús, in denen es Patrone wie den Güey-Pytá oder Simón Bonaví gibt. Gegen sie müssen wir uns erheben.«

Selbstredend fehlte es nicht an Spitzeln. Einer von ihnen verriet Solano.

Der Rote Ochse forderte zunächst unter Drohungen, er solle die Streikpläne preisgeben. Aber Solano war stumm und ruhig. Sie versuchten, mit Faustschlägen und Fußtritten seinen Widerstand zu brechen. Solano spuckte Blut, spuckte ein paar Zähne aus, aber er blieb weiterhin stumm und ruhig, während schwarze Flecken sein Gesicht zu schattieren begannen.

»Bringt ihn zum Pfahl! Und schlagt gut zu!« befahl daraufhin der Patron.

Er wurde an den ›guten Freund‹ gebunden und tierisch gefoltert. Harry Way war persönlich bei der Auspeitschung zugegen. Der Zambo und der Tembevó-carapé ließen abwechselnd ihre Lederriemen auf Solanos Rücken knallen und wetteiferten in Kraft und Raserei.

»Zehn Pesos für den hier. Ich schlage ihn mit vierzig lendenlahm«, sagte der Kleine leise zum Schwarzen, bevor sie begannen.

»Den hier kriegen wir nicht mit weniger als hundert lendenlahm«, bedachte der Schwarze. »Ya jheyá cienpe.«

Wie Schüsse aus einem Revolver Kaliber 38 begannen die Hiebe zu knallen.

... Fünf ... zehn ... fünfzehn ... zwanzig ... Der Zambo und der Carapé ... der Carapé und der Zambo ... fünfundzwanzig .... dreißig ... der Zambo und der Carapé ... der Carapé und der Zambo ...

Bei jedem Peitschenhieb spritzte ein kleiner roter Strahl in die Luft und glänzte in der Sonne. Der ganze Rücken Solanos war bereits mit seinem scharlachroten Saft benetzt, wie eine überreife Frucht, die zwei unerbittliche Sperber mit rhythmischen Flügelschlägen zerrissen. Aber Solano schwieg. Die Anstrengung des Schweigens ließ auch aus seinem Mund das Blut fließen. Nur seine Augen verdunkelten sich. Sein Schweigen war schrecklicher als der Knall der Peitschen.

»Mehr ..., mehr ...!« schrie Harry Way. »Schlagt zu! Ich werde den Kerl lehren, an Streik zu denken! Mehr ..., mehr ...!«

... Fünfunddreißig ... vierzig ... fünfundvierzig ... fünfzig ... der Zambo und der Carapé ... Der Carapé und der Zambo ...

Sie waren müde. Der Carapé röchelte, und es röchelte der Zambo. Beim Heben der Peitsche wischten sie sich mit dem Unterarm den Schweiß von der Stirn. Ihre Gesichter waren rot vom Blut, das aus dem Rücken des Gepeinigten spritzte. Auch der Rote Ochse röchelte, aber bei ihm war es nicht Müdigkeit, sondern sadistische Erregung.

Weder der Zambo noch der Carapé hatten dieses Mal richtig geraten. Erst nach einhundertzehn Peitschenhieben war Solano lendenlahm. Ohnmächtig blieb er am ›guten Freund‹ hängen.

Der Rauch der Zuckerfabrik befleckte weiterhin den Himmel. Die rote Geschwulst klopfte. Im Ogaguasú gab es in dieser Nacht ein lärmendes Fest.

Am Morgen war der Pfahl leer. Unbekannte Hände hatten in der Dunkelheit Solano losgebunden und auf dem Fluß hinweggetragen. Hätten die Aufseher von Harry Way nicht ihren Rausch ausgeschlafen, so hätten sie vielleicht an der Biegung des Flusses in den Booten der Carpincheros eine leise Geschäftigkeit wahrgenommen.

Langsam gingen die Tage vorüber. Die Verzweiflung unter den Arbeitern wuchs und begann überzufließen wie Wasser, das ein ungünstiger Mond aus dem Flußbett zerrt.

Sie faßten den Entschluß, die Fabrik zu zerstören.

Es war gewissermaßen die natürliche Folge der allgemeinen Geistesverfassung. Nicht der Mut, sondern die Angst veranlaßten sie zu dieser äußersten Maßnahme. Die Menschen waren von der Angst behext. Sie waren behext vom Haß, von der hoffnungslosen Bitterkeit. Sie waren ausgetrocknet und vergiftet, als ob sie während der ganzen Zeit nichts als Schlangenblut und Saft von aussätzigem Zuckerrohr getrunken hätten.

Die Fabrik, die Maschinen, die Zuckersiederei waren die Ursache ihres Elend. Simón Bonaví selbst und Harry Way waren aus der roten Geschwulst geboren. Sie hatten ihre Farbe und trugen ihr Gift in sich. Mit der Vernichtung der Fabrik würde alles wieder sein wie früher.

»Wir stecken sie in Brand«, schlug Alipio Chamorro vor.

»Ya jhapy-catú!« unterstützten ihn Secundino Ortigoza, Belen Cristaldo, Miguel Benítez und fünfzehn bis zwanzig andere waghalsige junge Burschen, denen es nichts ausmachte zu sterben, wenn sie damit die Macht des Roten Ochsen brechen konnten.

Die Abwesenheit von Solano Rojas erschwerte die Lage. Er hätte ihnen den besten Weg weisen können, denn er war der geborene Führer für die Seinen. Aber sie glaubten ihn tot.

Ein Holzfäller brachte jedoch die Nachricht, daß er lebte und bei den Carpincheros war.

»Wir lassen ihn rufen«, schlug Belén Cristaldo vor.

»Er wünscht Streik, keinen Brand«, erinnerte sie Secú Ortigoza.

Auf alle Fälle entsandten sie den Holzfäller, um Solano von der Entscheidung zu unterrichten.

In der für den Brand festgesetzten Nacht fuhr Solano den Fluß hinauf. Mit ihm kamen dieselben Carpincheros, die ihn vom Marterpfahl befreit, ihm das Leben gerettet hatten. Sein Körper war noch geschwächt, aber seine Entschlußkraft war ungebeugt.

Als sie sich dem Paso näherten, hörten sie Schüsse aus der Richtung der Zuckerfabrik. Sie gingen an Land, stiegen den Uferhang hinauf und schlichen vorsichtig weiter durch den

Wald, wo die Nacht noch dunkler war als die Nacht. Die Schüsse nahmen zu. Solano erkannte die Mausergewehre und Revolver von Harry Way und seinen Leuten. Sein Herz erzitterte in böser Vorahnung.

Als sie das flache Fabrikgelände betraten, sah er, daß seine Befürchtungen berechtigt gewesen waren: seine Freunde waren in dem Stapel von Kleinholz eingeschlossen, der den hinteren Teil der Fabrik halbkreisförmig umgab. Sicher hatte jemand Harry Way von dem Vorhaben der Brandleger unterrichtet. Er hatte sie bis zum letzten Mann in die Falle gehen lassen und jagte sie nun mit Schüssen.

Solano Rojas durchforschte die Dunkelheit. Es blieb nur ein letzter, verzweifelter Ausweg. Er war beinahe absurd, aber man mußte es versuchen.

»Vamo' lo'mitá!« flüsterte er den Carpincheros zu, und sie verschwanden wieder im Gebüsch.

In dem von der Rückseite der Fabrik und den Holzstapeln gebildeten Hufeisen glich die Dunkelheit dem Flügel einer riesigen Fledermaus. Die schleimige und unheilverkündende Membrane hüllte die gefangenen Männer ein und beschützte sie. Aber nur für kurze Zeit.

Von verschiedenen Punkten aus pinselten die Schüsse der Aufseher flüchtige und tönende, gelbe Zungen auf die Membrane. Sie erloschen und flammten von neuem auf, in einer phosphoreszierenden Naht aus zischenden Fäden. Die Steppnaht von Feuerblitzen und Knallen markierte den Rand der Falle. Von ihrem Schlupfwinkel aus erwiderten die Arbeiter hie und da die Schüsse. Sie besaßen einen einzigen Revolver, den Alipio Chamorra bediente. Es war die ›Smith-Wesson‹, die seine Schwester bei einem Gelage im Ogaguasú einem der Aufseher entwendet hatte. Alipio zielte sorgfältig auf die Schatten, die das gelbe Feuer spien. Fünfmal feuerte er.

»Ich habe nur noch eine Kugel«, berichtete Alipio.

»Heb sie auf bis zuletzt«, sagte Secú Ortigaza ohne viel Hoffnung. »Die Kugel ist für dich. Sie wird dich vor den Aufsehern retten. Deine Schwester hat sie nicht retten können. Aber dich wird sie retten.«

Jemand versuchte, die düstere Stimmung zu beheben, die Secús Bemerkung hervorgerufen hatte.

»Erinnert ihr euch an Simón Bonaví? Zwischen seinen Beinen konnten fünf Hühnerhunde kämpfen, so krumm waren sie.«

Die anderen lachten.

»Und wenn er seinen Hosenschlitz roch?« – Belén frischte die Erinnerung an den ersten Patron noch weiter auf. »Er gab sich damit zufrieden, um seine Kräfte nicht an eine Frau zu verschwenden ...«

Sie lachten schallend. Zum sicheren Tode verurteilt, vertrieben sich diese Menschen noch ihre letzten Minuten mit heiteren Gedanken von ruhiger und verzweifelter Ironie. Mit trockenen Schlägen prallten die Schüsse von Harry Way und seinen Leuten weiter von den Holzscheiten ab. An ihn erinnerten sie sich nur, um ihm mit kalter Wut und Verachtung zuzurufen:

»Guey-Pytá!«

»Mbae-pochy tepynó! ...«

»Piiii-piiii-piiiiii ... puuuuuu ...!«

Ein Hagel von bleiernen Krallen zerriß den Holzstapel gleich einer Invasion von unsichtbaren Wieseln. Einige Männer stöhnten leise, wie im Orgasmus. Als die Arbeiter eben im Begriff waren sich zu ergeben, sahen sie über der phosphoreszierenden Steppnaht, in Richtung der Flußbiegung und des Ogaguasú einen rauchigen Schimmer.

»Pe, ma'é! Tatá . . .!« sagte eine Stimme hinter dem Stapel.

»Was kann das sein?« fragte Miguel Benítez mit seiner flötenden Kinderstimme.

»Das Feuer von San Juan«, murmelte Alipio seufzend. »Pe mana pörä -ke jhesé . . . Wir sehen es zum letztenmal . . .«

»Im Oktober, Alipio, die Johannisnacht vom Juni?« fragte Secú.

Der Schimmer nahm zu, war jetzt deutlich zu erkennen. Nein; es waren nicht die Johannisfeuer. Es war das Ogaguasú, das in Flammen stand. Ein lauter, zitternder Schrei erhob sich in der Verschanzung. Die Aufseher verließen die Belagerung des Holzstapels und liefen zum Ogaguasú. Sie wurden von einem Schnellfeuer empfangen, das mehrere von ihnen zu Boden streckte. Die Verwirrung breitete sich aus. Man hörte das metallische, näselnde Gebrüll von Harry Way, der versuchte, die Flucht seiner plötzlich verängstigten Leute zu hemmen.

Die Belagerten begannen ihre Verschanzung zu verlassen. Einer nach dem anderen krochen sie durch das Gebüsch davon.

Einige von ihnen faßten Mut und näherten sich dem Ogaguasú. Ein außerordentliches Schauspiel erwartete sie. Die Ereignisse hatten sich überstürzt. Es war so unfaßbar und unwirklich, daß es ein Traum zu sein schien. Aber es war kein Traum.

Inmitten der Verschanzung der hölzernen Bungalows brannte das Ogaguasú wie eine riesige Fackel, welche die Nacht erhellte.

Vor Solano Rojas, der mit einem Mausergewehr bewaffnet war; vor etwa dreißig Carpincheros, die ebenfalls mit Gewehren und Revolvern bewaffnet waren, lag Harry Way auf den Knien und flehte um Gnade. Mit keuchenden Schreien flehte er die freien Männer des Flusses um Gnade, den Sklaven, den er vor einem Monat fast zu Tode hatte peitschen lassen. Er flehte um Gnade, denn er seinerseits wollte nun nicht sterben. Sein zerfetztes, rotgestreiftes Hemd gab die rostfarbene Brust frei. Seine khakifarbenen Breeches, seine blutgoldene Haut, seine roten Schnürstiefel waren mit Schmutz und Blut beschmiert. Da und dort lagen tote Aufseher. Der lange Dürre und der Kleine mit der Hasenscharte lagen leblos neben dem Patron.

Nach und nach kamen die übrigen Bewohner. Eine große Menschenmenge versammelte sich um das brennende Haus.

»Tötet mich nicht ... tötet mich nicht ...! Ich bin ausländischer Staatsbürger ...! Ich verspreche alles zu tun, was ihr wollt ...! Tötet mich nicht ...!« stöhnte der Rote Ochse auf der Erde liegend, gebrochen, besiegt.

»Steh auf!« – befahl Solano Rojas ihm. Seine feste Stimme duldete keinen Widerspruch. Die Lebenden und die Toten sprachen aus ihr. Mächtig übertönte sie das Getöse des Feuers.

Langsam, noch zweifelnd, erhob sich Harry Way. Keine Drohung sprach jetzt aus seinem vierschrötigen Körper, der keine Knochen mehr zu haben schien.

Solano ging zu einem der in Flammen stehenden Bungalows und stieß die Tür mit seinem Gewehrkolben auf. Schweigsam, einen nach dem anderen, versetzte der mit schwärenden Wunden bedeckte Rücken Solanos den Augen des Patrons alle die empfangenen Peitschenhiebe.

»Komm her!« – befahl er von neuem mit unerbittlicher Stimme.

Harry Way ging einen Schritt voran und hielt inne. Er begann zu begreifen. Wiederum fing er an zu schreien, dieses Mal mit dem Gewinsel eines gezüchtigten Hundes. Zwei Carpincheros stießen ihn mit ihren Gewehrkolben vorwärts, sie stießen ihn wie einen im Wasser verwundeten Carpincho, sie stießen ihn, trotz seiner Schreie, seines krampfhaften Widerstandes, seiner panischen Todesangst. Sie stießen ihn, stießen ihn vorwärts, bis sie ihn in die brennende Falle getrieben hatten.

Solano schloß die Tür und verriegelte sie mit seinem Gewehr.

Alle lauschten sie schweigend, nahmen schweigend an der unsichtbaren Hinrichtung Harry Ways teil. Langsam vollendeten die Flammen ihre Arbeit, bis die Schreie und die Faustschläge an der hölzernen Tür im Prasseln des Feuers untergingen, nachließen und schließlich ganz erstarben, während sich in der Luft der Geruch verbrannten Fleisches ausbreitete.

Unter den Carpincheros, dicht bei Solano Rojas, befand sich ein Mädchen, das zu dem brennenden Haus hinüberblickte. Die blauen Augen in ihrem zarten, schmalen Gesicht hatten einen feuchten Schimmer. Die Anmut ihres festen, schlanken Körpers trat durch die Fetzen ihrer Kleider hervor. Ihre Haare schienen - gleich dem Zucker – von Mondlicht überflutet. Sie trug keine Waffe, aber ihre Hände waren mit Ruß bedeckt. Auch sie hatte geholfen, das Ogaguasú in Brand zu stecken, die grausame und blutige Tyrannei zu vernichten, die nun in ausgeglühten Trümmern, in flüchtigem Rauch, in Erinnerung ihr Ende fand.

Darum erklingt das Akkordeon von Solano Rojas lebendig und kriegerisch im Paso. Das Feuer der Erde und der Menschen, das Verlangen nach Freiheit und der Mut schwingen in dem alten Kriegslied.

Campamento Cerro-León
vierzehn, fünfzehn, sechzehn ...
siebzehn, achtzehn ...
neunzehn Bataillon ...
Ipuma co la diana,
pe pacpá-ke lo'mitá ...

Auf die summarische Bestrafung des Roten Ochsen folgte eine kurze, unbeschreibliche, wundervolle Episode. Sie konnte nicht von Dauer sein. Nach dem Alptraum der

Angst sollte die Trunkenheit der Hoffnung nur ein Windhauch sein.

Die Arbeiter der Siederei begannen auf eigene Rechnung von neuem mit der Zuckerrohrernte, nachdem sie sich mit eigener Faust Recht verschafft hatten. Sie hatten dieses Recht mit ihrem Schmerz, mit ihrem Opfer, mit ihrem Blut bezahlt, und sie hatten im voraus bezahlt. Die Rechnung ging auf.

Sie stellten einen Verwaltungsrat auf, in den auch die Techniker einbezogen wurden. Ein jeder stand auf seinem Posten: die Tagelöhner in der Fabrik, die Pflanzer auf den Pflanzungen, die Holzfäller im Wald, die Fuhrleute auf den Wagen. Alle legten sich ins Zeug, sogar die Frauen, die Alten und die mitá'í.

Sie arbeiteten Tag und Nacht, ohne Ruhepause. Sie taten es gern, denn nun wußten und fühlten sie endlich, daß Arbeit gut sein und froh machen kann, wenn sie nicht von Furcht und Haß befleckt wird. Die Arbeit, die in Freundschaft und Kameradschaft getan wird.

Sie dachten nicht daran, die Zuckerfabrik als ihren bleibenden Besitz zu betrachten, denn sie wußten, daß dies nicht möglich war. Aber sie wollten sie gesäubert und von ihren Fehlern bereinigt übergeben; als einen würdigen Arbeitsplatz für Männer, die von ihrer Arbeit leben; nicht als einen Ort der Folter und der Ungerechtigkeit.

Solano Rojas sprach von den Bedingungen, die man stellen könnte. Er sandte Boten zu den Zuckerfabriken im Süden und in die Hauptstadt.

Die Boten kehrten nicht zurück. Die Arbeiter konnten nicht einmal die Zuckerrohrernte beenden. Eine Woche, nachdem sie das Fest der brüderlichen Arbeit begonnen hatten, fanden sie die Fabrik morgens von Regierungstruppen belagert, die gekommen waren, den ausländischen Kapitalisten Harry Way noch nach seinem Tode zu rächen. Sie kamen mit Maschinengewehren und Mörsern.

Die Arbeiter sandten Abgeordnete zur Verhandlung aus. Sie wurden niedergeschossen. Daraufhin verschanzten sich die Männer in der Fabrik, um Widerstand zu leisten. Die Maschinengewehre begannen zu knattern, und die ersten Mörsergranaten fielen auf das Fabrikgebäude.

Die Belagerten ergaben sich, um unnötiges Blutvergießen zu vermeiden. Mit Drahtseilen gefesselt wurden die Gefangenen abgeführt. Unter ihnen befand sich Solano Rojas mit einer Kugel in der Schulter.

Tebicuary del Guairá kehrte zu seinem Ausgangspunkt zurück. Aber anstelle des grünen Weidelandes vergangener Zeiten gab es nur verkohlte Trümmer. Einige menschliche Kadaver verwesten im Staube des Bahndammes. Und anstelle des Rauches schwebten Aasgeier in der trockenen, brennenden Luft des Tales.

Der Kreis hatte sich geschlossen und begann von neuem.

Nach und nach kehrten die Gefangenen zurück. Zuerst kam Miguel Benítez, dann Secú Ortigoza, dann Belén Cristaldo und zuletzt Alipio Chamorro. Solano Rojas blieb im Gefängnis. Fünfzehn Jahre lang blieb er dort. Endlich ließen sie ihn frei. Er brachte seine Erinnerungen und über ihnen die Narbe eines Säbelhiebes. Aber seine Augen hatte er dort lassen müssen. Sie waren der Preis seiner Freiheit.

Wie ein Schatten, der aus dem Reich des Todes kommt, kehrte er zurück. Ein Schatten, innerlich und äußerlich. Er wanderte über die Uferhänge und blieb dort. Die Carpincheros halfen ihm, seine Hütte auf der anderen Seite des Flusses zu errichten und seine Fähre zu bauen. Ein Viehtreiber schenkte ihm das Akkordeon.

Er fühlte sich wohl dort am Uferhang, den Ruinen des Ogaguasú gegenüber. Es war der Ort des Kampfes und der Ort seiner Liebe. Es war ihm ein Bedürfnis, dort zu sein, am Rande des Wasserweges, der ihr Pfad war. Sein Gehör gewöhnte sich daran, das Vorüberziehen der Carpincheros zu vernehmen und das schwarze Cachiveo zu erkennen, aus dem das Mädchen vom Fluß zu dem Rancho des Fährmannes hinaufblickte.

Sie. Yasy-Mörötí.

Der Name des Engpasses wurde aus dieser zärtlichen und heimlichen Sehnsucht geboren, die sich in dem alten Akkordeon des Blinden in Musik verwandelte.

Yasy-Mörötí ...
Geliebter weißer Mond, der du von mir ziehst
Mit fernen Augen ...

Noch dreimal hörte Solano die Johannisfeuer den Fluß hinunterziehen. Die Carpincheros pflegten weiterhin den uralten Brauch. Sie kamen mit ihren Cachiveos und ließen sie von den Flammen des Schutzheiligen ansengen, damit ihnen das Jahr eine reiche Jagdbeute bringe.

Solano näherte sich dem Rande des Uferhanges, um sie vorüberziehen zu hören. Er grüßte sie mit dem Akkordeon, und sie antworteten ihm mit ihren Rufen. Wenn das Auge seines Herzens sie, Yasy-Mörötí, zwischen den Flammen vorüberziehen sah, wurde er von einer seltsamen Erregung gepackt. Er hielt in seinem Spiel inne, und Tautropfen fielen aus seinen leblosen Augen. In jedem Tropfen erloschen äußere Formen und glänzte die Erinnerung in der Farbe des Feuers.

Das letzte Mal, als er sich näherte, glitt er im Sand des Uferhanges aus und stürzte in das Wasser der Bucht, in der seine Fähre lag, in der er seine zerfetzte Kleidung wusch, aus der er sein Trinkwasser schöpfte.

Dort holten ihn die Carpincheros heraus, nachdem sie die ganze Nacht über das Wasser mit ihren Rudern und ihren Hakenspießen durchsucht hatten.

Er war in schwarzem Wurzelgeflecht verstrickt, in den schwarzen Armen des grünen Wassers, die ihn eng umschlungen hielten und ihn nicht loslassen wollten.

Die Carpincheros legten den Leichnam Solanos in die Fähre, durchschnitten die Binsenschnur, mit der sie am Steg befestigt war, und zogen sie zwischen den flammenden Inseln hindurch den Fluß hinunter.

Auf der Fähre, an der Seite des Toten, saß Yasy-Mörötí, unbeweglich und stumm.

Noch heute hört man bei Einbruch der Nacht hie und da im Paso die gespenstische Musik des Akkordeons. Nicht immer. Nur, wenn ein Unwetter droht, wenn in der neuen Fabrik die Ernte beendet ist und das Leben am Fluß stillzustehen scheint.

»Chake!« sagen dann die Uferbewohner und lauschen. »Es gibt ein Gewitter.«

»Ipú yevyma jhina, das Akkordeon von Solano . . .«

Sie glauben, der Paso Yasy-Mörötí sei verzaubert und Solano ginge in jenen Nächten – in einen Pora verwandelt – umher. Aber sie fürchten ihn nicht. Sie verehren ihn, denn sie fühlen sich von der Seele des toten Fährmannes beschützt.

Dort verharrt er, an der Biegung des Flusses, ein blinder, unsichtbarer Wächter, den man nicht täuschen kann, denn er sieht alles.

Er hält Wache und wartet. Und nichts ist so mächtig und unbesiegbar wie ein Toter, der wartet.

Fremdwörterverzeichnis

Aguaí: Obstbaum. Auch: ein Verbrechen; das moralische Kennzeichen für den, der es begangen hat
Aicheyáranga!: Ausruf: Der Arme!
Ajhatama: Ich komme schon.
Aloja: Erfrischungsgetränk aus Wasser und Melasse
Alpargata: offener Halbschuh aus Hanfleinwand mit Jutesohle
Amandau-Karambú: rauschender Hagel
Aña memby!: Ausruf: Teufelssohn!
Ao-po'í: handgewebter Baumwollstoff
Aveí: auch
Avevo: hohl, schwammig

Mba'e pochy tepyno: Teufelsfurz
Mba'eveicharamo: auf keinen Fall
Mbariguí: eine kleine Mücke
Mbegue-catu: langsam
Mberuäi: Schmeißfliege, Bremse

Cachiveo: Einbaum, primitives Indianerboot
Camalote: Wasserpflanze mit blauen Blüten; ihre verschlungenen Stengel bilden schwimmende kleine Inseln auf den Flüssen
Cangüe-aky: zarte, junge Knochen; übertr.: Bezeichnung für einen sehr jungen Menschen
Caracú: (Knochen) Mark
Caraguatá: dornige Pflanze, die für Textilien verwandt wird
Caraí: Herr, Besitzer, Gebieter
Caraí-roga: das Haus des Gebieters
Caraí-tuya: alter Herr
Caranday: eine Palmenart
Caria'y-pochy: ein schlechter Mensch
Caruguá: Sumpf
Caru-vai: Jemand, der unmanierlich ißt
Cavayú: Pferd
Cavichu'i: eine Art kleiner, schwarzer Wespe
Co: Vorsilbe; hinweisendes Adjektiv
Comadre: Gevatterin: Nachbarin und Freundin
Corocho: rauh
Curandero: Kurpfuscher, Quacksalber
Cuatia-rei: wertloses Papier
Cueca: Volkstümlicher Tanz in Bolivien, Peru und Chile
Cuerá: Nachsilbe, die den Plural bildet
Curiyu: Riesenschlange, Boa

Chake!: Ausruf: Vorsicht!
Che Carai: mein Herr
Che Memby: mein Sohn
Chipa: Brot, aus einer Art Stärkemehl bereitet
Chocucué: Indianerstamm im Süden von Paraguay
Chochi: Vogel mit unheilverkündendem Schrei

Eira: Honig
Epac pue: Wach' auf!
Eyu: Komm!

Gringo: Bezeichnung für Ausländer, die weder Spanier noch Portugiesen, noch Lateinamerikaner sind

Guacha: Handpeitsche aus starkem, breitem Lederriemen
Guaicuru: Indianerstamm
Guaimingüe: eine Art Uhu
Gualambaú: Musikinstrument der Indianer Südamerikas
Guapo'i: eine Schmarotzerpflanze
Guarania: paraguayischer Volkstanz
Guavira: ein Obstbaum

Ipöra-itepa: Ausruf: Wie schön!
Ipuma: er spielt schon (beziehungsweise ein Musikinstrument)
Ipu yevy ma jhina: er spielt schon wieder

Jejen: eine winzig kleine Mücke
Jhavia-corochire: eine Vogelart mit sehr schönem Gesang
Jhee: Ausruf: Ja!
Jhina: Suffix für Adverbialsätze

Kena: Sprachelement zur Bildung des Konjunktivs
Keresa: Insektenlarven
Kirikiri: ein Raubvogel

Lechiguana: eine Bienenart
Locro: Eintopfgericht aus Mais, Kürbis, Kartoffeln und so weiter, mit Fleisch
Luisón: mythisches Tier

Maitei-pa: Wie geht's?
Mamangá: eine stark summende Biene
Mandioca: Patate, Sagopflanze
Marangatu: gütig, würdig, gerecht
Mazamorra: Maisbrei mit Milch, Zucker oder Salz
Mensú: Indianerstamm im Süden von Paraguay
Mitacuña: junges Mädchen
Mita'i: kleiner Junge
Mita'i rembiapo: Dinge, welche die Kinder tun
Michi iterei: sehr geringe Sache

Neike!: Ausruf: Gehen wir!
Neira gueteri: noch nicht
Nico: Suffix

Ñandeyara'i: unser kleiner Herr; unser kleiner Herrgott
Ñanduty: paraguayische Spitze
Ña räirö'lo'mita: Laßt uns gehen und sie vergewaltigen, Jungens!

Ogaguasú: großes Haus
Oga möröti: weißes Haus
Omano: Er (sie) ist gestorben.

Pa'i: Priester, Herr, Freund
Pakuri: ein Obstbaum
Patacón: alte Silbermünze; 5-Pesetenstück
Patron: Herr, Gebieter, Arbeitgeber
Pe pacpa ke: Wacht auf!
Pico: Interrogativform in der Rede
Pindo: eine Palmenart
Pindo cara'i: gesegnete Palme
Piraña: südamerikanischer Fisch; frißt auch Menschenfleisch
Pirapire: Fischschuppen. Übertr.: Geld
Pitogüe: Sprechfink. Man sagt, sein Schrei bringe Unglück.
Pombero: mythische Gestalt
Pora: mythische Gestalt
Porongo: Kürbis

Puchero: spanisches und südamerikanisches Eintopfgericht mit Suppenfleisch und Gemüsen
Pucú: lang
Pysa-pe: Zehennagel; Huf, Klaue

Reicua'a pa coanga?: Weißt du es jetzt?
Rancho: Hütte mit Strohdach
Residenta: die Frauen, die Marschall Lopez während seines Rückzuges im Dreibund-Krieg begleiteten
Rodeo: Zusammentreiben der Tiere auf dem Lande

Sevo'i: Wurm
So'o: Fleisch
Suinda: eine Art Uhu
Surucu'a: ein Singvogel

Tacu: warm, Wärme, sexuelle Erregung
Taguato: Habicht
Tapi-pi: obszöner Ausdruck, der sich auf die weiblichen Geschlechtsteile bezieht
Tata resaicha: wie ein Feuerauge
Tavy: Dummkopf, Narr
Tecove-vai: böser Mensch
Tembevo: Hasenscharte
Tembo: männliches Glied; auch Pflanzenwurzel
Te'ongüe: Leichnam
Terere: kalter Mate
Timbo: ein Baum
Tongazo: Faustschlag
Truco: ein Kartenspiel

Upeicharö catu: sowohl; auf diese Art, ja
Ura: ein Nachtfalter und die Hautkrankheit, die er hervorruft

Vaca: Kuh
Vaca brava: wilde Kuh
Vaca cosé: schädliche Kuh
Vaca pochy: wilde Kuh
Valle'i: kleines Tal
Vo'i: bald, schnell
Voi: idem

Yajha catu ña jhundi: Laßt es uns zerstören.
Yasi: Mond
Yasi-möröti: weißer Mond
Yasi-Yateré: mythologische Persönlichkeit, verkörpert von einem blonden Zwerg, der in den Maisfeldern auftaucht
Ysypo: Binsen, Liane
Ysypo po'i: feines Binsenrohr

Inhalt